시향詩鄕의 존재存在와 그 의미意味

구재기 평론집

시향詩鄕의 존재存在와 그 의미意味

구재기 평론집

인쇄일 | 2024년 10월 10일
발행일 | 2024년 10월 16일

지은이 | 구재기
펴낸이 | 김영빈
펴낸곳 | 도서출판 시아북(詩芽Book)

출판등록 | 2018년 3월 30일
주소 | 대전광역시 동구 선화로214번길 21(3F)
전화 | (042) 254-9966, 226-9966
팩스 | (042) 221-3545
E-mail | siab9966@daum.net

값 20,000원

ISBN 979-11-988695-9-3(03800)

* 이 책은 2024년도 충남문화관광재단의 창작지원금을 지원받아 제작되었습니다.

시아북 평론·전문서적

시향의
詩鄕
존재와 그 의미
存 在 意 味

구재기 평론집

신석초
임영조
이해문
박용래
임강빈
한상각
성기조
지광현

시아북
詩芽BOOK

책머리에

여기저기 제 각기 자리하여 있던 것들을 모아보니 질적이라기보다는 양적으로만 넉넉하여 진 듯하다. 언젠가는 한 곳에 모으려 한 마음에는 그런대로 무난하다는 생각을 가지게 되었지만 질적으로는 영 개운하지가 않다. 그도 그럴 것이 여기에 함께 모여진 글들은 모두 어떠한 계기로 인하여 쓰지 않으면 안 되었던 것이 대부분이거니와 본격적으로 '평론'이라는 전제하에 쓴 것이 아니기 때문이다. '충남'이라는 한 지역을 시적인 고향으로 보고 그 곳에서 활동했던 작고시인들을 중심으로 그들의 작품 세계를 일별하여 놓은 것들이다. 특히 여기에 함께 하고 있는 글들은 뜻하지 않은 어떤 계기로 하여, 다시 말하면 충남 내의 문인단체에서 발간하고 있는 《충남문학》《포에지 충남》이라든가 《새여울》《시도詩圖》《서안시西岸詩》 등 동인지에서 '특집기획특집'이라는 의도되어진 '특집 원고'들인 것이다. 더더욱 이러한 원고들은 '충남'이라는 지역적인 범주 안에서 이루어진 글들이다.

그러나 세월의 흐름이 그치지 않는 한 일부 동인지들은 폐간되어 버렸고, 문학단체가 가지는 기관지 성격의 의미도 지역적으로 행정적인 이름 아래에서 여러 차례의 변화를 가져오면서 큰 의미를 찾을 수 없게 되어버린 셈이다. '충남'이라는 행정적 이름 아래에서 여러 차례 변화를 가져왔기 때문이다.

먼저 '충남'과 '대전'과의 분리이다. 1989년 1월 1일 충청남도 대전시가 대전직할시로 승격되어 충남과 분리된 이후 2012년 7월에 충청남도 연기군 전 지역, 공주시 장기면과 의당면·반포면의 일부가 충남으로부터 세종 특별자치시로 변화된다. 이로 인하여 문단의 한 축도 자연적으로 '충남'이라는 한 지역으로 이루어지는 것이 아니라 '충남'으로부터 분리되어 각각의 행정구역으로 이루어지게 된다. 대전은 대전이라는 이름을 앞세우고, 세종시는 세종이라는 이름을 먼저 앞세워 탄생하게 된다.

이러한 가운데 긴 시간 변천의 흐름에 따르더라도 '충남'은 영원히 지워지지 않는 뿌리로 자리하고 있음은 어쩔 수 없다는 생각이다. 이에 따라 『시향詩鄕의 존재存在와 그 의미意味』라는 제하題下에 한데 모아놓은 까닭이다. 여기에서 '시향詩鄕'이란 곧 '시의 고향故鄕'으로 '충남'이라는 지역적 특성을 굳이 강화强化하고자 함이요, '그 의미意味'란 각 시인이 가지고 있는 시세계를 '충남'이란 지역 안에 한데 모아 그 의미를 공고히 해보자는 뜻이기도 하다. 말하자면 지난 날 대전과 세종 등이 '다함께 한 충남'의 의미를 되새겨 찾아보자는 의도인 것이다.

고향을 그리는 문장 중 유진오兪鎭午의 《창랑정기滄浪亭記》를 말하지 않을 수 없다. 끝없이 이어지는 향수가 그칠 줄 모르고 오직 긴 문장 하나로 이어졌다는 것은 바로 고향에 대한 그리움의 상징적 유형을 보여주는 것이라 여겨진다. 〈고향을 그리는 마음이란 짭짤하고도 달콤하며, 아름답고도 안타까우며, 기쁘고도 서러우며, 제 몸 속에 있는 것이로되 정체를 잡을 수도 없고, 그러면서도 혹 우리가 낙망하거나 실패하거나 해서 몸과 마음이 고달플 때면 그야말로 바닷물같이 오장 육부 속으로 저려 들어와 지나간 기억을 분홍의 한 빛깔로 물칠해 버리고, 소년시절을 보내던 시골 집 소나무 우거진 뒷동산이여 한 글발에서 공부하고, 겨울이면 같이 닭서리 해다 먹던 수남이 복동이 들이 그리워져 앉도 서도 못하도록 우리의 몸을 달게 만드는 이상한 힘을 가진 감정感情이다>고 말한다. 필자가 굳이 이 무척 긴 한 문장을 그대로 다 옮겨놓는 까닭은 고향 앞에서 그치지 않고 이어지는 그리움 감정의 연속성 때문이다. 이 감정이 곧 시향詩鄕의 원천일 것이며, 이 감정이야말로 시인들의 시속에 끊임없이 용해되어 나타나게 될 것임은 물론, 고향을 그리는 향수鄕愁가 이리도 긴 문장 하나로 그치지 않고 이어져 오듯이 시 작품 속에서의 본향本鄕은 영원한 고향을 터전으로 계속 이어져 내려올 것이라 믿고 있는 까닭이다.

'충남'을 본향本鄕으로 '충남'의 시적 정체성을 찾아 참다운 '충남'의 모습에 그치지 않고 그려지게 되기를 바라는 마음 간절하다.

2024년 10월

산애재蒜艾齋에서

구재기 씀

차례

제3부
시인의 고향을 찾아서

출향 시인의 시작품 속에
나타난 고향 의식

- 충남의 출향 시인의 시작품을 중심으로

출향 시인의 시작품 속에 나타난 고향 의식
― 충남의 출향 시인의 시작품을 중심으로

1. 들어가면서

고향故鄕[1]란 '자기가 태어나서 자란 곳'을 가리킨다. 그 고향 속에는 어떤 지방이나 시골의 독특한 정서를 가지게 마련이다. 많은 시인들(시인들 뿐만 이 아니라 모든 문학인도 마찬가지다)은 그가 태어나고 자라고 살고 있는 독특한 고향 속의 자연, 풍속, 생활, 사상 등을 시작품(문학작품)을 통하여 그려내고 있다. 그것은 원류에 대한 동경이기도 하고, 영원한 고향에 대한 거리감에 옳는 것, 그리고 그곳으로 귀향하려는 노력으로부터 시작되는 개인적인 정서에서 비롯되는 것이라 하겠다.

한漢나라 시대로 추정되는 작자 미상의 고시古詩로 5언4장五言四章의 한시체漢詩體로 쓰여진 「行行重行行(행행중행행: 가고 가고 또 다시 가고 가니)」[2]란 시작품이 있다. 이 시작품은 사랑하는 사람과 생이별하게 된

---

1) 이 글에서의 '고향(故鄕)'이라는 의미는 다분히 '태어나서 자란 곳', 또는 '조상 때부터 대대로 살아 온 곳'이란 사전적 의미에 준한다. 그러면서도 '중앙'과의 대립되는 '지방'의 의미를 굳이 배제하지는 않는다.

2) 「行行重行行」이란 작품은 다음과 같다.
行行重行行(행행중행행) 가고 가고 또 가서
與君生別離(여군생별리) 사랑하는 임과 생이별하였다
相去萬餘里(상거만여리) 만리를 사이에 두고

여인의 애틋한 심정을 그린 작품이다. 그러나 그 내용을 자세히 살펴보면 '말[馬]이나 새[鳥]같은 금수禽獸조차도 귀소본능으로 고향을 잊지 못하는데 떠나간 내 님은 언제 다시 돌아 오시려나'하고 사랑하는 사람이 고향으로 돌아오기를 기다리며 애태우는 여자의 마음이 잘 나타나고 있다. 여인으로서 가장 절절한 마음을 고향을 그리워하는 마음에 견주어 표현한 것이다.

또 『예기禮記』「단궁상편檀弓上篇」에 '수구초심首丘初心[3]'이라는 말이 나온다. 이 말은 곧 근본을 잊지 않음을 비유한 것으로, 여우는 평생 구릉에 사는 까닭에 죽음 때에 이르면 머리를 바르게 하여 언덕으로 향하는 것은 그 근본을 잊지 아니하는 까닭이요, 근본에 위반하고 처음을 잊는 것, 곧 고향을 잊는다는 것은 인자仁者의 마음이 아니라는 것이다.

各在天一涯(각재천일애) 각각 하늘 끝에 있다네
道路阻且長(도로조차장) 길은 험하고 머니
會面安可知(회면안가지) 만날 날을 어찌 알 수 있으랴
胡馬依北風(호마의북풍) 오랑캐 말은 북풍에 의지해 울고
越鳥巢南枝(월조소남지) 월나라 새는 남쪽가지에 둥지를 트네
相去日已遠(상거일이원) 서로 헤어진 지 오래되어
衣帶日已緩(의대일이완) 의대는 나날이 느슨해지는구나
浮雲蔽白日(부운폐백일) 뜬 구름 흰 해를 가리고
遊子不顧返(유자불고반) 그대는 돌아오지 않네요
思君令人老(사군영인노) 임을 생각하느라 늙어
歲月忽已晚(세월홀이만) 세월은 이미 늦었구려
棄捐勿復道(기연물부도) 버리고 간 일 원망 않을 테니
努力加餐飯(노력가찬반) 부디 식사나 잘 하세요

3) 『禮記』(檀弓上篇) : 강태공(姜太公)이 제(齊)나라 영구(營丘)에 봉해져 계속해서 오대(五代)에 이르기까지 살았으나 주(周)나라에 와서 장례(葬禮)를 치뤘다.「군자가 말하기를 "음악은 그 자연적으로 발생하는 바를 즐기고 예는 그 근본을 잊지 않아야 한다." 옛사람의 말이 있어 말하기를 "여우가 죽을 때 언덕에 머리를 바르게 하는 것은 인(仁)이다."라고 하였다(太公封於營丘 此及五世 皆反葬於周 君子曰 樂樂其所自生 禮不忘其本 古之人有 曰曰 狐死正 丘首仁也). 여기서 유래된 사자성어가 수구초심(首丘初心)이다.

현민玄民 유진오兪鎭午의 작품인 「창랑정기滄浪亭記」에는 고향을 그리는 마음을 다음과 같이 잘 그려내고 있다.

고향으로 그리는 마음이란 짭짤하고도 달콤하며, 아름답고도 안타까우며, 기쁘고도 서러우며, 제 몸속에 있는 것이로되 정체를 잡을 수 없고, 그리워하면서도 혹 우리가 낙망하거나 실패하거나 해서 몸과 마음이 고달픈 때면 그야말로 바닷물같이 오장육부 속으로 저려 들어와 지나간 기억을 분홍의 한 빛깔로 물칠해 버리고, 소년시절을 보내던 시골집소나무 우거진 뒷동산이며 한 글방에서 공부하고 겨울이면 같이 닭서리해다 먹던 수남이 복동이 들이 그리워서 앉도 서도 못 하도록 우리의 몸을 달게 만드는 이상한 힘을 가진 감정感情이다.

이 얼마나 아름다운 고향에의 정서인가? 고향에 대한 집념은 분명 하나의 숙명과도 같다. 가슴에 고향을 품고 있는 사람에게는 영원히 지울 수 없는 흔적으로 남는다. 가슴 깊은 곳으로부터 혈맥을 타고 흐르는 피돌기에 따라 시도 때도 없이 되살아난다. 더더구나 시인들에게는 영혼의 가장 순수한 부분으로 자리 잡아 새로운 세계를 창출해내는 성스러운 그리움의 원천이 되기도 한다.

시인은 시속에서 다양한 고향적 인물이기를 원한다. 이미 체험한 고향에서의 다양한 경험을 통하여 다양한 인물들이 등장하는 것도 바로 그러한 까닭이다. 또한 시인은 시 속에 다양한 고향의 이야기를 담고자 한다. 시라는 형식으로 짧게 말하면서 가장 많은 이야기를 내용으로 담고 싶어 한다. 그러하기 때문에 시인은 고향 속에서 어떠한 사물을 만나게 되면, 또는 어떤 시적 소재를 만나게 되면, 그 사물과 소재

속에 자신의 모든 것을 담고자 하는 것은 물론이요, 그와 더불어 자기의 것이 아닌 이 세상 모든 것을 다 담아내려고 애를 쓴다. 고향에서 비롯된 소재와 전혀 관계가 없는 것을 전혀 관계가 있는 것처럼 말함으로써 독자로 하여금 새로운 맛을 느끼게 한다.

그렇다면 '충남'이라는 행정적 영역을 하나의 고향으로 하는 충남의 시인들은 과연 어떻게 그들의 고향을 그려내고 있는가? 충남 출신 출향 시인[4]들의 시작품 속에 나타난 고향 의식을 살펴보기로 한다.

2. 삶의 기억으로서의 고향

기억은 언제나 감미롭다. 그것이 설사 불행한 것이었다 하더라도 아름답다. 또한 고향에서는 차마 기억하기 싫었던 것이라 하더라도 오랜 세월을 지나고 나면 항상 감미롭고도 아름답다. 모처럼 고향을 찾아 늙으신 부모님과 함께 한 잠시의 시간에 머물다 보면 그것이 얼마나 따뜻한 혈연지간의 만남이었는가, 절로 흐뭇함에 사로잡히게 된다.

팔순이 어머니 아버지 두 분만 사시는 고향집에 내려가니 그동안
그럭저럭 나오던 TV가 칙칙거리며 나오지 않는다. 늙은 어머니는
텔레비전 앞에 앉아 있고 늙은 아버지는 대문간을 지키고 젊은 나는
세워놓은 안테나를 동서남북 돌려보다 신통치 않아 아예 통째로 뽑

---

4) '충남 출신 출향 시인'이란 충남에서 태어나서 현재 충청남도가 아닌 다른 시·도에 거주하고 있는 시인들을 모두 일컫는다. 그러나 본고에서는 충청남도 13개 시·군에서 태어나 현재 생존하여 활발하게 시작품활동을 하고 있는 출향 시인들을 대상으로 한다. 그러나 한정된 지면에 각 시군에서 한 명씩의 시인들 작품을 논할 수 없어 아쉬웠다.

아들고 감나무 옆, 뒤란 시누대밭, 장독대 뒤꼍으로 왔다 갔다 한다.

내가 대문간의 늙은 아버지한테 잘 나와요? 물으면 늙은 아버지는 대문 앞에 서 있다가 할멈, 잘 나와? 묻고 늙은 어머니가 아까보담 더 안 나와요, 하면 늙은 아버지가 다시 말을 받아 아까보담 더 안 나온다, 하고 젊은 나한테 외친다.

나는 또 자리를 옮겨 잘 나와요? 묻고 늙은 아버지는 늙은 어머니에게 똑같이 재우쳐 묻고 늙은 어머니는 늙은 아버지에게 대답하고 늙은 아버지는 젊은 나에게 대답한다.

젊은 나는 반나절 팥죽땀을 쏟으며 그 기다란 안테나를 들고 뒤뚱거린다. 세 사람이 연신 묻고 묻고, 대답하고 대답한다. 늙은 아버지가 대문간을 지키고 있기가 따분한지 담배 한 개비를 피워 물며 쭈그리고 앉아 대강 나오면 그냥저냥 보제, 하던 차 굴뚝 옆에 자리를 잡아 안테나를 돌리니 방 안에서 아이구야, 겁나게 잘 나온다. 늙은 어머니의 목소리가 늙은 아버지를 통하지 않더라도 내 귀까지 선명하다. 돌아가지 않게 단단히 비끄러맨다. 방 안에 들어와 채널을 돌려보니 7번, 9번, 11번 다 화면이 선명하다.

저녁 늦게 서울에 올라와 마누라, 자식새끼랑 주말 연속극을 본다. 늙은 아버지도 늙은 어머니도 시골집에서 주말연속극을 본다. 참 오랜만에 늙은 아버지, 늙은 어머니, 젊은 자식놈이 안테나가 맞아 저무는 주말 저녁, 함께 연속극을 본다. 가슴 뭉클하고 선명한 주말연속극.

　　　　　　　— 고영민의 「주말연속극」(시집 『악어』 실천문학사, 2005.) 전문

고향을 떠올리면 부모 형제가 먼저요 앞뒤로 펼쳐진 자연 그대로의 풍광이다. 부모 형제와 삶의 근거지로부터 멀리 떨어져 어쩔 수 없이

살아감으로써 살아가는 시인에게는 더욱 더 그리움의 대상이 된다. 비록 낯선 객지에서 살아가고 있지만 혈연적인 끈은 결코 져버릴 수 없다. 현실적으로 몸은 떨어져 있다 하더라도 고향에 살아있는 영혼의 향방은 언제나 고향 안에 깊게 매여 있다.

서산 출신의 시인 고영민[5]의 「주말연속극」에서는 결코 끊어질 수 없는 혈연의 단단한 끈이 보이고 있다. 그것은 고향과 객지의 삶터를 공간적으로 단단하게 이어주는 하나의 매체인 'TV안테나'로 연결되게 한다. '내가 대문간의 늙은 아버지한테 잘 나와요? 물으면 늙은 아버지는 대문 앞에 서 있다가 할멈, 잘 나와? 묻고 늙은 어머니가 아까보담 더 안 나와요, 하면 늙은 아버지가 다시 말을 받아 아까보담 더 안 나온다, 하고 젊은 나한테 외친다. / 나는 또 자리를 옮겨 잘 나와요? 묻고 늙은 아버지는 늙은 어머니에게 똑같이 재우쳐 묻고 늙은 어머니는 늙은 아버지에게 대답하고 늙은 아버지는 젊은 나에게 대답한다.' 아버지와 어머니, 그리고 나 사이의 가운데에서 'TV안테나'는 바로 혈연을 연결해주고 있는 역할을 하고 있는 것이다.

혈연으로 맺은 아버지와 어머니와 자식을 공간적으로 연결시켜주는 'TV안테나'는 오늘날의 부모 자식간의 분리된 삶의 공간 사이를 더욱 밀접한 고리역할을 하면서 고향 의식의 바탕을 이루고 있다. 오늘날 고향의 살아가는 모습이 대부분이 그러하듯 늙으신 부모는 고향땅을 지키고 있고, 자식은 직장으로 인하여 삶의 근거지를 객지에 두고 있다. 그런 자식이 모처럼 고향땅에 돌아와 보면, 고향은 자식에게 조

---

5) 고영민 : 충남 서산에서 출생, 중앙대학교 문예창작과를 졸업했으며 2002년『문학사상』으로 등단, 2004년 문예진흥기금 수혜, 시집으로『악어』(실천문학사, 2005)와『공손한 손』(창비, 2009)가 있으며, 제7회 지리산문학상을 수상하였다.

금은 공간적 거리감을 느끼게 해준다. 이러한 공간적 거리감을 'TV안 테나'가 중간 매개 역할을 하면서 혈연간의 간격을 좁혀주고 있는 것이다.

　이와는 달리 논산 출신의 김지헌[6]은 「뒤란」을 통하여 고향에서의 기억을 담아내고 있다. 점점 늙어가는 부모님에 대한 기억과 고향에서의 성장 과정에서 보았던 이야기를 중심으로 다음과 같은 시작품을 엮어내고 있다.

　　환한 그늘이 있는 뒤란에는
　　후—미진 기억의 파편들이 묻어 있다
　　낫이며 쇠스랑 같은 등 굽은 농기구들이
　　허리 펴고 잠시 쉬기도 하고
　　엄마의 시집살이 넋두리를 들어주던 감나무도
　　같이 늙어가는,
　　내가 뒤란을 좋아하게 된 것은
　　초경의 부끄러움을 겪고 난 이후였을 것이다
　　어쩌다 뒷집 오빠가 몰래 숨어들어
　　바지를 내리는 것도 보았고
　　옆집 채옥 언니가 집에서 쫓겨나
　　우리집 뒤란의 헛간에서
　　몇날며칠 울며 지낸 적도 있다

---

6) 김지헌 : 논산 강경 출신으로 수도여자사범대학 과학교육과를 졸업한 후 1997년 《현대시학》으로 등단하고, 시집 『다음 마을로 가는 길』『회중시계』『황금빛 가창오리떼』『배롱나무 사원』등을 펴냈다. 국립공원관리공단 자문위원.

그러니까 뒤란은 내게

한 가계의 나이테이자

수십 년이 지나도록 하나씩 꺼내어 가지고 놀다가

제 자리에 갖다 놓곤 하는,

햇빛이 들지 않아도 견고한

보물상자 같은 것

누구나 그런 생의 뒤란 하나쯤 갖고 있어

슬쩍

술래를 따돌릴 수 있다면

　　　　　　　- 김지헌의 「뒤란」(시집 『배롱나무 사원』 시안, 2012.) 전문

　시인은 문득 고향집 '환한 그늘이 있는 뒤란에는/ 후—미진 기억의 파편들이 묻어 있다'는 것을 알게 된다. 그늘이 과연 환할까? 그러나 고향에 대한 그리움의 기억이니 절로 환해질 수밖에 없다. 그 속에 '낫이며 쇠스랑 같은 등 굽은 농기구들이/ 허리 펴고 잠시 쉬기도 하'는 것을 보면 늙은 아버지의 모습이 절로 떠오르게 되고, 늙어가는 감나무를 바라보면서 어머니를 떠올리게 되며, '엄마의 시집살이 넋두리'들이 눈앞에 환하게 나타나는 듯 생생하게 들려온다.

　그러나 더욱 생생하게 밀려오는 기억은 '내가 뒤란을 좋아하게 된 것은/ 초경의 부끄러움을 겪고 난 이후'의 일이다. '채옥' 언니와 '뒷집 오빠'의 사랑 이야기이다. 그것은 시인의 성장과 함께 더불어 생생하게 기억되고 있으며, 그래서 더욱 '내게/ 한 가계의 나이테이자/ 수십 년이 지나도록 하나씩 꺼내어 가지고 놀다가/ 제 자리에 갖다 놓곤 하는,/ 햇빛이 들지 않아도 견고한/ 보물상자 같은 것'으로 '뒤란'은 영원한 고향에의 기억으로 남아있는 것이다.

고향에의 기억은 분명한 하나의 존재양식이라 할 수 있다. 이미 보아왔거나 들어왔던 모든 고향에의 기억은 어떤 것으로든 반드시 소생한다. 더더구나 한 시인에게 있어서의 고향은 혈연으로 비롯함이나 일찍이 보아왔던 사람의 얼굴이나 고향을 둘러싸고 있는 모든 풍광을 마음속에 그리려고 노력함으로써 생산적인 기억으로 시를 통하여 재탄생할 수 있는 것이다.

3. 삶의 아픔으로서의 고향

상실해버린 고향 앞에 서면 아프다. 상실해져 가는 고향의 모습을 그대로 간직하지 못하는 가슴은 쓰리다. 지키지 못한 아쉬움과 함께 지켜낼 수 없는 무력함은 현실 앞에서 자기실현의 모습을 바라보지 못하는 안타까움에 젖어들 수밖에 없게 한다.

오늘날의 세종시는 2005년 5월 18일 행정중심복합도시건설을 위한 특별법제정·공포되고, 2006년 12월 1일 행정도시 명칭을 '세종시'로 확정된 이후 2012년 6월 30일 충남도 연기군은 폐지되고 말았으며, 2012년 7월 1일 세종특별자치시로 출범하면서 종래의 충남 연기군 일원, 충남 공주시, 그리고 충북 청원군 일원을 행정구역으로 하여 나타난다. 그에 따라 그곳에서 태어나고 자란 사람들에게는 매일 마주하던 산과 들녘은 물론 작은 시내까지 완전히 뒤바꿔 놓아 종래의 모습은 상상할 수조차 없게 한다. 그러하거니와 그리워할 고향을 잃어버린 주민들의 마음은 어떠할까? 바로 이 낯설고 어색한 '세종시'에 이름마저 삼켜져버린 고향, 공주시 장기면 당암리 막은골에서 태어나고, 몸과 마음을 함께 키워온 시인 이은봉[7]은 다음과 같이 절규한다.

안터, 부귀동, 불탄터, 음짓말, 띠울, 엄고개, 속골, 성돌, 양청, 강
골, 참샘골, 생기동, 미레, 소잠……

이런 마을 이름 다 삼켜 버렸네

옷시암거리, 수렁배미, 송종목, 짐너머, 지내, 공수마루, 찬물내기,
도깨비탕, 빼리, 호미다리, 통묏산……

이런 땅 이름 다 잡아먹었네

이들 이름과 함께 키워 온 꿈도 추억도 죄 씹어 먹었네 아름다운
괴물도시 세종시가 아가리 딱딱 벌리고서는.

- 이은봉의 「이름들 - 막은골 이야기」(『시와표현』2011. 창간호) 전문

이미 지상에서 사라져버린 향토의 이름을 열거법으로 일일이 거론
하면서 도시화되고 개발이라는 미명 아래 사라져 버린 오늘날의 현실
을 고발한 작품이다. 고향은 머릿속에 깊이 보존되어 있는 자연 그대
로의 모습일 때가 가장 아름답다. 물리적인 힘에 의하여 현대화되고
도시 문물이 밀물처럼 몰려와 전혀 다른 세상을 이루어 놓았다면, 지

---

7) 이은봉 : 1953년 충남 공주에서 출생하였으며 숭실대에서 문학박사 학위를 취득했다. 1984년
《창작과비평》에 신작시집 『마침내 시인이여』를 통해 등단하고, 시집으로 『좋은 세상』 『내 몸에
는 달이 살고 있다』 『첫눈 아침』 등이 있으며, 한성기 문학상, 유심 작품상, 충남시협상 본상,
가톨릭문학상 등을 수상하였고, 현재 『시와시』 주간, 충남시인협회 부회장이며 광주대학교 문
예창작과 교수로 재직하고 있다.

난날이 생생하게 다가오는 천연적인(?) 고향 의식이 살아 있는 한, 사라져버린 고향은 인간이 본래적으로 가지고 있는 영원 회복의 꿈을 저버리게 하여 결국 좌절하게 한다. 그 뿐만 아니라 이에 따른 정신적 생명력까지 송두리째 사라지게 된다. 본능적으로 가지게 되는 회귀의식이 좌절되기 때문이다.

따라서 이은봉은 오늘날의 현실과 세태를 묵묵히 바라보면서 국토의 발전이 가져다주는 이 땅의 정치적인 상황을 고발하면서 사라진 향토에의 본원적인 회복을 기원하고 있는 것이라 하겠다.

청양 출신 시인 공광규[8]의 「모텔에서 울다」라는 시작품은 점점 잃어가고 있는 고향에 대한 슬픔이 가득 배어 있다. 시골의 고향을 떠나 마땅하게 쉴 곳을 찾지 못하게 된다면 누구나가 인생의 무상감에 사로잡혀 슬퍼하지 않을 수 없을 것이다. 먼저 시작품부터 살펴보기로 한다.

> 시골집을 지척에 두고 읍내 모텔에서 울었습니다
> 젊어서 폐암 진단을 받은 아버지처럼
> 첫사랑을 잃은 칠순의 시인처럼
> 이젠 고향이 여행지라는 생각을 하면서
> 얼굴을 베개에 묻지도 않고 울었습니다

---

8) 공광규 : 1960년 충남 청양에서 태어남. 동국대 국문과와 단국대 문예창작과 졸업하고, 1986년 《동서문학》으로 등단한 이후 1987년 《실천문학》에 현장시들을 발표하다. 시집으로 『대학일기』『마른잎 다시 살아나』『지독한 불륜』『소주병』『말똥 한덩이』 등이 있으며, 시론집으로 『신경림시인의 창작방법 연구』『시 쓰기와 읽기의 방법』『시창작 수업』 등이 있다. 제4회 윤동주상 문학부문 대상, 현대불교문학상 등을 수상했다.

오래전 보일러가 터지고 수도가 끊긴

텅 빈 시골집 같은 몸을 거울에 비춰보다가

폭설에 지붕이 내려앉고

눅눅하고 벌레가 들끓어 사람이 살 수 없는

쭈그러진 몸을 내려보다가

아, 내가 이 세상에 온 것도

수십 년을 가방에 구겨 넣고 온 여행이라는 생각을 하다가

이런 생각을 지우려고

자정이 넘도록 텔레비전 화면을 뒤적거리다가

체온 없는 침대 위에서 울었습니다

어지럽게 내리는 창밖의 흰 눈을 생각하다가

사랑이 빠져나간 늙은 유곽 같은 몸을 후회하다가

불 땐 기억이 오래된

컴컴한 아궁이에 걸린 녹슨 옛날 솥의 몸을

침대 위에 던져놓고 울었습니다

　　　　　　　- 공광규의 「모텔에서 울다」(2011년 봄호『시인시각』) 전문

　이 시작품을 굳이 해설할 필요 없다. 고향을 가진 사람에게는 누구나 쉽게 이 시작품 세계에 공감할 요소가 충분히 쉽게 드러나기 때문이다. 이 시작품의 배경으로 시인이 직접 쓴 「모텔에서 또 울다」란 수필은 더더욱 이러한 분위기를 보여줌으로써 고향상실에 따른 아픔에 충분한 공감을 불러일으켜 주고 있다.

　잊혀져가는 고향은 깊은 슬픔이게 한다. 시작품 「모텔에서 울다」와

다음의 수필 「모텔에서 또 울다」에 나타난 시인의 아픔은 이 시대를 살아가고 있는 모두의 슬픔이 되기에 충분하다.

지난번 시집을 내면서 이제 고향을 그만 우려먹어야지 하는 작심을 했는데, 이렇게 또 고향을 시로 썼습니다. 그것도 비슷한 체험과 상상력의 시여서 어떻게 해야 할지 모르겠습니다. 그러나 할 수 없는 일인 것 같습니다. 자기를 바꾸기가 어려운 일이니 이렇게 쓰면서 나이를 먹는 수밖에요. 제 삶이 지금 이런 지경에 와 있다는 신호이기도 합니다. 무너져가는 시골 흙집처럼 나이를 먹으면서 인생의 무상감을 느끼고 외롭고 쓸쓸하다는 심정이 들어와 있는 것이겠지요. 1950년 전쟁이 나던 해 여름에 비에 무너져서, 무너진 자리에 다시 지었다는 시골집은 저보다 나이가 꼭 열 살이 더 많습니다. 이제 늙은 시골집은 늙어가는 저를 받아주질 않습니다. 다음날 아침에 작업복을 꺼내려고 사랑방에 들어가는데 큰 벌집을 방문 앞에 매달아 놓고는 집에 들어올 생각을 하지 말라고 위협하였습니다. 하는 수 없이 재당숙네 집에다가 가방을 풀어야 했습니다. 시골에 내려가서 묵으면서도 잘 곳이 없어 모텔을 전전하니, 이제는 시골이 고향이 아니고 여행지라는 생각을 하게 되었습니다. 생각을 더하여 이제는 저나 오래된 흙집이나 한번 왔다가 가는 여행객이라는 생각이 들 때가 많습니다. 여행지에 와 있을 동안에 마주치는 운명들과 좀 더 진실하고 열심히 사랑하다가 알 수 없는 곳으로 가는 수밖에 없다는 생각이 듭니다.

— 공광규의 수필 「모텔에서 또 울다」 중에서

현실에서 가장 중요한 것은 나 자신이다. 아니 나 자신의 영혼이다.

그 영혼은 바로 고향으로부터 비롯되기도 한다. 영혼은 보이지 않는 현실보다 한 걸음 앞서 존재해야 현실이 풍요로울 수 있다. 그럼에도 불구하고 영혼의 근본적인 문제가 해결되지 못하고 무너져버린다면 슬픔은 극대화된다. 그리고 그러한 슬픔은 시인으로 하여금 동기와 재료로 제공되어 마침내 현실의 고발로써 나타나기도 한다.

4. 삶의 관조로서의 고향

'삶의 기쁨은 크지만, 지각이 있는 삶은 더욱 크다'고 시인 J.W. 괴테는 말한다. 그렇다. 삶을 지각하는 것을 제외하면 삶에는 아무런 가치가 없다. 삶은 가장 깊이 있는 개념으로써 이루어지는 것이며, 그 개념으로부터 가장 새로운 삶의 의미를 발견하게 한다. 이러한 삶의 의미는 어떠한 사물이나 사태의 속성이나 모습을 객관적으로 바라볼 수 있는 정신으로부터 비롯되곤 한다. 또한 이러한 사실이나 원리나 법칙은 농촌 생활의 체험이 조금이라도 있는 사람들에게는 어디서나 쉽게 목도할 수 있었던 것들이어서 깨닫는데 조금도 어려움이 없는 것이다.[9]

부여 출신의 출향 시인 이재무[10]의 시작품 「우리 동네 참나무」라는

---

9) 홍정선, 「고향에 깍지낀 시」(이재무, 시집 『온다던 사람 오지 않고』 해설에서)

10) 이재무 : 1958년 충남 부여에서 태어나 한남대 국문학과를 졸업하고, 동국대 국문학과 석사 과정을 수료했다.《삶의 문학》및《실천문학》과《문학과사회》등을 통해 작품 활동을 시작했다. 시집 『섣달그믐』 『온다던 사람 오지 않고』 『벌초』 『몸에 피는 꽃』 『시간의 그물』 『위대한 식사』 『푸른 고집』 『저녁 6시』, 시선집 『오래된 농담』. 시평집 『사람들 사이에 꽃이 핀다면』 『긍정적인 밥』, 산문집 『생의 변방에서』, 공저 『민족시인 신경림 시인을 찾아서』 등이 있으며, 제2회 난고(김삿갓)문학상과 편운문학상, 제1회 윤동주시상과 한남문학상, 소월시문학상 등을 수상했다. 현재 한신대 외 여러 대학에서 시 창작 강의를 하고 있다.

시작품을 살펴보자.

> 지난 여름 물난리에 저수지 터져
> 냇둑 위 큰 나무 작은 나무 다 휩쓸려 갔다
> 뿌리 뽑힌 채 나자빠졌다
> 실바람에도 천방지축 까불대던
> 버드나무 맨 먼저 쓰러졌다
> 허우대 멀쩡한 미루나무
> 찍소리 없이 넘어졌다
> 그러나 그 큰 물난리 다 치러내고도
> 단단히 살아 남은 나무 있었다
> 마디마디 괭이투성이
> 앞가슴 뒷가슴 짓물러터진
> 오십여 년 우리 마을과 함께
> 살아온 나무, 바로 참나무!
>
> 역사란 저것이구나
> 마침내 살아 남는 저것이구나
>
> ― 이재무의 「우리 동네 참나무」
>
> (시집 『온다던 사람 오지 않고』 문학과지성사, 1990) 전문

　이재무의 시에서는 흔히 농촌에서 볼 수 있는 어떤 사태나 속성을 객관적으로 표현함으로써 새로운 사실을 일깨워준다. 이 시작품에서는 고난의 추억을 남겨준 고향에서 만난 하나의 사태를 이미 뿌리박은 농촌적인 정서 안에서 새로운 삶의 이치로 인식하면서 삶의 올바른 길을

열어주고 있음을 보여주고 있다. 사실 이러한 '물난리'의 사태라면 누구나 어느 시골에서 한 번쯤 볼 수 있었던 사건이다. 한 마을의 수호신처럼 동네를 지키고 있는 참나무는 '마디마디 팽이투성이/ 앞가슴 뒷가슴 짓물러터진/ 오십여 년 우리 마을과 함께/ 살아온 나무'이다. 그야말로 고난의 마을 역사를 그대로 보여주고 있는 참 역사의 자체요, 온갖 상처투성이의 역사적 소용돌이에서도 어느 한 점 소용돌이에 휘말리지 않는 든든한 모습을 보여주고 있다. 그것은 바로 시인이 지향하고 있는 참삶의 고고함에서 비롯된 것이기도 하다.

다음은 홍성군 출신의 시인 이윤학[11]의 「저수지」를 배경으로 한 저녁의 풍경을 관조하면서 읊은 시작품이다.

하루 종일,
내를 따라 내려가다 보면 그 저수지가 나오네
내 눈 속엔 오리떼가 헤메고 있네
내 머릿속엔 손바닥 만한 고기들이
바닥에서 무겁게 헤엄치고 있네

물결들만 없었다면, 나는 그것이
한없이 깊은 거울인 줄 알았을 거네

---

11) 이윤학: 1965년 충남 홍성에서 태어났다. 동국대 국문학과를 졸업했으며, 1990년《한국일보》 신춘문예에 시가 당선되어 등단했다. 시집 『먼지의 집』『붉은 열매를 가진 적이 있다』『나를 위해 울어주는 버드나무』『아픈 곳에 자꾸 손이 간다』『꽃 막대기와 꽃뱀과 소녀와』『그림자를 마신다』『너는 어디에도 없고 언제나 있다』, 시선집 『나는 왜 네 생각만 하고 살았나』, 산문집 『환장』, 장편동화 『내 새를 살려줘』『왕따』『나는 말더듬이예요』『샘 괴롭히기 프로젝트』등을 펴냈다. 김수영문학상, 동국문학상 등을 수상했다.

세상에, 속까지 다 보여주는 거울이 있었다고
믿었을 거네

거꾸로 박혀 있는 어두운 산들이
돌을 받아먹고 괴로워하는 저녁의 저수지

바닥까지 간 돌은 상처와 같아
곧 진흙 속으로 비집고 들어가 섞이게 되네
　 - 이윤학의 「저수지」(시집 『붉은 열매를 가진 적이 있다』 문지사, 1995) 전문

　이윤학의 이 시작품 속에 들기 전에 하나의 장면을 떠올려보기로 한다.

　화자는 하릴 없이 '하루종일, / 내를 따라 내려가다' 문득 평소 자주 만나던 '저수지'를 만나게 된다. 그리고 그 저수지를 눈으로 바라보면서 '오리떼가 헤메고 있'는 것과 '손바닥만한 고기들이/ 바닥에서 무겁게 헤엄치고 있'을 것이라고 생각한다. 문득 돌을 집어 저수지에 던진다. 저수지의 물낯에 물결이 번진다. 그 물결을 바라보면서 '물결들만 없었다면' 저수지의 물낯은 자신의 내면까지 바라볼 수 있는 '한없이 깊은 거울인 줄 알았을' 것이며 '세상에, 속까지 다 보여주는 거울이 있었다고/ 믿었을' 것이라 생각한다. 아니 그렇게 믿고 있다.

　그러다 보니 저수지의 물낯에는 오리와 고기뿐만 아니라 어두운 산들도 모두 들어와 박혀 있다. 이 모든 것들은 '저녁의 저수지' 속에 들어 있다. 아, 그렇구나. 고요히 물낯으로 세상을 비추어주고 있는 거울이 하나의 '돌'로 비롯된 흔들림의 세상이 되어 버렸을 뿐만 아니라 '바

닥까지 간 돌은 상처와 같아/ 곧 진흙 속으로 비집고 들어가 섞이게 되'었다는 것을 알게 된다. 곧 자신과 동일화된 '저수지'가 현실적인 삶속의 '돌'로 인하여 물결처럼 흔들리다가 마침내 그것이 삶의 상처로 결국 내면의 아픔이 되어버린 것이다. 저수지에 던진 돌에 의한 물결의 괴로움을 표현한 것도, 그 돌이 마침내 진흙 속으로 비집고 들어간 것도 현실과 관련한 시인의 고향의 풍경으로부터 얻은 삶을 관조한 깨달음이라 하겠다.

5. 삶의 꿈로서의 고향

충남 서천 출신인 시인 유승도[12)]는 지금 강원도 영월군에 있는 산기슭에서 화전민들이 버리고 간 빈 집에 살며, 밭을 일구고 벌을 키우며 살아가고 있다 한다. 무슨 까닭으로 고향 서천의 산을 외면하고 강원도의 궁벽한 산골에 삶의 짐을 내려놓고 있는지는 몰라도 그곳에서 그는 낮에는 흙과 함께 매만지고, 밤에는 골바람 소리 속에서 들려오는 뭇짐승의 발자국 소리를 모으며 시를 쓰고 있는 자연 시인으로 알려져 있다. 그의 시작품 「산」이라는 시작품에서 '니는 둥그런 산에 산다/ 나무와 밭으로 뒤덮인 산, / 숲에서 나온 물줄기는 밭을 가로질러 산 아래 들판으로 흐른다/ 가끔은 구름이 내 오두막을 감싸기도 한다'는 첫 연을 통해서도 그런 자연 시인의 모습을 엿볼 수 있게 한다.

---

12) 유승도 : 1960년 충남 서천 출생. 경기대학교 국문과 졸업하고, 1995년《문예중앙》신인상에 「나의 새」외 9편 시가 당선 문단에 등단하였다. 시집으로는 『작은 침묵들을 위하여』 『차가운 웃음』 등이 있으며 산문집 『고향은 있다』가 있다. 현재 강원도 영월에서 농사를 지으며 살고 있다.

나는 둥그런 산에 산다

나무와 밭으로 뒤덮인 산,

숲에서 나온 물줄기는 밭을 가로질러 산 아래 들판으로 흐른다

가끔은 구름이 내 오두막을 감싸기도 한다

내 산엔 산 같은 무덤들이 있다

아버지 어머니도 산에 묻혔다

아버진 말이 없는 분이셨다

얼굴을 본 기억이 없는 어머닌 노래를 잘 부르셨다고 한다

이제 출산 날이 다가온 아내의 배를 보니

무덤을 참 많이도 닮았다

　　　　　- 유승도의 「산」 (시집 『작은 침묵들을 위하여』 창비사, 1999) 전문

　그런데 '내 산에는 산 같은 무덤들이 있다'는 것을 확인하면서 시인은 어느덧 고향으로 돌아가고 있다. 둥그런 산, 아니 산 같이 둥그렇고 불룩한 무덤이 많이 있다는 것을 알고는 곧 아버지 어머니를 떠올린다. 이른바 고향 회귀 본능의 발현이라고 볼 수 있다. '아버지 어머니도 산에 묻혔다'면서 말이 없으셨던 아버지와 노래를 잘 부르셨다는 '얼굴을 본 적이 없는' 어머니를 떠올리는 것이다.

　시인에게 있어서의 산은 곧 어머니 아버지요, '이제 출산 날이 다가온', '무덤을 참 많이도 닮'아 있는 '아내의 배'까지 모든 혈육들이 산과 동일화를 이루고 있음을 볼 수 있다. 더더구나 출산 직전에 있는 아내의 둥그런 배 속에는 시인의 대를 이어갈 아이가 들어있는 곳이기도 하다.

따라서 아버지와 어머니의 무덤이라는 저승의 세계 - 나무와 밭과 구름이 감싸고 있는 오두막의 이승의 세계 - 이제 출산 날이 다가온 아내의 배를 통한 내세에 이르기까지의 모든 삶의 모습을 '무덤'이라는 연결고리를 통하여 앞으로 어떻게 살아갈 것인가를 제시해 놓으면서 미래 세계에의 꿈을 드러내 보이고 있다.

6. 마치면서

고향은 고향을 가진 모든 시인들에게 '어머니'와 같은 존재이다. 영원히 사랑하고 싶은 영혼의 실존이요, 언제 어디서나 불쑥 치솟아 오르는 맑은 시정신의 원천이요, 살아생전 가슴 깊이 소중하고 존귀하게 품고 있으면서 이따금 꺼내놓고 희로애락을 함께하고 있는 가슴 속의 뜨거움이다.

> 맨살에 맞부딪는 하루해가 지고
> 허공에 솟는 달은 사뭇 차다
> 옷깃을 스치는 바람결에도
> 다시 온통 흔들이어니
> 천방산千房山은 언제나
> 나에게는 어머니였다
> 어머니!
> 나는 천년千年을 두고
> 죽는 날까지 아이일레요
> ─「서시序詩 (구재기 시집 『千房山에 오르다가』 중에서) 전문

지금까지 필자는 「출향 시인의 시작품 속에 나타난 고향 의식」이라는 제題 아래 '충남의 출향 시인의 시작품을 중심으로'라는 부제를 붙여 현실적인 삶에서의 기억, 아픔, 관조, 꿈으로서의 고향 의식을 나름대로 살펴보았다. 그러고 보면 고향은 모든 시인들의 의식 속에 철저하게 응고되어 언제 어디서든지 시인의 주요한 시의 소재로서, 혹은 제재로서, 혹은 주제로서 잘 나타나게 된다.

그런데 이러한 사실이 과연 충남 출신 출향 시인들의 작품 속에서만 나타나는 현상일까? 이와 같은 물음에 대한 답은 한 마디로 '아니다'란 것이다. 고향을 가진 모든 시인들의 시작품 속에 공통적으로 나타난다는 것이다. 시인은 어느 누구보다도 그가 태어난 고향의 흙과 자연은 물론 가족과 이웃을 사랑하는 사람들이다. 그가 쓰는 모든 시는 고향으로부터 정신적으로 이어받은 열정의 소산으로부터 나온 것이다.

고향은 새로운 능력을 창조해 내지는 못하나 이미 가지고 있는 능력을 발휘할 수 있는 힘을 준다. 일상생활에서 흔히 만나게 하는 좌절이라든가 곤궁한 상태에 이르게 될 때에도 새로운 비전을 제시해주는 것 또한 고향이다. 그러므로 고향은 모든 사람들에게 종교와도 같은 것이며, 시인들에게는 어떤 모습이로든지 시 창조의 원천으로서 마르지 않는 정서를 끊임없이 범일汎溢하게 하는 곳이기도 하다. 그래서 출향시인이라면 누구든지 고향의식을 가슴 깊이 간직하지 않을 수 없을 것이리라.

따라서 지금까지 필자는 「出鄕 詩人의 詩作品 속에 나타난 故鄕 意識」을 말해오면서도 충남의 출향 시인의 시작품을 통하여 결국에는 '한국시에 나타난 고향 의식'을 말하여 온 셈이 된다.

끝으로 다음과 같은 김소월의 경우를 고향의식의 예로 삼는다.

하루는 저녁이 되자 소월은 외삼촌들과 함께 반디불을 앞에 두고 바느질을 하는 숙모(계희영)에게 몰려들어 이야기를 해달라고 졸랐다.

계희영에게는 이들이 코흘리개 어린애에 불과했지만 소월을 제외한 경삼 등은 엄연한 사돈이고 상투까지 올린 서방님들이여서 거절을 못하고 생각 끝에 접동새 이야기를 들려주었다.

"옛날 박천 진두강 맑은 물이 흘러내리는 산골에 한 선비가 살았
단다. 맏이로 딸 하나를 두고 아들을 아홉이나 두었는데 오롱조
롱 어린것들을 남겨놓고 그만 엄마가 세상을 떠났구나. 그래서
맏누나는 엄마 대신 동생들을 돌보며 시중했었지…"

숙모의 접동새 이야기가 어린 소월에게 그토록 깊은 인상을 남겼던 것일까. 당시 어린 소월은 '아홉오라비 접동, 아홉오라비 접동' 하며 무수히 외웠는데 그것이 후에 《접동새》의 소재가 된 것이다.

"접동/ 접동/ 아우래비 접동 // 진두강 가람가에 살던 누나는/ 진두강 앞마을에/ 와서 웁니다. // 옛날 우리나라/ 먼 뒤쪽의/ 진두강 가람가에 살던 누나는/ 의붓어미 시샘에 죽었습니다. // 누나라고 불러보랴/ 오오 불설워/ 시새움에 몸이 죽은 우리 누나는/ 죽어서 접동새가 되었습니다. // 아홉이나 남아 되던 오랍동생을/ 죽어서도 못잊어 차마 못잊어/ 야삼경 남 다 자는 밤이 깊으면/ 이 산 저 산 옮아가며 슬피 웁니다."

시 「접동새」의 전문이다. 김소월의 이 「접동새」는 소월이 스무살이 되기 전에 쓴 시라고 전한다.

　　　　　- 윤재윤의 「시로 보는 소월의 문학적 생애와 시상」(daum 지식)에서 ◗

---

* 본고는 2012. 9. 30. 〈제5회 충남문화예술제〉에서 발표된 내용이다.

제2부

작고 시인론

질곡桎梏에서의 혁신革新

- 이해문李海文의 시 세계

1.

　1930년대는 우리의 현대시가 본격적인 체모를 갖추면서 괄목할 만한 업적을 남긴 시기이다. 카프(KAFE)의 해체에서 시작된 1930년대의 문학은 모든 순수주의적 예술지상주의적 강령에도 불구하고 제국주의 일본과의 민족적인 모순과 갈등, 봉건주의적 잔재의 온존, 식민주의적 자본주의화에 따른 농민의 온존, 식민주의적 자본주의화에 따른 농민의 분해와 노동계급의 급격한 성장(1920년부터 1932년 사이를 보더라도 1,167회에 걸친 167,165명이 참가한 노동쟁의, 708회에 걸친 55,168명이 참가한 소작쟁의가 있었다)과, 그리고 소시민적인 지식인의 출현과 그들의 실직에 따른 고통 문제 등이 대두되면서 사회적·역사적 현실을 어떻게 다루어져야 할 것인가라는 데에서 시문학의 위치가 판가름되는 시대성의 문제를 안고 있다.

　확실히 1930년대는 문학활동에 참가하는 문학인들이 우선 숫적으로 대단히 많아졌으며, 서구문학의 수입이 종래의 일본을 거쳐 오던 길에서 탈피함으로써 보다 더 직접화되기에 이르렀고, 또한 그 영향력이 증대하였을 뿐만 아니라 시창작에 있어서도 기술적으로 세련미가 가중되었으며, 문학 이론도 전문화되기도 하였던 시기이다.

이러한 시기인 1938년 6월 8일, 이인영李仁永을 발행인으로 한 《시인춘추詩人春秋》란 동인지가 서울의 시인춘추사에서 선을 보였고, 그 동인 중의 한 사람으로 영원한 예산禮山의 시인 이해문李海文이 활약하고 있었음을 우리는 안다. 뚜렷한 주의나 경향을 표방하지 아니하고 신인이 아닌 중견시인들이 순수시 건설을 모토로 동인체를 구성함으로써 탄생시킨 이 《시인춘추詩人春秋》는 우리의 충남 예산에서 원고를 수집하여 발행만을 서울에서 하였으니, 충남의 동인지라 하여도 과언은 아닐 것이다.

이해문은 1911년부터 1952년에 이르기까지 충남 예산군 신암면 오산리 155번지에서 살아왔다. 지방공무원으로 지내면서 20세를 전후로 하여 시작에 열중하였던 그는 각 신문과 잡지에 활발하게 작품을 발표하기 시작하더니, 마침내 1938년 박노춘朴魯春·윤곤강尹崑崗·김북원金北原·마명馬鳴·조마사趙麻史·성기원成耆元·황일영黃日影 등과 더불어 〈시인춘추사〉를 세우고, 동인을 구성하기에 이른다. 물론 1930년대 예산의 무정부주의자였던 성보호成瑠鎬가 창간한 문예지인 《문예광文藝狂》이 나와 이해문이 여기에 참여하기도 하였지만, 《시인춘추》에서처럼 중추적인 역할을 수행한 것은 아니었다. 이해문은 《시인춘추》에서 편집에 직접 참여하여 편집뿐만이 아니라 이해문李海文·고산孤山·김오산인金烏山人 등의 이름으로 시작품과 시인론 등의 평론을 발표하여 문학론을 펼치기도 한 것이다. 그리고 그는 『바다의 묘망渺茫』이란 시집을 1938년 시인춘추사에서 펴내기도 한다.

이에 따라 필자는 주로 《詩人春秋》 제1·2집을 중심으로 《시인춘추》에 나타난 이해문의 시작품과 평론을 통하여 그의 시세계를 일별하여 보기로 한다.

2.

이해문은 1938년 6월 8일에 발간한 〈시인춘추〉 창간호 편집후기
에서 다음과 같이 말하고 있다.

> 「薔薇村」·「金星」·「朝鮮詩壇」등 넷날 詩誌는 고만두고라도 최근
> 의 「詩苑」 그 다음 「浪漫」과 「詩建設」·「詩人部落」 등이 우리에게도
> 詩가 있다는 것을 말하여 온 가장 크나큰 부르짖음이었던가 한다.
> 그러나 또한 社會的 地盤으로 볼 때에 우리의 시는 아즉도 구박이
> 甚하다. 그것이 「詩」 自體의 어리고 無氣力하고 覇氣 적은 탓이랄가.
> 하여턴 우리의 詩는 늘 —— 華麗한 꿈속에, 그러나 貧弱하고 학대
> 받는 搖籃을 갖어 왔었다. 이것을 勇敢히 뚫고 나아가자는 우리의
> 陣營이 또하나 이루어진 것을 스사로 기뻐한다.

우리는 여기에서 이해문이 추구하고자 하는 시세계를 짐작하게 하
는 몇 가지 요소를 발견할 수 있게 한다. 그것의 하나는 시세계에 있어
서의 사회적 지반을 강조하였다는 것이요, 또다른 하나는 1930년대의
시세계가 추구하는 데에 대하여 비판을 가했다는 것이다. 이해문은 낭
만과 환몽幻夢을 부정하고 현실과 시대에 밀착하였던 당시의 시 세계
라든가. 지나친 예술적 기교와 주지적 경향에 치우침을 개탄하면서 인
간 생명의 표현과 인간 옹호를 위한 시세계에 대하여 〈社會的 地盤으
로 볼 때에 우리의 詩는 아즉도 구박이 甚하다〉는 말로써 부정을 한
다. 또한 〈華麗한 꿈속에, 그러나 貧弱하고 확대받는 搖籃을 가져왔
었다〉고 주장하기도 한다.

그러면 이해문의 시세계는 어떠한 것인가? 먼저 〈시인춘추〉 창간호에 발표된『서시序詩』부터 살펴보기로 하자.

> 宇宙 曠漠한 荒原에는 美麗한 꿈 서러운 情이 있다.
> 찾어가도 끝없는 航路의 孤獨.
> 오늘도 몇 시인이 地軸을 움즉일 情熱에 느끼어 우는고.
>
> 사랑은 浦口의 戀情같이 애틋한데
> 기쁨은 自然의 薰香인냥 즐거웁다.
> 哀愁의 雪原을 지나 끝없는 薔薇의 길을 것는 마음
> 지나간 春秋 얼마나 많은 詩人들이 多恨한 心境을 自慰했던고!
> 詩의 길. 自由의 譜曲은 限이 없는 愛撫이니
> 새벽의 暗路 우 허터진 曙光을 찾는 情熱의 나그네여
> 우리들은 이에 새로운 詩의 레포를 알외여보자.
> 疲困한 길의 苦惱에 우는 朝鮮의 뭇 詩人들이어
> 님네 華心에도 찾어든 도率門의 향연은 있으리
>
> ―「序詩」전문

이 시작품에서 우리는 절망감에 사로잡힌 한 인간의 모습을 엿볼 수 있다. 그러나 이러한 인간의 모습은 이 시작품에서만의 것은 아니다. 일제가 도래한 질곡의 시대를 대변한 당시의 모습 그 자체이다. 최소한도의 자유마저 허락받지 못한 시대의 산물이다.

그러나 이러한 시대의 산물은 허위와 모순으로부터 탈출을 낳게 한다. 시인에게 있어서의 상실감이라든가 절망감은 이에 대항하는 혁신적인 기능을 부여받기 마련이기 때문이다. 〈우주 廣漠한 荒原〉이란

시대적 상황에 따른 인식은 '찾어가도 끝없는 航路의 孤獨'이란 절망과 상실로 비약되면서 '自由의 譜曲은 한이 없는 愛撫'라는 '詩의 길'에 이르게 되고 '華心〉에도 찾아든 兜率門의 饗宴'을 꿈꾸게 된다. 이것은 극심한 위험이 닥쳐온 시대 상황에 따른 주관적인 하나의 새로운 형식으로의 전환을 의미한다. 그러므로 이 '도솔문兜率門의 饗宴'은 흔히 말하는 이상향으로서의 무릉도원이나 유토피아적인 것이 아니다. 역사의 미래로 향하는 새로운 혁신으로 향하고자 하는 시인의 의지의 표현인 것이다. '疲困한 길의 苦惱에 우는 朝鮮의 뭇 시인들'에게 전달하는 메시지인 것이다.

이와 같은 메시지는 「제야除夜」라는 시작품에서도 엿볼 수 있다.

몇 사람이 오늘밤을 偉大한 생각으로 呼吸하고 있을가
몇 寢室에 오늘밤의 새로운 祈禱가 드리워지고 있을가.

除夜는 一萬 사람 가슴에 새로운 모닥불을 퍼붓는다.
戰敗 지나간 一年을 생각하면서
勝利 過去 한해를 돌아다 보면서
아아 무리들은 지금 暝想하고 있으리라.

해마다 찾어오는 除夜는 밤의 밤이나
뜻깊은 무리들의 숨ㅅ결을 담은
除夜의 거룩함을 나는본다.

오늘밤 이렇게 찾어온 除夜는
只수 내 가슴에 새로운 불ㅅ길을 부쳐주거니

이제부터 몇 時間이 지나면 이제부터 半日이 다 안 가서
나는 새로운 살림을 지을 수 있다
나는 보다 빛 있는 삶 찾는 새 出發을 지을 수가 있다.

아아 이 기쁘고 가슴 뛰는 事實.
除夜여 너는 나의 품에서 끝없는 요람의 깃을 담으린 채
永遠히 싱싱한 삶을 이렇게 앉어 기다려보자.
(丙子, 除夜吟)

-「제야除夜」 전문

이 시작품은 질곡의 시대에서 한 인간이 가야할 길을 의지적으로 제시한 작품이다. '一萬사람 가슴에 새로운 모닥불을 핏붓는다'는 '除夜'는 결코 현실과 타협할 줄 모르는 강인한 정신의 표출이라 할 수 있다. 삶의 절대적 가치를 희구하는 이 강인한 정신으로부터 자신의 삶의 의지를 실천할 수 있는 정신의 무대는 영원히 싱싱한 삶을 기다리는 데에 이른다. 그러므로 '이제부터 몇 時間이 지나면 이제부터 半日이 다 안 가서/나는 새로운 살림을 지을 수 있다/나는 보다 빛 있는 삶 찾는 새 出發을 지을 수가 있다'는 확신을 자기 자신을 최종적인 목표에 이르기 위한 행동 양식으로 마련할 수 있는 것이다.

예컨데 우리는 여기에서 한 시작품은 한 인간에게 있어서 그 자체가 하나의 이상이요, 시대적으로 해결할 수 없는 모순과 허위로부터 벗어날 수 있다는 사실에 주목할 필요가 있다. 그러므로 시는 영원한 자유요 삶의 올바른 이정표가 될 수 있다. 그것은 시작품 속에는 언제나 과거의 현실에 대한 인식으로부터 추체험이 응집되어 있기 때문이다. 하나의 시작품이 시대적 상황과 그에 따른 인간의 삶을 그린 것이라 할

지라도 생명감의 약동과 해방을 위한 저항만을 일삼고 하나의 사회에 대한 죄의식이 결여된다면 한 시대 반영으로서의 예술성은 잃게 되고 말 것이다. 이러한 의미에서 '戰敗 지나간 一年을 생각하면서/勝利 過去 한 해를 돌아다 보면서' 명상하고 있는 한 시인의 정신은 추체험에서 얻은 강탈당한 칠흑의 시대에 저장된 실체로서 당시 시대의 침체를 씻어줄 가능성을 전하고 있는 것이라 할 수 있다.

이와 같은 메시지는 1939년 1월 30일에 발간된 《시인춘추》제2호에 수록된 이해문의 「中堅詩人論」이란 평론에서 엿볼 수 있다. 이해문은 당시에 시와 평론을 썼던 이원조李源朝가 '現代詩의 感情的 諸調의 缺如를 指摘하고 이것으로써 內容空疎의 詩'라고 말하였다. 그리고 '現代와 같이 生活이 極度로 動搖되고 있는 時代에 詩가 있다는 것은 한 개의 疑問이라고까지 말하고 있다'면서 다음과 같이 덧붙이고 있다.

> 事實이다. 옛날과 같이 吟風詠月하던 時代는 물론, 浪漫과 自由가 氾濫하고, 階級의 色다른 詩가 젊은이의 英雄心을 울려 주든 때도 이미 지나갔다. 今日은 오즉 今日의 今日, 懷疑·苦悶·悲痛·絶望·自重-- 이 모든 感情이 混亂되어 있는 오늘에 있어 몇몇 詩人들이 아모리 新感覺的인 所謂 主知主義의 旗幟를 휘날리지라도 새로운 時代의 苦悶 속에서 沈痛한 길을 各自히 걸어가고 있는 無數한 詩人群들이 그것을 받아드려 마음을 安定할 만한 感情의 餘裕가 없다.
>
> -「中堅詩人論」중에서

'조선의 시가는 어디로 가나'라는 부제가 붙은 이 글은 이해문이 당시의 시대를 어떻게 보고 있는가를 잘 말해주고 있다. 즉 이해문은 지적 작용을 창작의 원동력으로 보는, 이른바 감각이나 정서보다 이지를 중시하는 주지주의를 거부하고 '今日은 오즉 今日의 今日'에 나타난 '懷疑·苦悶·悲痛·絶望·自重' 등에 뒤따르는 인간의 모습을 그리고자 하였던 것이다. 이것은 당시 식민지 시대 아래서의 특수성에 의한 것이기도 하려니와 이에 따른 불확정적 이념에 대한 확신 및 시인 자신의 의식 작용에 의하여 현실 타파를 위한 강한 투지를 시작품에 반영시키게 된다. '轉換期의 詩'라는 부제와 함께 '李孤山'이란 이름으로 발표한 「敵의 頌歌」를 살펴보기로 한다.

敵이여 나의 敵이어
哀愁는 내 지나간 날의 情緖였고
情熱은 내 지난 날의 單調로운 呼吸이었다니

오오 뜻두고 힘써 본 지난 十年의 苦難
얼마나 많은 피젖은 골로 가시욱어진 등성이로
넘어단였던가 헤매었던가.
敵! 네 일홈을 불르며 너를 咀別하면서

그러나 나의 敵이어
내 오늘에 너를 사랑할 수 있는 眞理를 얻어보았나니
예수 안이었만 내 너를 明朗히 사랑하겠고
周瑜안이었만 내 이제 너를 知己인 듯 구애하리라

너는 내 어두운 밤의 燈ㅅ불
잠자는 情熱을 明滅에서 끄러 일으키는 힘이었나니
내 고르지 못한 心靈의 줄이 너를 맞난 緊張에 다시 쩽쩽하였고

내 무너지는 勇氣는 네가 있다는 慨心에 다시 새로웠었다.

오오 敵이어 나의 敵이어

이제 너는 나의 둘 없는 生의 伴侶者

오늘도 길 저문 거리에 내 너를 생각했고

오늘ㅅ밤 꿈ㅅ길도 너와 싸울 궁리에 다사로웠거니.

오늘밤 내 다시 새로운 戰法-- 네 뒤를 엄습할 때

짐작한다 너는 내 구세인 勇氣 수없이 讚美할 것을.

떠는 사랑하는 벗 나의 적이어

이제 너는 내 길ㅅ동무가 되었다

그러나 너는 나와 싸움으로서 사괴어진 동무

또한 싸워야만 뜻있는 벗이로고나.

이겨야겠다는 목표 침약의 꿈은 서로 같거나, 내 어이 너를

미워하리.

哀愁를 뛰워보낸 오늘의 明朗한 싸움ㅅ길

나는 너를 짝하야 싸우며 끝까지 나아가야만 한다.

-「敵의 頌歌」(《詩人》창간호)에서

　이해문은 이 시작품의 부제로 '轉換期의 詩'라고 밝혀놓고 있다. 이 부제를 통하여 그가 '敵'으로 생각하고 있는 것이란 과연 무엇인가를 엿볼 수 있다. 그러나 그뿐만이 아니다. 그는 이 시작품의 말미에도 '作者附記. 거리에 지친 발ㅅ거름. 나는 고만 「센치멘탈리즘」을 보내고 이러한 새 「레포」를 들어야겠다'라고 附記하고 있다. 이 附記를 통하여서도 그가 말하는 '敵'이란 과연 무엇인가는 더욱 자명하게 드러난

다. 말할 것도 없이 그가 말하는 〈敵〉이란 곧 '센치멘탈리즘'이 아니 겠는가?

그러므로 이 시작품에서 우리는 1930년대의 시작품들이 시작 기술 의 상승으로 인하여 정교한 이미지를 구축할 수 있었고, 당시 일제의 혹독한 식민지 치하에서 현실적으로 대두되고 있는 암흑과 질곡의 와 중 속에서 방황하고 고뇌하며 좌절당하는 몸부림으로 인하여 나타나 는 처절한 외침에 대한 반기를 든 이해문의 시정신을 엿볼 수가 있는 것이다. 즉 그는 암흑적인 상황 아래에서 암중모색의 몸부림을 시로써 읊은 것이 아니라, 절망적 몸부림 속에서 스스로 터득하였던 새로운 길에의 메시지 전달을 꾀하고, 그 전달의 메시지를 통하여 인생과 현 실 사이에 가로놓인 극복의 문제를 가장 생생하게 읊은 것이다.

이와 같은 의미에서 '哀愁는 내 지나간 날의 情緖였고/情熱은 내 지 난날의 單調로운 呼吸'이라고 그는 단정할 수 있었으며, 또한 '뜻두고 힘써본 지난 十年의 苦難'을 '咀呪'와 '사랑'으로 보듬을 수 있었던 것이 다. 뿐만 아니라 '새로운 戰法'과 '구세인 勇氣 數없이 讚美' 할 수 있었 던 것이며, '싸움으로서 사괴어진 동무'와 더불어 '哀愁를 띄워보낸 오 늘의 明朗한 싸움ㅅ길/나는 너를 짝하여 싸우며 싸우며 끝까지 나아 가야만 한다'는 비장의 의지를 표출시킬 수 있었던 것이다.

이와 같은 이해문의 시세계는 하나의 메시지의 역할로 다음의 작품 「이 날의 騎士」(시인춘추, 제 2호 1939. 1. 30)에 와서 더욱 구체화된다.

    勇然── 이 날의 騎士는
    지금 막다른 골목을 뛰어가고 있다.
    높이든 채쭉 나려지는 調子 따라 나르는 諦鐵.

雲霧는 하날 우에 있고 紅塵은 따우 어지러운데
보이는 目標, 峻峰 第一旗를 품으려
지금 靑春의 날쌔인 騎士는 敢然히 뛰어가나니

그 앞에는 苦難 險路도 없고
낙망, 애수도 없다
다만 앞날을 바라는 勇然 希望의 灼熱이 있을 뿐.

이 壯氣에 찬 새로운 騎士의 탄 駿馬의 뛰는 蹄聲에
永遠히 흘러가는 宇宙 雄建한 멜로디는 마춰지고
뭇 새·짐승 재재거리고 풀, 樹木 우슴 웃는
自然 그윽한 하모니도 따라서 調子를 같이하거니

勇然── 이 날의 騎士는
지금 막다른 골목길을 뛰어가고 있다
새로운 建設의 希望에 눈은 불에 타며──
가슴 激情에 뛰는데

오오 貴여운 너 이 날의 騎士는 닿는다
蹄聲 은은히 調子 雄建히 峻峰 弟一旗를 뽑으며──.

-「이 날의 騎士」 전문

　'李孤山'이라는 필명으로 발표된 이 시작품에 있어서도 부제가 표기
되어 있다. 「靑春의 頌歌」가 바로 그것이다. 앞에서 살펴본 「敵의 頌
歌」에서 일별하여 볼 수 있었던 이해문의 메시지는 이 「靑春의 頌歌」

라는 작품과 더불어 더욱 구체화되고 있음을 알 수 있게 한다.

윤동주가 보여주었던 「새로운 길」의 '문들레가 피고 까치가 날고/아가씨가 지나고 바람이 일고' 있는 동심적 낭만의 그러한 길이 아니요, 이육사가 「광야曠野」에서 '다시 千古의 뒤에/白馬 타고 오는 超人이 있어/이 曠野에서 목놓아 부르게 하리라'라고 외치면서 현실에서 잃어버린 것, 즉 민족의 해방에 대한 염원을 이룩하려는, 의지로써 투쟁하려는 행동적 욕구를 보여주었다면, 이해문의 「이 날의 騎士」는 현실 상황의 직시를 통하여 얻은 실재에 대한 강인한 의식 아래 질곡에서의 혁신을 도모하고 있다고 볼 수 있는 것이다. 따라서 그는 미래에 대한 확신을 현실의 그 자체에서 모색하는 혁신으로써만이 가능하다는 것이어니, 즉 현실의 타개는 혁신이라는 것으로 볼 수 있다.

이러한 혁신은 '이 날의 騎士는 /지금 막다른 골몰길을 뛰어가고 있다'는 것으로 현실 그 자체의 행위이며, '雲霧는 하날 우에 있고 紅塵은 매우 어지러운데/보이는 目標, 峻峰, 第一旗를 뽑으려/지금 靑春의 날쌔인 騎士는 敢然히 뛰어가'는 것으로 나타난다. 그러므로 '그 앞에는 苦難 險路도 없고/落望 哀愁도 없다/다만 앞날을 바라는 勇然 希望의 灼熱이 있을 뿐'이다 '새로운 建設의 希望에 눈은 불에 타며-/가슴 激情에 뛰는데' 그 속에서 '靑春의 날쌔인 騎士'는 지금 뛰어가고 있는 것이다. 결국 이해문은 시대적 고통과 번뇌와 고민 속에서 의지를 다지면서 새로운 혁신에의 시도를 행동화로써 꾀하고 있다고 볼 수 있다. 다음으로 이해문의 시집 「바다의 渺茫」에서 발췌하여《시인춘추》제2호에 수록한 「古園」을 살펴 보기로 한다.

하라버지 산소 밑 밤나무잎도
이제는 하나없이 떠러졌으리
順伊와 다토며 알밤 줏던 記憶도
이제는 한—옛날의 꿈인 듯 아—득하고나

틱소 함께 토끼 산양하던 안山 마루도
지금쯤은 아마 하—얀 눈에 덮였으리라
어름 지치던 섬뱀이 논바닥엔
이제도 아이들 작난이 버러젔겠고

千年을 묵은 듯 욱어진 홰나무와
마조선 감탕골 늙은 감나무 멧주도
이제는 완구히 古木된 모습으로 寒風에 앙상히 서있으리

도깨비가 나온다던 朴서방네집도 헐리운지 오래라고
옛 將師 활 쏘던 터라는 과녁말 동네도 무척은 變했으며,
千里駿驄 매었었다는 말둑배 밑으로는
雲山金鑛 간다는 自動車길이 놓였다.

이제 順伊는 시집 가 옛날이 아니고
틱소 떠난 지 종적도 소식도 묘연타거니
년일차 하라버지 山所 찾어 밟아보는 古園은
어쩐지 서급혼 失望을 보태주지만
애듯이 그립고 아쉬운 心情!

오늘도 먼—蒼空 孤獨한 鄕愁를 구을려보네.

-「古園」(시집『바다의 渺茫』에서) 전문

이 시작품은 이해문이 《시인춘추》 1·2호에 발표된 전체 다섯 편 중에서 유일하게 감상적이요 낭만적 성격을 보여주는 작품이다. 그가 《시인춘추》 1호의 후반부 "詩語·詩論·其他" 난에 '渺茫한 人生의 바다에는 哀愁와 希望과 이에 따르는 情熱이 있다. 우리가 疲困한 生을 이끌고 이 바다를 건너갈 때 여기에는 끊임없는 성정의 유동이 있나니, 이것을 우리의 고유한 詩魂 속에 담어 表現하는 것이 詩인 것이다'라고 자신의 시정신을 밝히고 있음을 본다. 따라서 이 시작품은 그 자신의 감정의 유동 속에서 표출된 작품이라고 할 것이다.

그에게 있어서의 감동의 유동은 결국 '오늘도 먼—蒼空 孤獨한 鄕愁를 구을려보냄'으로써 시인의 시대적 고통과 상통한 것이라면 이러한 시작품도 결코 앞에서 살펴본 작품과 일치한다고 생각할 수 있다.

3.

지금까지 필자는 《시인춘추》 제 1·2호에 발표된 이해문의 여섯 작품을 대상으로 그의 작품 세계를 살펴보았다.

따라서 그는 일제의 식민지 치하의 핍박 속에서 삶의 의지를 더욱 견고하게 함으로써 현실로부터 초극된 자세를 혁신하려는 방향을 모색하고 있는 시인임을 알 수 있었다. 당시의 시대적 고통과 번뇌와, 그에 따른 모순과 부조화의 아픔을 이해문은 홀로 내면적인 투쟁으로 극복하면서 자신을 최종적인 목표에 이르기 위한 행동 양식으로 보여주고 있는 것이다.

그다지 알려지지 않은(?) 시인 이해문 --- 그래서 더욱 돋보이는 우리 충청도의 시인, 지금도 그는 영원한 충청도의 시인, 예산의 시인으로서 오늘날의 시단에 침묵의 언어를 던지며 새로운 혁신을 도모하고 있는 것이다. ◗

※ 작/가/연/보 ※

孤山 李海文 年譜

○ 1911. 6. 4(?음) 충남 예산군에서 全州李氏 李明鎬씨와 韓씨의 장남으로 출생.

○ _____ 이후 예산 보통학교 졸업 후 신암면, 오가면 등 면사무소 서기로 근무.

○ 1935. 8. 31. 평론 [詩壇春秋 - 어디서 詩人을 찾을까] 발표. (『朝鮮中央日報』)

○ __ 10. 4. 평론 [文藝時感 - 出世作과 文人의 早老] 발표. (『朝鮮中央日報』)

○ ____ 5. 평론 [文藝時感 - 藝術家의 人格 問題] 발표. (『朝鮮中央日報』)

○ 1936. 1. 수필 [바다의 渺茫] 발표. (『朝鮮文壇』)

○ __ 3. 8.~13. 평론 [作家의 視野와 文藝批評의 中庸性 - 工場作家 李北鳴論을 中心으로] 발표. (『朝鮮中央日報』)

○ 1937. 6. 시 [序詩]·[除夜] 발표. (『詩人春秋』 창간호)

○ 1938. 1. 시 [古園]·[이 날의 騎士] 발표. (『詩人春秋』 제2집)

○ _____ 시집 [바다의 渺茫] 발간. (서울: 詩人春秋社)

○ _____ 평론 [中堅詩人論 - 朝鮮의 詩歌는 어디로 가나] 발표. (『詩人春秋』 제 2집)

○ ____ 10. 시 [그리움] 발표. (『貘』 제3집)

○ __ 12. 시 [어느 밤의 混想] 발표. (『貘』제4집)

○ __ 12. 시 [靑春頌] 발표. (『詩建設』제6집)

○ 1939. 8. 시 [壁畵] 발표. (『詩學』제3집)

○ 1940. 2. 평론 [詩人과 言語 - 特히 詩의 表現에 關係하여]를 발표. (『한글』)

○ __ 3. 17~20. 평론 [詩의 思想과 現詩壇] 발표. (『東亞日報』)

○ 1941. 4. 5. 평론 [姜鴻運 詩集『路傍草』를 읽고]를 발표. (『每日新報』)

○ 1946. ____ 상경. 성신여학교 서무과 근무

○ _____ 이 기간에 한독당 집행위원, 한성신문, 문예춘추, 민족공론 관여.

○ 1948. 2. 14. 평론 [中堅과 新人의 位置]를 발표. (『民衆日報』)

○ 1948. 3. 시 [밤거리에서] 발표. (『竹筍』제8집)

○ _____ 필 [懷鄕길의 懊惱] 발표. (『白民)』

○ 1949. 3. 시 [봄을 흔드는 손이 있어] 발표. (『四海公論』)

○ ____ 9. 수필 [哀情頌] 발표. (『文藝』)

○ __ 11. 시 [그대 노래를] 발표. (『四海公論』)

○ 1950. 3. 수필 [詩情과 落葉] 발표. (『白民』)

○ ____ 6. 이후 낙향 중 공산당원의 출두에 응한 후 주검으로 발견

○ __ 8. 16(음). 예산공동묘지에 임시 매장.

○ _____ 서울 수복 후 충남 예산군 대술면 선산에 안장.

※ 서지목록 ※

孤山 李海文 연구서지 목록

○ 馬 鳴, 李海文 시집『바다의 渺茫』, 동아일보, 1938. 3. 18.

○ 趙載勳, 「삶의 主體的 空間과 리얼리티——『바다의 渺茫』론」, 『湖西文學·VOL. 13』, 호서문학회, 1987. 11. 25.

○ 李有植, 「孤山 李海文의 삶과 藝術」, 『湖西文學·VOL. 13』, 호서문학회, 1987. 11. 25.

○ 丘在期, 「李海文의 詩世界, 질곡桎梏에서의 혁신革新——『詩人春秋』1·2輯을 중심으로」, 『충남예술·VOL. 21.』, 한국예술문화단체총연합회충청남도지회, 1988. 10.

풀빛 고향과
간결한 언어言語의 조화調和

- 박용래朴龍來의 시세계

1.

1980년 10월말 아니면 11월초, 아마도 토요일 오후나 일요일의 조금 늦은 오후 중이었을 게다. 그 당시 나는 낮에는 대전 시내의 초등학교 교사로 재직 중이었고, 저녁에는 숭전대학교(현 : 한남대학韓南大學) 국어교육과 학생이었다. 그래서 그동안 자주 뵙던 朴龍來선생님과의 만남이 뜸해 있었다.

벼르고 별러 선생님을 뵈려고 구두끈을 졸라매었다. 병원에서 퇴원하신지 얼마 되지 아니하니 술은 사가지 말라는 아내의 목소리가 들려왔다. 그러나 굳이 아내의 말이 아니더라도 선생님을 뵈러 갈 때에는 술은 사가지 않아온 터였다. 결국 나중에는 꼼짝없이 소주 한 병이랑 삶은 물에 데친 돼지고기(수육) 한 접시를 기어이 사서 마시게 되곤 했지만. 나는 여느 때처럼 '솔'담배 댓갑을 사가지고 작은 골목길에 들어선뜻 철문을 밀었다. 선생님의 서재(서재라고 해야 벽과 함께 한 책꽂이와 이리저리 나름대로 정리된 책들이 잘 쌓여진 조그만 방이지만) 앞 막 자라는 한 그루의 조그마한 감나무 아래에서 작은 개 한 마리가 컹컹 짖었다. 달라붙으려는 개를 피하여 현관문을 밀었다. 그리고 선생님을 크게 불렀다.

청시사(靑柿舍. 박선생님의 자택 이름)의 방문이 열리고 미소를 가득 담은 선생님의 얼굴이 나타났다. 어서 들어오라는 선생님의 목소리는 아직도 완쾌되지 않은 다리에 어울리지 않게 맑았다. 그리고 언제나처럼 따듯했다.

"나, 이사했다."

"예?"

굳이 권하는 방석에 앉다말고 선생님의 그 특유의 몸짓과 목소리에 나는 영문을 몰라 물끄러미 바라볼 수밖에 없었다.

"응, 저쪽 방은 좀 추워. 이 방이 훨씬 따듯허구!"

"전 무슨 말씀인가 했네요."

"왜? 그것도 이사는 이사지. 이사가 뭐 별거냐?"

선생님은 웃으셨다. 나 또한 덩달아 웃었다. 그리고 뒤에 감추듯 가져온 솔담배 댓갑을 슬그머니 밀어 놓았다.

"응? 담배 사왔냐? 고맙다. 우선 한 대 피워야지"

"좀 있다 피우세요. 방금 피우셨잖아요?"

"아녀, 니가 사온 것인데 우선 한 대 피우고…… 참, 너 절 않니? 오랜만인데?"

"해야죠!"

멋쩍어 자리에서 후다닥 일어났다. 그리고 큰 절을 올렸다. 선생님은 두 손으로 나의 두 손을 모아 잡으셨다.

"그래 얼마나 어렵냐? 낮엔 선생님하고 밤에는 학교에 다니느라구"

"괜찮아요. 아직 젊은데요. 뭐. 선생님은 다리를 다치셨어도 기막힌 시를 써 내시잖아요?"

"뭐? 기가 막혀? 기가 막히는 시를 써서 뭐하니? 귀를 풀어주는 시를 써야지"

"그렇네요, 사실!"

1980년 7월 불의의 교통사고를 당하여 대전의 박 윗과에 약 3개월간 입원치료를 해야만 했던 시인 박용래, 선생님은 여전히 우리의 가슴을 뜨겁게 하는 고향맛을 즐기게 했고, 우리의 귀를 뚫어주는 시를 읊어 주었다.

그날도 여느 때처럼 시를 꺼내놓으셨다. 《세계의 문학》에서의 원고 청탁이라면서. 선생님은 누구에게든(?) 곧잘 자작시를 보여주셨고, 그날도 「음서陰書」를 비롯한 시를 한번 읽어보라고 하셨다. 그러나 그러한 일은 나로서는 어쩐지 멋쩍고 망설여지는 일이었다.

"참 이상한 애야, 너는 시인이 아니냐?"

"제가 무슨……"

할 수 없이 살펴보고 몇 마디 이야기를 나누었다. 그리고 후에 1980년 겨울로 《世界의 文學》에 유작시遺作詩로 발표되었고, 그 4편 중 「육십의 가을」은 그때 「왜?」라고 하였던 것이다. 그러나 내가 물러난 뒤 선생님은 시를 대할 때의 진지한 정신을 또 발휘하신 것이다.

내가 보여드린 그때의 작품은 「지는 꽃잎을 위하여·1」였다. 이 졸작은 곧 《시도詩圖 제10집》에 발표했다가 후에 연작시 「낙화부落花賦」의 제1부 「이십팔수二十八宿」 중의 하나로 1983년 7월 《現代詩學》에 「루婁」라는 제목으로 바꾸어 발표하였다. 이 졸작을 읽으시던 선생님은 두 눈에 눈물을 가득 담아주셨다. 나의 가슴에도 뜨거운 응어리가 치솟는데,

"그새 이런 일 있었냐?"

"저도 모르겠어요."

"얼마나 가슴이 아팠겠니, 하지만 시는 시이니까 이 '냇물'을 '강물'로 하면 좋겠다. '냇물'보다야 '강물'이 더 강하잖니. 슬픔도 굵게 흐르게 되고?"

선생님은 원고지를 꺼내어 《세계의 문학》에 보낼 원고를 쓰셨다. 그러나 손끝이 바르르 흔들렸다. 손이 자꾸 떨린다구 -, 하시는 선생님의 말씀. 선생님의 떨리는 손 모습과 상 밑으로 뻗어진 다친 다리가 자꾸만 나의 시선을 끌었다. 이제 술 그만 하시고 오래오래 사셔야 할 텐데……. 그러나 이때 청시사에서 뵙던 선생님의 모습이 나에게는 마지막이 되었고, 82년 눈덮인 1월, 보고 싶다던 대학 동창 한 사람과 더불어 그리도 좋아하시던 술을 우리가 대신으로 마신 뒤에 大德郡 山內面 三槐里 天主敎墓地를 찾아 하얀 모습의 선생님을 뵈었을 뿐이며, 1984년 10월 27일 따스한 가을 햇살이 유달리 곱게 뿌려지던 날 대전 보문산 산성국민공원에 세워진 「朴龍來先生 詩碑」로 선생님의 생전 모습을 그리게 되었을 뿐이다.

고이 잠드소서. 선생님. 그리고 또 다시 찾아오는 겨울. 하얗게 쌓일 눈 위에 더욱 빛나는 햇살이 되어주소서.

박용래 시인. 불과 170여 편의 시를 시단 경력 25여년 간 발표한 과작寡作의 시인. 그러면서도 누구보다 많은 이야기와 한恨을 가졌고, 누구보다도 정情이 깊어 일화逸話와 절창絶唱으로 우리의 가슴을 포근한 체온으로 안겨주었던 순정純情의 시인. 초지일관 〈말쑥한 향토미鄕土美와 간결한 언어로 한국적 서정〉(朴龍來先生詩碑除幕招待 말씀에서)을 독차지(?)한 한국의 시인. 그의 시는 털실로 짠 따스한 털모자 밑으로 들어난 하이한 머리칼, 그 속에 숨어있는 시에 대한 냉철한 언어의 조리적 자세, 그리고 봄 여름 가을 겨울도 없이 하얀 농구화 끈을 잔뜩 졸라매고 어느 날 갑자기 청시사를 나서는 그의 모습과 함께 우리의 가슴속 이곳저곳에 깊숙이 가라앉은 데에서 그 진가를 찾아야 할 것이다. 시력 25년간 지독한(?) 과작인 170여 편을 첫시집『싸락눈』(1969년)에 35편, 제2시집『강아지풀』(1975년)에 제1시집『싸락눈』에서 가려뽑은 25편과 기타 신작 45편을 실었고, 제3시집『백발白髮의 꽃대궁』(1979년)에 54편을, 이것을 모두 묶어 그리고 유고 및 어느 시집에도 수록되지 않은 1974년부터 1980년 작고시까지의 작품과 함께 펴낸 박용래시전집『먼 바다』(1984년)를 눈앞에 놓고도 그의 모든 작품들을 어느 시대적으로 분류하기를 선뜻 두려워하는 것은 위에서 살펴본 초지일관한 그의 시작태도와 그에 따른 작품의 결과에서 기인하는 것이나 아닐까?

이를테면 제2시집『강아지풀』의 해설자인 송재영, 제3시집『백발의 꽃대궁』의 해설자 이승훈 등은 그의 작품세계를 '동화 혹은 자기소멸' 및 '빈 잔의 시학' 등으로 보았던 것이 혹 보통 사람들이 생각하는, 이른바 시인은 보통 사람들과는 조금은 다른, 보통사람들보다는 특이한 행동, 보통 사람들보다는 외형적인 활동이 결코 화려해서는 아니 되는 진짜 시인의 시인다운 모습을 먼저 앞세운 것인지나 아닌지. 송재영은 이와 같은 박용래 시인을 가리켜 '박용래의 시인적인 결백성'이라고 하였다. 그러나 이 같은 해설을 굳이 부정할 수 없는 것은 시인 자신의 생활이나 모습이 아주 시인적(?)이었고, 또한 그러한 결과(?)로 나타난 그의 시작품에서 '동화 혹은 자기소멸' 의식이 하나의 구수한 향토 언어 - 그것도 어느 군소리 하나 끼어있지 않고 결 고운 채로 걸러낸 듯한 - 로 빚어졌으며 그것이 이 시인의 공간에 꽉 차서 오히려 비어있

는 듯한 착각을 일으키게 하는 언어의 조리적 시작 태도에 우선 매료
되게 함을 발견하도록 하기 때문이다. 이러한 의미에서 박용래의 시의
세계는 '이제 하나의 빈잔이면서도 동시에 의미로 가득 차는 커다란
잔이다'라는 이승훈씨의 말에 실감하게 된다.

　확실히 박용래의 시속에는 우리를 매료시키게 하는 그 무엇이 숨어
있다. 언젠가 필자와의 이야기 도중,

　　미나리꽝의 얼음은 새벽에 얼었다가 한낮의 햇살에 겉만 살짝 풀
　리는 반복된 작용으로　층을 이루며 얼고, 우리의 시골 곳곳에서 우
　리의 어렸을 적의 동네 구멍가게 겸 노름방을 지금도 송방이라 부르
　며, 그곳에는 언제나 사슴표 성냥이 놓여있었다.

하여 필자만이 아니라도 누구나 알고 있을(?) 사실들을 누구보다도 먼
저 건져올림에 자못 놀라기도 한 기억이 새롭게 떠오른다. 그것은 이
시인만이 가질 수 있는 세밀한 체험의 뛰어난 시적 관찰력 및 기억력
이라 생각할 수 있다. 우리를 매료시키게 하는 그 무엇이란 곧 이러한
그의 체험 속에서 얻은 환상에 가까운, 그러나 그것을 결코 환상이라
할 수는 없는 관찰력 및 기억력에서 찾아야 하고, 언어를 치밀하게 계
산하고 갈고 닦는, 그래서 결국 빛나게 하는 그의 언어적 조리에서 찾
아야 할 것이라는 필자의 생각이다. 따라서 필자는『싸락눈』,『강아지
풀』, 그리고『백발의 꽃대궁』, 그리고 박용래의 시전집『먼바다』에서
박용래시인의 뛰어난 시적 관찰력과 기억력, 그리고 이에 따른 언어의
조리적 승리가 안겨준 그의 뚫린 시세계의 특징들을 살펴보기로 한다.

2. 잊혀가는 고향, 그 자연에의 몰입

　1953년 11월에 발표된 시가 「눈」이었으며, 이때로부터 15~6년 동안 중학교 국어과 준교사 자격 획득, 결혼, 《현대문학》〉을 통한 시추천 완료. 장녀로부터 4녀까지의 출생. 충남도내의 중학교 교사생활, 제5회 충남문학상 수상, 시집 『싸락눈』의 출간 및 「저녁눈」으로 《현대시학》제정 제1회 작품상 수상까지 비교적 개인적 삶의 변화가 가장 심했던 시대였다는 것이 먼저 드러난다. 그 이전에 조선은행입사 및 사직, 김소운과의 생활. 〈동백시인회〉 활동, 초등학교 교사채용 시험 등까지 거슬러 올라간다면 더욱 생활의 기복이 심하게 나타난다. 이 모든 삶의 급격한 변화는 결국 잊혀가는 고향. 그 자연에의 몰입으로 직결된다. 더욱 이러한 결과로 그에게 수여된 《현대시학》 작품상은 변화가 심한 삶의 와중에서 오로지 변화할지 모르는 잊혀가는 고향, 그 자연에의 몰입을 촉매하고, 그것이 철저한 시의 세계로 굳어지게 한 것이다.

　무릇 자신의 삶을 스스로 감당하기 어려운 사람에 둘러싸인 상황 속에서 급격한 변화를 어떤 의미에서인지 스스로 자행하여 맞이하고, 또한 그곳에서 스스로 벗어날 줄 모르는 인간에게는 잊혀지는 것에 대한 애정과 그에 따른 철저한 감수성을 소지하게 마련이다. 삶에 대한 욕망이나 갈등은 오히려 지나가버린 것에 대하여 더욱 강렬하게 일어나게 되며, 그에 따라 나타나는 절망 속에서 자기 자신을 잃어버리고 지낼 수 있는 어떠한 몰입의 대상을 찾게 되기 마련이고, 그 대상으로부터 자신의 존재를 확인하게 된다. 따라서 이 시기에 있어서의 박용래라는 한 인간을 지탱하여 준 것은 고향의 자연에 대한 몰입으로, 그 곳으로부터 자아의 인식 및 자아의 존재를 발견하는그 자체이었던 것이다. 첫 시집인『싸락눈』에 수록된 35편의 시들이 모두 삶으로부터 벗어난 뒤의 자연, 그것도 잊혀지는 지극한 고향의 자연에 몰입되어 그 속에서 삶의 모습이 아닌 그 자연의 일체로써 존재한 모습의 시인 자신이란 것으로 드러나는 것은 위에서 언급한 몰입의 대상 그 자체를 표현하는 데에 그친 것으로 존재한 것이다. 우선 그에게 시속에 갇히도록 활력을 불어넣어 준 제1회『현대시학』작품상 수상작「저녁눈」을 살펴보기로 하자.

> 늦은 저녁에 오는 눈발은 말집 호롱불 밑에 붐비다
> 늦은 저녁에 오는 눈발은 조랑말 발굽 밑에 붐비다
> 늦은 저녁때 오는 눈발은 여물 써는 소리에 붐비다
> 늦은 저녁때 오는 눈발은 변두리 빈터만 다니다 붐비다
>
> -「저녁눈」전문

불과 4연 4행의 시로 구성된 짧은 시, 간결한 소품의 시이다. 그것도 각행에서 '말집 호롱불' '조랑말 발굽 밑' '여물 써는 소리' '변두리 빈터만 다니며'를 제외하면 '늦은 저녁때 오는 눈발'로 시작되고 '붐비다'로 끝나버린 어느 다른 낱말 하나도 용납하지 않은 지극한 간결미의 승화로 성공한 작품이다.

그러나 이러한 외형적인 면에서의 드러남은 이 작품의 해설에 큰 도움이 되지 못한다. 내면적인 면에서의 많은 이야기를 안고 있음과 병치되어 있는 무엇인가를 살펴보아야 한다. 그것은 과연 무엇일까? 그것은 곧 '늦은 저녁때'에 붐비는 눈발 속에 감추어진 시인 자신의 의연

한 모습이다. 자신의 몰입의 대상이 된 '저녁때 오는 눈발' 속에 시인 자신이 철저하게 존재하고 있다는 사실이 우리의 가슴을 찡하게 한다. 우리의 잊혀가는 고향의 그 향토 속을 속속 드러내는 '말집 호롱불·조랑말 말굽·여물 써는 소리·변두리 빈터'를 앞세워 읽는 사람을 시인 자신이 예리한 촉수 속에까지 '붐비는' 세계에 끌어들임으로써 시인 자신과 함께 그 향토적 율동 속에 숨쉬게 하고 그는 그 속에 존재하고 있는 것이다. 얼마나 위대한 체험의 시적 관찰력의 결과이며 얼마나 철저하게 언어를 조리한 결과인가? 시인 자신의 몰입 대상의 시적 감수성의 날카로움이 읽는 사람의 가슴을 시원스럽게 뚫어준 것이다. 여기에서 우리는 어떠한 삶에 대한 직시의 결과에서 얻어진 감동이 아니라 삶의 직시를 탈피한 자연에의 몰입, 잊혀지는 고향에서의 자연 속에 존재한 한 인간의 순연한 모습을 발견할 수 있다는 데에서 그러한 느낌은 더욱 강렬하게 맛보여진다.

> 잠 이루지 못하는 밤 고향집 마늘밭에 눈은 쌓이리
> 잠 이루지 못하는 밤 고향집 추녀 밑 달빛은 쌓이리
> 발목을 벗고 물을 건너는 먼 마을
> 고향집 마당귀 바람은 잠을 자리
>
> -「겨울밤」 전문

언뜻 해방 직후 어느 시인의 「달 있는 제사」의 분위기를 느끼게 하는 이 시 역시 4연 4행으로 된 단시적短詩的 소품이다. 진한 향수에의 몰입, 진한 자연속의 몰입 속에 누구든지 마음 진정한 고향의 모습을 그리게 해주는 시이다.

이 작품에서도 시인 자신의 모습은 철저하게 감추어져 있다. 그의 초기 작품의 세계가 대부분 그러하듯, 그러한 결과로 그의 작품을 대할 때마다 읽는 사람은 그의 시세계에서 시인 자신으로 변신하여 고요한 향수를 느끼게 해준다. 그의 무서운 시어의 조리에서 우리 스스로가 매료당하고 이러한 의미에서 송재영의 '자연에 대한 그의 깊은 애정과 경외심敬畏心. 그리고 냉혹한 관찰력'이란 말은 지극히 당연한 것이며, '그는 하나의 미립적微立的 자연현상마저도 범연히 보아넘기지 않는 날카로움을 보여주고 있다'는 데에 필자는 공감한다. 그러나 여기에서 우리는 무엇보다도 송재영이 간과해낸 사실 이전에 박용래 시인만이 가지는 박용래적 언어의 조리에 먼저 빠져든다는 사실을 잊어서는 아니 된다. 그만큼 그는 언어를 다루는 기술이 천부적이라 할 만큼 뛰어나고 그 뛰어남이 시인 자신이 가지는 고향 회피, 그곳으로부터 오히려 우러난 진한 향수속의 보이지 않는 존재. 감추어진 존재로서 시작품 이면에 숨겨진 시인 자신의 모습이 우리의 것으로 환원되게 해 준다는 것이다.

3. 향토미에의 삶의 개안開眼

이 시기로부터 박용래 시인의 화려한 문단시대는 밝아지기 시작한다. 한때 北에는 소월, 南에는 목월, 중부에는 용래라는 이름이 모든 시단과 독자의 눈앞에 가득 펼쳐지는 시기인 것이다. 이 시기에 시인이 바라는 아들 노성도 태어났고 중학교 교사에 잠시 머무르다가 사임한 뒤 대전시 중구 오류동 17-15번지 청시사 안을 지키며 철저한 시인의 생활에 접어들게 한다. 1971년 한성기·임강빈·최원규·조남익·홍희표와 더불어『청와집靑蛙集』을 펴냈고, 자의가 아닌 철저한 타의에 의하여 한국문인협회충남지부장으로 피선되었으나 생활의 범위는 그대로 청시사 내였다. 그리하여 그는 한때 변화가 많은 삶의 현장을 이따금 생각하는 시기를 맞게 되고, 그 삶의 현장을 향토미에 더욱 부합시키면서 언어를 다루는 기술을 더욱 갈고 닦게 된다. 그것은 곧 이미 굳게 자리한 향토의 시세계에서 은연중에 돋아나기 시작한 삶에 대한 개안이었던 것이다. 그러나 그것 역시 철저한 향토미에 응어리져 그 삶에 대한 다소의 갈망이 용해되어 나타난다. 첫 시집『싸락눈』에서 가려 뽑은 제1부의 작품 25편을 제외한 나머지 45편에서 살펴보기로 하자.

> 오는 봄비는 겨우내 묻혔던 김칫독 자리에 모여 운다
> 오는 봄비는 헛간에 엮어 단 시레기 줄에 모여 운다
> 하루를 섭섭히 버들눈처럼 모여 서서 우는 봄비여
> 모스러진 돌절구 바닥에도 고여 넘치는 이 비천함이여
>
> -「그 봄비」전문

언뜻「저녁눈」을 연상하게 해주는 4연 4행의 짧은 시이다. 첫 연과 둘째연으로 음미해가노라면 자신도 모르게「저녁눈」이 언뜻 눈앞에 가로놓여지는 것은 필자만의 생각일까? 그러나 이러한 생각은 곧 3연과 4연에 와서 얼마나 무모한 생각에 빠졌었는가라는 것을 금방 느끼게 된다. 첫 시집『싸락눈』의 작품 속에서 만나지 못한 시인 자신의 모습이 엿보이기 때문이다. 첫시집『싸락눈』이 〈오늘의 시인집〉의 하

나로 삼애사에서 선보인 때가 1969년 6월 20일이요, 그 속에 자리한 「저녁눈」이 발표된 시기가 1969년 4월 《現代詩學》이다. 다만 위의 시 「그 봄비」와 다른 것은 「저녁눈」이 첫 시집 『싸락눈』에 실렸다는 것과 「그 봄비」는 1975년 5월 30일 〈오늘의 시인총서詩人叢書〉의 하나로 민음사에서 발간된 제 2시집 『강아지 풀』에 실렸다는 것뿐. 그래서 같은 시기에 쓰여진 시라고 생각되는 데도 첫 시집에 시인의 모습이 드러나지 않았던 사실이 제 2시집에서 조금조금 드러나기 시작한 것은 그의 시세계에 무엇인가 작은 변화가 일고 있었던 시기임을 말해주고 있는 것이라 할 수 있다.

더더구나 「저녁눈」의 발표는 《월간문학》1969년 4월호요, 「그 봄비」가 《현대문학》1969년 4월호로 같은 달 다른 지면에 발표되었을 뿐인데 이토록 전자의 작품에는 시인의 감추어진 모습으로의 작품이요, 후자의 작품에는 시인의 모습이 엿보이는 작품이니 아마도 이때부터 시속에 시인 스스로의 모습을 등장시키는 변화의 시기를 맞고 있었는지 모른다. 그것은 이미 시인의 굳어져 기존하게 된 향토미의 시세계에서 삶에 대한 갈구로부터 시작된 개안의 모습을 가미한 것이 아닌가 한다. 분명 그것은 시인 자신의 삶에 대한, 향토미의 시세계에서 벗어나지 않는 삶의 개안을 안고 있음이라 할 수 있다. 변화가 좀처럼 일어나지 않는 무료한 청시사 속의 생활은 더욱 향토의 심미 속으로 빠져들게 하였고, 어느덧 시인 스스로가 그 속에 모습을 드러내게 된 것이다.

이와 같은 의미에서 '오는 봄비는 겨우내 묻혔던 김칫독 자리에서 모여 운다'라든지 '오는 봄비는 헛간에 엮어 단 시래기 줄에 모여운다' 중에서 '김치독 자리'나 '헛간에 엮어 단 시래기 몇 줄'은 시인만이 가지는 향토미로 승화된 청시사의 모습이며 '하루를 섬섬히 버들눈처럼 모여

서서 우는 봄비'나 '모스러진 돌절구 바닥에도 고여 넘치는 이 비천함'
은 청시사 속에 갇힌 시인 자신의 모습으로 시 속에서 그가 누리는 삶
의 고뇌를 나타낸 것이라 할 수 있다. 따라서 필자는 '한 마디로 그것
은 쓸쓸한 시간, 쓸쓸함의 공간이지만 동시에 그러한 시간과 공감을
뛰어넘는 세계'라고 말한 이승훈과 공감할 수 있는 여유를 갖는다. 박
용래적 향토와 박용래적 생활의 융화에서 창출된 또 하나의 매력적인
특성 중의 하나가 바로 이것이라 할 수 있을 것이다.

> 무슨 꽃으로 두드리면 솟아나리
> 무슨 꽃으로 두드리면 솟아나리
>
> 굴렁쇠 아이들의 달
> 자치기 아이들의 달
> 땅 뺏기 아이들의 달
> 공깃돌 아이들의 달
> 개똥벌레 아이들의 달
> 갈래머리 아이들의 달
> 달아, 달아
> 어느덧
> 반백半白이 된 달아
> 수염이 까슬한 달아
> 탁배기濁盃器 속 달아
>
> ―「탁배기濁盃器」전문

첫 연 '무슨 꽃으로 두드리면 솟아나리'의 2행까지의 반복은 개안에

서 얻은 청시사 속의 시인 자신의 삶에 대한 작은 몸짓이 아닐까? 그러나 그는 머언 옛 고향, 향토 속으로 매몰되어 '어느 덧 반백이 된' 모습으로, '수염이 까슬한' 모습으로, 그리고 '탁배기 속'의 '달'로 살아남아 자신의 삶을 돌아보고 있는 것이다.

이 시속에 등장하는 많은 어린이들의 놀이를 일러 이은봉은 「박용래 시 연구」(한남어문학 7·8합병호)에서 〈유년회귀幼年回歸〉라는 소제小題 아래 '자연과 상당히 유리되어 있기는 하지만 인간은 놀이에 취하였을 때 자연에 가장 가까이 갈 수 있다고 할 수 있다'면서 '요컨대 박용래의 시에 있어서의 놀이는 완벽하게 동심의 유지가 가능할 수 있었던 고향 마을의 산물로써 고향 마을을 배경으로 하고 있다'는 것으로 귀결하고 있다. 그러나 고향 마을을 배경으로 하고 있는 것은 박용래 시인의 독특한 향토미에서 비롯된 것으로 그가 내면의식 속에 잠재하고 있는 가장 안존한 삶의 이상향적 동경으로, 이에 대비되는 시인 자신의 삶의 현실과 마주하는 갈등의 표현으로 나타낸 것이다. 그는 이 시속에서 '반백의 달' '수염이 까슬한 달' '탁배기 속 달'이 된 자신의 삶을 일으켜 주리라는 역할로써 연약한 꽃을 매개로하여 아이들의 달, 즉 이상향적 삶을 찾고 있는 것이다. 따라서 이 모든 아이들의 달이란 놀이로써의 달이 아니라 이 시인이 갈구하는 삶의 방향인 것이다. 따라서 우리는 제2시집『강아지 풀』속의 작품에 나타난 것, 즉 향토를 전제로 하고, 이런 시기로부터 박용래시인은 삶에 눈을 돌리기 시작하였다는 것을 인식해야 할 것이다.

5. 순정純情한 생활에의 몸부림

이 시대에 있어서의 시인 박용래. 술은 그의 무료한 청시사 생활의
대변적 역할을 감당하여 주었고, 시는 시인 자신의 영원을 구원하여
주었고, 그의 화려한(?) 문명文名은 시집『강아지 풀』의 전국적 셀러와
더불어『백발의 꽃대궁』에 이어지고,《문학사상》에서 에세이「호박잎
에 모이는 빗소리」로 후둑이게 된다. 그러나 누군들 꿈에나 생각하였
으랴! 1980년 7월 그의 불운한 교통사고와 동년 11월 21일 오후 1시
돌연한 심장마비로 영원한 안식의 길에 들게 되었음을. 그리고 1980
년 12월 시「먼 바다」와「백발의 꽃대궁」이란 시집 위에《한국문학》제
정 제7회〈한국문학 작가상〉수상이 결국 눈 덮인 무덤의 햇살처럼
빛나게 되었음을.

　　　　　　쓸쓸한 시간은
　　　　　　아침 한때
　　　　　　처마밑 제비
　　　　　　알을 품고
　　　　　　공연스레 실직자
　　　　　　구두끈 맬 때
　　　　　　무슨 일, 바뻐
　　　　　　구두끈 맬 때

　　　　　　오동꽃 필 때
　　　　　　아침 한때

　　　　　　　　　　　-「Q씨의 아침 한때」전문

실업자가 아닌 실직자의 '아침 한때'는 무엇보다도 쓸쓸하였으리라. 1980년 2월《현대문학》에 발표된 이 시속에는 어느 누구 Q씨와 같은 실직자의 아침 한때를 공연스레 슬프고 애닯게 하기에 충분한 것이 되고도 남음이 있다. '처마밑 제비/알을 품고' 한갓 동물에 지나지 않는 제비도 자신의 생활을 즐기고 영위하고 있음인데 하물며 실직자 Q씨는? '오동꽃 필 때/아침 한때' 꽃은 식물만이 가지는 생산성을 의미한다. 그러므로 오동꽃 핀다는 것은 하나의 생활을 영위할 수 있는 삶의 자세이다. '처마밑 제비'와 '오동꽃'과 더불어 병치되는 실직자 Q씨. 하나의 생산성으로 이어지는 생활을 영위할 수 없는 것이다.

여기에서 우리에게 놀라운 공감력을 불러일으키게 하는 것은 실직자 Q씨 뒤에 실직자가 아닌 제비와 오동꽃과의 감미로운 조화이다. 시인의 무서우리만치 예리한 관찰력. 이것은 어느 의미에서 시인의 상상에 가까운 것이라 할 수 있지만 상상의 결과에서 온 것만은 결코 아니다. 「강아지풀」에 이르기까지 갈고 닦여진 향토 속에서 추출해낸 하나의 엄연한 창출력의 위대함으로 나타난 것이요, 그에 따라 한 실직자의 순정한 몸부림을 그릴 수 있는 박용래 시인의 박용래적 언어의 조리적 시의 기법에서 찾아 볼 수 있는 창조물인 것이다. 즉 이 시인이 천부적으로 가지고 있는 언어의 조리 기술의 결과가 바로 그것이다.

이러한 이 시인의 언어의 조리 기술에 의한 순정한 생활에의 몸부림은,『백발의 꽃대궁』시편 곳곳에 나타나 있다.

> 바람은 씨잉 씽
> 밤바람이 씽씽
> 잃은 동전 한 포대包袋

동전 한 포대

어쩌면 글보다 먼저
독한 술을 배워

잃은 동전 한 포대
동전 한 포대

비인 손이여
가슴이여

한 포대 동전은 어디
동전은 어디

밤바람이 씽씽
밤바람은 씨잉 씽

　　　　　　　　　　　　　　　－「동전 한 포대」 전문

상치꽃은
상치 대궁만큼 웃네

아욱 꽃은
아욱 대궁만큼

잔 한 잔 비우고
잔 비우고

배꼽
내놓고 웃네

이끼 낀
돌담

아 이즈러진 달이
실낱 같다는

시인의 이름
잊었네

- 「상치꽃 아욱꽃」 전문

새여, 마스로바의 새여
젖빛 안개 속
새벽 문장에서 풀리는 새여
너는 알전등電燈에 그을렸구나
발목에 무지개는 걸리지 않았고

마스로바의 새여
다시는 우편함郵便函에 갇히지 말라

- 「우편함」 전문

위에 예시한 3편의 시에서 '어쩌면 글보다 먼저/독한 술을 배워//잃은 동전 한포대/동전 한 포대//비인 손이여/가슴이여' 하고 외치고 있는 모습이나 '잔 한 잔 비우고/잔 비우고//배꼽/내놓고 웃네'라고 읊은 존재의 모습은 어쩌면 이 시인의 순정한 생활에의 몸부림으로 그 일면을 보이고 있는 것인지 모른다. '마스로바의 새여/다시는 우편함에 갇히지 말라'고 외치는 시인의 모습. 이것이야 말로 스스로 삶, 즉 생활에 뛰어들고 싶은 시인 자신의 역설적 몸부림인 것이다. 필자가 굳이 이러한 시의 세계를 일러 '순정한 생활에의 몸부림'이라 말하는 까닭은 생활에의 몸부림이 스스로의 자의식, 스스로의 생활을 돌아보는 이 시인의 특정적 삶의 자세 때문이다. 생활에의 몸부림이 어떤 대상을 빌어 강렬한 반항이나 저항 의식을 통하여 표출되지 아니하고, 오직 이러한 생활을 체념한 자세로서 묵묵히 감당하고 있는 데에서 순정한 생활에의 몸부림을 엿볼 수 있는 것이다.

이러한 시인의 순정한 생활에의 몸부림은 「풀꽃」에서 그 절정을 이루고 있다.

홀린 듯 홀린 듯 사람들은
산으로 물구경 가고

다리밑은 지금 위험수위
탁류에 휘말려 휘말려 뿌리 뽑힐라
교각橋脚의 풀꽃은 이제 필사적이다
사면四面에 물보라치는 아우성

사람들은 어슬렁 어슬렁 물구경 가고

-「풀꽃」 전문

혹자는 이 시를 가리켜 자연과 인간 사이에 가로놓인 괴리 현상으로 생각할지 모른다. 그러나 이 시에 있어서의 「풀꽃」은 박용래 시인이 가지는 생활에의 몸부림이라고 할 수 있다. 즉 그 자신이 스스로 탁류에 휘말리는 듯한 삶의 세계를 「풀꽃」에 이입하여 표현한 것이다. 그의 어느 시편, 어느 시행에서도 흔히 발견할 수 있는 향토적 이미지, 향토적 언어의 배제로 이루어진 이 시가 가지는 특징은 한 마디로 요약하여 시인 자신의 내부에 응어리져 있었던 생활에의 몸부림이요, 그 몸부림이 산업화에 의하여 파괴됨에 대한 비판이 아니라 오히려 순정한 자세로써 하나의 「풀꽃」과 동일화 된 시인의 다른 모습을 그린 것이라 할 수 있다. 이 시가 그의 모든 시세계에서 볼 수 없는, 조금은 색다른 감흥을 일으키게 하는 데에도 바로 그런 의미가 깊게 자리하기 때문이다. 그러나 이 시는 박용래시인의 유일한 향토세계와 거리가 있는 삶의 실체를 그린 작품으로 특별히 평가되어야할 가치를 부여받고 있다.

6. 뚫린 시, 그 정한의 세계

박용래 시전집 『먼 바다』의 제1부 「학의 낙루」에 묶여진 시들은 1974년부터 1984년 동안에 발표된 작품들로서 특별한 시대적 구분을 요하지 아니하며, 여기에 묶여진 작품 또한 지금까지 필자가 살펴본 특징에서 그다지 벗어나지 않는다. 그러나 시전집 원고를 정리하다 발견되어 수록하게 된 「감새」 「오류동의 동전」 「뻐꾸기 소리」 「꿈속의 꿈」 등 4편의 유고 -《세계의 문학》(80년 겨울호)에 유작시란 제하題下에 발표된 「음서陰書」 「육십의 가을」 「첫눈」 「마을」 등도 포함하여- 에 이르기까지

제3시집 『백발의 꽃대궁』 이후의 시세계라는 의미에서 살펴볼 필요가
있다.

　이 시기에 있어 필자의 감상적인 태도에서 기인한 것인지는 모르지
만 「학의 낙루」에 수록된 시편 중에서 시인 자신의 삶이나 생활을 회고
하는, 이를테면 정한에 싸인 작품이 눈에 띄고 있다.

　　　거기
　　　그 거리
　　　봉선화 주먹으로 피는데
　　　피는데

　　　밖에 서서 우는 사람
　　　건 듯 갈바람 때문인가

　　　밖에 서서 우는 사람

　　　스치는 한 점 바람때문인가

　　　정말?

　　　　　　　　　　　　- 「육십의 가을」 전문

　인생에 있어서의 '육십'은 일년 4계절 중 '가을'과 맞하는 것이나 아닐
까? 60이 되기 전 55세에 타계한 이 시인에 있어서의 '육십'은 무엇인
가. 자신의 삶을 돌아보는 회고의 자세를 보여주고 있음을 느끼게 한
다. 어느 곳인가를 정확한 자리를 말하지 못하고 다만 '- 거기/그 자리'

'봉선화'는 여전히 예나 지금이나 무더기로 피는데 문득 '가을'을 느낀, 어느 의미에서 '인생의 가을'을 느끼며 의지할 데 없는 '밖에 서서 우는 사람'으로 자신을 돌아보는 삶의 태도(『백발의 꽃대궁』에서도 나타났지만)는 '정말?' 하고 자문할 수 있는 회고의 자세나 관조의 자세라고 할 수 있다. '스치는 한 점' 바람에도 느낄 수 있는 시인 자신의 삶에 대한 인식 속에는 어느덧 '가을'이 깊어간 것을 하나의 정한으로 의식한 것이다.

> 지상은 온통 꽃더미 사태沙汰인데
> 진달래 철쭉이 한창인데
> 꿈속의 꿈은
> 모르는 거리를 가노라
> 머리칼 날리며
> 끊어진 현弦 부여안고
> 가도 가도 보이지 않는 출구
> 접시물에 빠진 한 마리 파리
> 파리 한 마리의 나래짓여라
> 꿈속의 꿈은
>
> 지상은 온통 꽃더미 사태인데
> 살구꽃 오얏꽃 한창인데
>
> -「꿈속의 꿈」 전문

이 시에서도 역시 삶을 돌아보는 회고의 자세, 관조의 자세, 그러면서 무엇인가 아쉬운 삶의 정한의 자세가 나타난다. 그러면 여기에서 '꿈속의 꿈'이란 과연 무엇인가? 우리는 먼저 이 시인의 역설적 시의 기법을 살펴 보아야 할 것이다.

'머리칼 날리며/끊어진 현 부여안고/가도 가도 보이잖는 출구', 그리고 '접시물에 빠진 한 마리 파리/파리 한 마리의 나래짓'이 도사리고 있음은 현실적 삶의 현실적 역설적 표현인 '꿈속'이요, '지상은 온통 꽃더미 사태인데/진달래 철쭉이 한창인데'나 '살구꽃 오얏꽃 한창인데'라는 것은 '꿈속의 꿈'을, 즉 이 시인이 진정 바라는 꿈의 역설적 표현인 것이다. 이와 같이 이 시인은 자신의 실제 삶을 돌아보는 회고의 자세, 또는 관조의 자세로서 못다 이룬 삶에의 정한을 노래하기에 이른 것이다.

지금까지 필자는 박용래시인의 4시집에 수록된 시를 발표 연대로 구분하여 그 시세계를 살펴보았다. 따라서 그의 시는 제1시집『싸락눈』에서 잊혀가는 고향의 자연에 대한 몰입을, 제2시집『강아지풀』에서 향토미에의 삶의 개안을, 제3시집『백발의 꽃대궁』에서 순정한 생활에의 몸부림을, 그리고 시전집『먼 바다』중 제1부「학의 낙루」에서 삶의 정한의 세계를 그린 것으로 귀결하였다. 즉 박용래의 시세계는 순수 향토미로부터의 몰입으로부터 점차 생활에 대한. 개안과 더불어 삶에의 몸부림을 엿보이면서 그것을 결국 돌아보는 정한을 읊은 서정의 세계라는 것이다. 그러나 무엇보다도 우리가 알아야 할 것은 그의 향토적 서정도 서정이려니와 그의 시작 기법, 즉 간결미의 절정을 이루는 기법에 매료되어 뚫어주는 시세계 또는 풀린 시세계로 펼쳐진 바, 그의 시작 기법은 과연 무엇으로부터 기인된 것일까? 하는 문제에 대하여 살펴 볼 필요성을 제기해둔다. 풀빛 고향故鄕과 간결한 언어言語美의 조화調和로 청시사에서 신발을 끌며 나오시는 박용래시인의 모습을 그려보면서 시 한 편과 함께하는 마음을 불러본다.

> 참새 몇 마리 기웃거리다 갔다
> 빈 집 같았다
> 빈집인 줄 알았더니
> 짝짝이 신발 끌고 나왔다
> 꼬부랑 할머니
>
> 누가 왔소?
> 누가 왔소?
>
> 빈 집 같았다
>
> 마른 해바라기 줄기 밑
> 들고양이 잠들고
>
>   - 박용래의 「마을」 전문

7.

"때르릉, 때르릉"

전화벨이 울렸다. 1980년 봄, TV에 두 눈을 쏟던 나는 자리에서 벌떡 일어나 수화기를 들었다.

"네, 구재깁니다."

"구선생여? 나 용래여. 지금 『백발의 꽃대궁』이 나왔는디…… 보고 싶어서 그려. 지금 바루 와!"

"네, 곧 갈게요!"

부리나케 자리를 박차고 일어나 택시를 잡아탔다. 여느 때처럼 담배 가게의 문을 두드리고 솔담배 다섯 갑이 아닌 한 보루를 사서 들고는 청시사靑枾舍 안으로 뛰어 들어갔다.

"빨리두 왔네!『백발의 꽃대궁』이 여기 이렇게 나왔어. 그것보다도 만나보고 싶어서 오라고 했어. 그 동안 학교 잘 다니구?" "그러믄 요!"

"자, 받아. 좀 오랜만이지?"

겉봉에는 '구재기丘在期 시우詩友 옥안하玉案下' 그리고『백발의 꽃대 궁』속표지에 '구재기 시우 소수笑收, 80년. 봄비에 젖어, 잔들며 용래' 받아드니 반갑고 기뻤다. 벌써 선생님으로부터 받은 시집이 두 권. 『강아지풀』과『백발의 꽃대궁』. 펼치니 겉표지 안쪽 '시인은 말한다'에 서 뽑은 글귀가 먼저 눈에 들어온다..

옷을 깁고 싶다. 당사실 같은 언어로 떨어진 시인의 옷을 깁고 싶 다. 한 뜸 한 뜸 정성스레 깁고 싶다

잠시 후 몇몇 시인들도 왔다. 언제나 텅 빈 듯한 청시사가 꽉 찬 느 낌이었다.

술판이 벌어졌다. 안주 준비를 위하여 나는 자리에서 일어났다. 오 류동 17-15 옆에 자리한 술집에서 삶은 돼지고기, 삶은 물에 데친 돼지 고기 한 접시, 아니 수육 두 접시였던가?

"선생님, 그만 술 드셔요."

"그래, 그런디 오늘 같은 날 여럿이 모였으니 조금 해야지!"

술잔이 돌고 정종 대둣병, 그리고 또 무슨 술이었던가. 이제 모두 다 비워질 차례였다. 취기가 돌기 시작했다. 나는 속삭이듯 말했다.

"선생님, 술 그만 드셔요."

그러나 선생님의 목소리는 큰 소리였다.

"뭐야? 니가 뭔디 못 마시게 혀! 참 이상한 애야. 그리고 오늘은 모두 모였잖아, 너만 있는 것도 아니구."

그러나 나는 웃었다. 언제나 그러셨는데 뭐!

이제 아직 낯선 홍성도 가을은 가고 겨울이 깊어지고 있다. 겨울이 오면, 겨울이 와서 선생님의 무덤에도 하얀 눈은 쌓이고, 그 위에서 겨울의 햇살이 빛나게 될 것이다. 내 대전에 나아가 술 한 잔 올리고 머리를 조아리면 뭐라고 또 소리치실까.

　　"니가 뭔디, 남 일평생 온몸으로 쓴 내 시가 어쩌구 어떻다구 얘기
　　하니? 얘길!"

삼가 선생님의 명복을 빌 뿐이다. ◐

아직은 살아갈 맛은 있다

- 우봉又峰 임강빈任剛彬의 시세계

1.

어느 날이었던가, 홍성의 하늘 아래 벌여놓은 술좌석에서 촉망을 받고 있는 젊은 시인이 "충남·대전을 통하여 가장 충청도 시인다운 면모를 보이고 있는 원로는 누가 무어라 해도 시인 임강빈 선생님!"이라고 아무런 머뭇거림도 없이 외쳤다. 그 소리를 듣고 나서 나는 잠시 생각에 잠길 수밖에 없었다. 젊은 시인이 그렇게 단언하듯 "임강빈 선생님!"을 외쳐댈 수 있을 만큼 시인 임강빈 선생님은 충청도의 시인들(아니 충청도 사람이면 누구나의) 가슴에 충청도의 대표 시인으로 각인이 되어 있음을 확인할 수 있었던 것이다. 시인 임강빈 선생님, ― 선생님은 충청남도를 떠나서 생각할 수 없는 원로 시인이시다. 어느 문학인들의 모임에서든지 선생님을 충남을 대표하여 가장 위 자리에 앉아 계시도록 충청도의 문학인들로부터 권유받고 있는 '충남을 대표하는 선비 시인'이시다. 이러한 사실에 대하여 굳이 반론을 제기하는 문학인들이 있을까? 시인 임강빈 선생님이 비록 대전에 살고 계시지만 대전의 시인이 아니라 충남의 시인이시다. 다만 행정구역이 충남과 대전을 갈라놓았을 뿐, 시인으로서의 선생님을 대전 사람으로 만들지 못했다. 선생님은 영원한 충남의 선비 시인이시기 때문이다.

충남의 선비 시인 임강빈 선생님은 이제 오직 시만을 위하여 살 수 있게 되었다. 1931년 공주에서 태어나 1952년 공주사범학교를 졸업하신 뒤 1952년 청양중학교 교사를 시작으로 교단에 발을 들여놓고, 1956년《현대문학》지를 통하여 박두진 선생의 추천을 받아 문단에 오르신 뒤, 시와 교사의 두 길을 한결같은 마음으로 걸어 오셨다. 그리고 1996년 교사로서의 정년을 맞이하셨다. 이제는 홀가분하게(?) 오직 시의 길만을 걷게 되셨으니 모두 기뻐해야 할 일이다. 따라서 충남의 모든 문학인들은 '충남의 선비 시인'의 길을 한층 자랑스러워야 하겠다. 그만큼 선생님은 오직 시의 길을 통하여 가장 충남의 선비적인 모습을 전범典範으로 보여주셨기 때문이다. 앞으로도 계속 그렇게 보여주시리라는 확신을 후배시인들에게 가득 안겨주시리라 믿는다.

이러한 선생님의 작품 세계를 나는 츰입해 보지 않을 수 없게 되었음이 자랑스러우면서도, 어쩌면 경외스러움이 엄습해 오는 것을 지워버릴 수 없다. 그러나 나는 어쩔 수 없이 시인 임강빈 선생님의 작품집을 펼치고 있다. 첫 시집『당신의 손』과 제2시집『冬木』은 필자가 대전에서 살고 있을 때에 즐겨 찾던 원동의 헌 책방에서 구한 것이요, 제3시집『매듭을 풀며』부터 제7시집『버들강아지』, 그리고 첫 시집에서 제6시집에서 가려뽑아 시집 발간 역순으로 엮어 놓은 선시집『초록에 기대여』는 자랑스럽게도 선생님으로부터 직접 받은 것들이다. 총 8권의 시집과 정년퇴임문집『채우기와 비우기』등이 바로 나의 눈앞에 펼쳐지고 있다.

그러다가 나는 선생님의 시집을 모두 펼치기에는 나의 가슴이 너무 모자람을 긍정하지 않을 수 없게 되었다. 몇 번이고 이리저리 선생님의 시 세계를 걷다가 나는 비로소 단안을 내리고 말았다. 선생님께서 어쩌면 한 번쯤이라도 더 생각하셨을 지도 모르는 시집 표제의 시편들! 그렇다. 선생님의 수많은 시작품 중에서 시집의 제목으로 쓰인 작품을 중심으로 살펴보자! 그리고 표제시가 시집 속에 함께 하지 않았으면, 표제시로 한 시구詩句라든가 그 분위기를 보여주는 대표적인 작품을 찾기로 하자. 잘 본 것인지 아니면 잘 못 본 것인지 다행스럽게도 나는 그런 류類의 시작품을 만날 수 있었다. 그래서일까? 근무하고 있는 학교의 교무실 창 밖에서는 새 천년을 앞둔 1999년의 겨울 위에 흰눈을 준비하고 있는 하늘이 나지막하게 드리워져 있었다. 자못 설레었다.

2.

임강빈의 시세계를 한 마디로 말한다면 그는 인생과 사물에 대하여 관조하는 자세를 취함으로써 미세하고 섬세한 삶의 본지에 이르기까지 제시해주고 있다는 것이다. 그러한 미세함과 섬세함으로 인하여 현실과 사회에 진부하게 깔린 부정과 부조리에 대하여 이념과 사상적인 지향성이 드러나지 않는 것처럼 보이고 있다. 그러나 인생과 사물에 대한 관조로부터 획득한 삶의 근본 원리는 결국 현실과 사회의 부정과 부조리에 대한 잔잔한 경고로서의 역할을 하기에 충분하다. 임강빈은 적어도 그의 시 세계를 통하여 미세함과 섬세함으로부터 시작하여 삶의 근본 원리를 제시하여 주고 있거니와 먼저 그의 제 1시집『당신의 손』에서 골라본 시작품「微熱」을 통하여 만나볼 수 있는 미세함과 섬세함부터 살펴보기로 하자.

말짱히 벗어버리고

이제 나무는

편히 쉴 수 있겠다.

언제나 썰렁한

호주머니 속에

白蠟처럼 빛나는

당신의 손.

시달리다가

滿員버스 안에서

인사도 없이 헤어진

그 날의 서운함.

그 微熱은

열심한

淸掃夫 빗자루에 쓸리고

아, 지금은

千金을 주고도 바꿀 수 없는

당신의 傲氣.

빈 호주머니 속에서

짱랑짤랑

소리내도 좋겠다.

-「微熱」(제 1시집 『당신의 손』 [1] 에서) 전문

---

1) 임강빈의 첫 시집 『당신의 손』은 총 41편의 시작품을 전체 2부로 나누어 수록하고 있다. 시인 박두진은 서문을 통하여 〈폭은 좁으나 質이 섬세하고, 날카로우나 자극적이 아니며, 人生과 事物을 觀照하는 눈이 圓熟과 品度를 더해가고 있다. 이러한 詩的 氣質은 오랜 우리의 傳統的 詩情에도 그 脈絡을 대는 것이며, 앞으로 우리 시가 抒情의 바탕을 이끌고 前進하려 할 때 대단히 귀중한 現代詩的인 課題도 담당하게 되는 것이다〉라 말하고 있다. 이 시집은 서울의 '현대문학사'에서 1969. 11. 10에 발간되었다.

시인은 거리에서 한 그루의 나무를 만난다. 그 나무에게는 겨울이다. 그래서 온몸에, 아니면 온 마음에 담을 만한 그 어떤 것도 가지지 아니했다. 현실에서의 '나'와는 다른 겨울나무이다. 그래서 겨울을 맞아 몸에 아무 것도 지닌 것이 없는 나무를 보면서 '편히 쉴 수 있겠다'고 자못 부러워한다.

그러나 다시 한 번 자신에게로 돌아와 보면 나에게 짐(?)스러운 것은 '언제나 썰렁한/호주머니 속에/白蠟처럼 빛나는/당신의 손'을 느끼게 해준다. 그리고 그것은 어느 사이 '滿員버스'라는 일상 생활 공간으로 돌아와 그 곳에서 '인사도 없이 헤어'지고 또 헤어지는 일상 생활의 한 단면을 보여준다. 하나의 엄연한 삶의 모습이 바로 그것이다. 일상에서 매양 짐스러운 것이라 하더라도 그것은 결국 짐이 아니라 헤어지면 서운할 수밖에 없는 것이 아니겠는가? 그럼으로써 '그날의 서운함'에서 '微熱'을 느끼게 된다. 여기서 '微熱'이란 두말할 것도 없이 조금은 짐스러우면서 벗어버리고 나면 서운한 것에 대한 '愛情'의 한 모습이다. 그것은 짐을 벗어버리고 '편히 쉴 수 있겠다'고 생각한 나무로 환치되어 나타난 결과이다. 그러하거니와 나무는 결국 '편히 쉴' 수 없는 상황의 '微熱'을 불러일으킨다.

'微熱'은 그러나 '열심한/청소부 빗자루에 쓸리고' 있다. 짐스러운 존재가 멀어짐으로써 나타나기 시작한 '微熱'이 그만 '천근과도 바꿀 수 없는/傲氣'를 부리며 영원히 사라지고 있는 것이다. 그제야 그토록 짐스러워하던 나뭇잎(낙엽)을 나무는 그리워하고, 또한 그러하듯이 '나'는 당신에 대하여 '微熱'을 가진다. 그러나 쓸리고 없는 당당한 '傲氣'의 당신은 보이지 않고, 나의 간절한 아쉬움만 남는다. 그러하거니와 '빈 호주머니 속에서/짤랑짤랑/소리내도 좋겠다'는 그리움에 사무치게 된

다. 따라서 시인은 대자연의 우주적 질서로부터 인간 삶의 근원적인
원리를 보여주고, 그로부터 자신의 삶을 통찰하였던 것이다.

이러한 관조적인 자세로부터의 삶의 원리 획득은 제 2시집『冬木』에
와서 더욱 가열해진다. 표제가 된「冬木」을 살펴보기로 한다.

> 한 뿌리에서 자란
> 나뭇가지
> 그 가지와
> 가지 사이에 생긴 間隔.
> 겨울엔 너무 빤히
> 그것이 보인다.
> 바람 끝에
> 멈추는 寂寞이
> 내 뼈마디를 흔들어주곤 한다.
> 줄곧 나는
> 왜 한 나무만을 보아왔을까.
> 한 뿌리에서 자라
> 그 가지와
> 가지 사이에 생긴 間隔.
> 그 사이로
> 하루를 오르내리는
> 비탈길이 보인다.
> 밤을 한층 춥게 하는
> 별이 보인다.
>
> -「冬木」(제2시집『冬木』[2]에서) 전문

---

[2] 제2시집『冬木』은 총 40편이 전체 3부로 나누어 함께 하고 있다. 시인 박재삼은 발문을 통하여
〈요컨대 그에게 있어서는 詩란 論理的 看板의 야단스러움이 아니라 知慧的 內部 경영으로서

'冬木'에서 보이는 것이란 우리의 잘못된 삶의 모습, 바로 그것! 시인은 '冬木'을 통하여 인생을 되돌아보고 있는 것이다. 언제 어디서나 두툼하게 입고 있던 것을 벗어버림으로써야 비로소 보이는 우리들의 삶의 모습, 그리고 벗어버린 사이를 통해서야 나타나는 우리들의 부끄러운 삶의 모습, 그것을 바로 이 '冬木'은 말하고 있다. '한 뿌리에서 자란/나뭇가지/그 가지와/그 가지 사이에 생긴 間隔'을 볼 수 있다는 것은 겨울이 아니고서야 이루어질 수 없는 현상이다. 그 현상으로부터 얻은 나의 삶에 대한 반추행위── '바람 끝에/멈추는 寂寞이/내 뼈마디를 흔들어주곤 한다'는 것이다. 그리고 반성할 수밖에 없는 삶에 대한 진솔한 통찰력, 그것은 '줄곧 나는/왜 한 나무만을 보아왔을까'라는 통렬하기까지 한 자기 반성으로 이루어지고 있다.

이러한 자기 반성은 '한 뿌리에서 자라/그 가지와/가지 사이에 생긴 間隔'을 재확인하게 되고, 자기가 어떻게 살아가고 있는가를 비로소 깨닫게 된다. '그 사이로/하루를 오르내리는/비탈길이 보인다.'는 것이다. 하루하루의 삶이란 결국 비탈길을 가고 있는 것. 그러나 그것은 절망적인 것이 아니다. 삶이 비록 고달프고 괴로운 것이라 할지라도, '밤을 한층 춥게 하는' 것이라 할 지라도 언제나 희망을 가지게 되는 것이어니, 곧 '별이 보인다'는 것이다. 따라서 시인은 「冬木」이라는 시작품을 통하여 사는 것이 중요한 문제가 아니라 바로 사는 것이 문제(소크라데스)라는 진리를 제시하고 있는 것이다.

───────────

의 조용한 표현이라고 해야 할른지 모른다. 이 점에서 그는 世俗主義에 물들지 않은 가장 潔曲한 詩人이라 할 수 있을 것이다. 이런 그의 詩作 태도는 그에게 낮은 목소리로 읊은 차분한 시를 낳게 했고, 哀·歡의 한 측면에 기대는 어리석음에서 벗어나게 하였는지 모른다. 이 중요한 사실이 그의 聲價를 보다 진실한 詩人으로 믿고 있는 要因이라 해서 틀리지 않을 것이다>라고 말하고 있다. 이 시집은 대전의 '농경출판사'에서 1973. 5. 10에 발간되었다.

제3시집『매듭을 풀며』에서는 '매듭'이란 시어를 가진 시작품을 골라
보았다. 살펴보기로 하자.

조용히 먹을 가신다.

안으로 괸

앙금이랑 섞어 먹을 가신다.

연적의 물을

盆에서 자란 느티나무 뿌리에

조금씩 부으시며

다시 먹을 가신다.

붓끝에서만 풀리는

당신의 매듭

한 획 한 字 내려가는

아버지의 隷書

풀리지 않는 매듭이나

풀어가듯

나도 조용히 무릎 꿇는다.

그 行間에 비치는

가랑잎 소리.

　　　－「아버지의 隷書」(제3시집『매듭을 풀며』3)에서) 전문

---

3) 제3시집『매듭을 풀며』에서는 총 55편의 시작품이 함께 하고 있다. 이 시작품들이 전체 4부로
　나뉘어 실려 있거니와, 宋在英은 이 시집의 말미의 해설에서 〈우리는 참으로 어려운 시대에
　살고 있다. 物質的인 삶은 어느 정도 향상되었지만 정신적인 삶은 그 指標를 잃어가고 있기 때
　문에 사람들의 精神은 점점 더 빈곤해지고 있다. 詩가 진실로 요청되는 것은 바로 이러한 時
　代에서이다. 그러나 이러한 時代에서 시를 쓴다는 것은 自己 犧牲으로써 가능하다. 時代에 대
　해서는 아첨하지 않는, 그러므로 자칫 現實의 落伍者로 점찍히기 쉬운, 孤高한 詩人은 물질적
　인 삶을 희생함으로써 歷史에 영원히 남는다. 任剛彬씨는 이러한 희생을 달갑게 받아들이고

'隷書'란 서체의 하나이다. 일찍이 중국의 전국 시대부터 진나라의 국가 통일기에 걸쳐서 공식서체였던 전서篆書의 자획을 보다 간략화하고 일상적으로 편리하게 쓰기 위하여 만들어진 서체가 바로 예서이다. 이미 秋史 金正喜는 [竹麗之室]을 예서로 써서 그 글씨의 맛을 우리에게 보였거니와, 예서는 전서에서 볼 수 없는 또 다른 글씨맛을 보이고 있다. 그러나 이 시작품에서는 그러한 글씨의 맛을 보여주려 함은 물론 아니다. 예서 쓰기를 통하여 삶의 매듭을 풀어나가는 고고한 선비의 모습을 보여주고 있는 것이다.

위 시작품에서 '매듭'이란 인간의 오욕칠정에 따른 삶의 고뇌와 갈등의 하나이다. 그 고뇌와 갈등을 '아버지'는 마음을 닦으면서(예서를 쓰면서) 하나하나 풀어나가고, 그러한 아버지의 고고한 모습에서 벅찬 감동을 받는다. '아버지'는 먹을 가실 때 '조용히 먹을 가신다./안으로 괸/앙금이랑 섞어 먹을 가신다.'고 하였다. 그것은 먹을 가는 그 자체를 의미하는 것이 아니라, 인생의 참모습이란 무엇인가를 깨닫기 위한 행위일 뿐이다. 그것도 '안으로 괸/앙금이랑 섞어 먹을 가신다'는 것이어니, 고달픈 인생의 길에서 깊이 깨달은 참의미를 되새기고 있음을 말해준다. 그리고 그 깨달음은 자신과 함께 삶을 나누고 있는 대자연과 더불어 나눈다. '연적의 물을/盆에서 자린 느티나무 뿌리/조금씩 부으시며/다시 먹을 가신다'는 것이다. 인간의 삶은 자신만으로서 이루어지고 있는 곳이 아니라 자신을 둘러싼 대우주나 자연과 더불어 살아가고 있음을 보여주고 있는 것이다.

있다. 今世紀의 카오스的 惡循環이 심각하면 심각할수록 그는 詩의 길을 외롭게 걸어가고 있다. 순수한 抒情을 기르며, 世俗에 물들지 않는 의연한 선비의 姿勢로 그는 詩를 求道의 言語로써 가다듬고 있다. 그는 투명한 수정 같은 영혼을 가진 詩人이다〉라 말한다. 이 시집은 서울의 '심상사'에서 1979. 7. 10에 펴냈다.

　그러나 '아버지'는 단순히 대우주나 자연과 더불어 살아가고 있음만을 보여주고 있는 것은 물론 아니다. 삶의 주체가 바로 인간이라는 것을 보여준다. '느티나무'라는 오랜 세월을 인고해온 그런 삶도 자신이 '연적의 물'을 '조금씩 부'어 줌으로써 이루어지는 것이어니, 이는 곧 모든 우주적·자연적 삶의 중심은 내 자신에서 비롯되고 있음을 암시하고 있는 것이다. 이렇게 자기 중심으로 모든 삶이 이루어지고 있는 것이므로 결국 '붓끝에서만 풀리는/당신의 매듭'이 확인될 수 있다.

　이러한 모습을 바라보면서 시인은 비로소 인생의 참의미를 깨닫고 감동에 휘말리게 된다. 이 감동이야말로 스스로 인생에 대한 참모습을 깨닫는 것이기도 하다. 그러므로 시인은 '한 획 한 字 내려가는/아버지의 隸書/풀리지 않는 매듭이나/풀어가듯/나도 조용히 무릎 꿇는다' 그리고 그 깨달음 속에서 또 다른 깨달음, 그것은 '그 行間에 비치는/가랑잎 소리'로 자연이 주는 우주의 질서요, 삶 그 진리요, 우리가 어떻게 살아가야 하는가에 대한 해답이기도 하다.

　제4시집 『등나무 아래에서』에서는 시집의 표제시인 '등나무 아래에서'란 시를 살펴보기로 하였다. 우선 한 번 살펴보기로 하자.

　　　　등넝쿨만큼이나 꼬이기만 함
　　　　되는 일보다
　　　　안 되는 일이 더 많음
　　　　이것이 우리가 살아가는 길
　　　　그러나
　　　　그것만은 아니라는 초조감
　　　　살아가는 길은

천 갈래 만 갈래

난마亂麻와 같은 것

그 중 손에 잡히는 한 갈래의 소중함

며칠을 앓아 눕다가

안개 걷히듯

차츰 회복되는 신기함

바람에 쏠리다가

일어서는 풀잎의 건강함

한 편의 시가 아픔이다가

그로하여 되찾은 해방감

등나무 아래에서.

　　　　　　-「등나무 아래에서」(제4시집『등나무 아래에서』[4]에서) 전문

　시인은 우리가 살아가는 세상을 한 마디로 '등넝쿨만큼이나 꼬이기
만 함/되는 일보다/안 되는 일이 더 많음'이라고 단언하고 있음으로써
이 시를 시작하고 있다. 그러한 단언은 명사형으로 끝나는 강한 톤으
로 표현되고 있어 시인이 보는 세상에 대한(어쩌면 세상에 대한 시인의) 결
론으로 확신되고 있다. 결국 그러한 것은 시인 스스로도 '이것이 우리

---

4) 제4시집『등나무 아래에서』에는 총 68편의 시가 실려 있고, 이 시들은 전체 4부로 나누어져 있
다. 이 시집의 말미에서 시인 이건청은 해설을 통하여 <어느 시대를 막론하고 현실은 불만족
스럽고 완고하기 이를 데 없는 관성을 지닌 것이었다. 현실이 지니는 이 완고한 관성은 수시로
개인의 지향을 규제하기 마련이어서 숱한 회의와 좌절을 안겨주기 마련이다. 이 현실적 좌절
의 국면을 자연 풍물에 의탁하여 친화의 국면으로 수용하고자 한 것이 동양에서의 오랜 시가
전통이 되어 온 것이다. 즉, 자연과 인간과의 관계를 친화의 관계로 파악하면서 자연이 지니는
의연함과 영원함을 삶의 규범으로 치환하고자 하였던 것이다. 任剛彬은 반도시적 반문명적 대
상들에 의탁하여 자신의 심회를 토로하고 있는 것도 그런 맥락에서 이해되어야 할 것이다'라고
말하였다. 이 시집은 서울의 '문학세계사'에서 1985. 12. 15에 펼쳐내었다.

가 살아가는 길'이라고 '등넝쿨'의 이미지를 구체화시키고 있는 것이다. 따라서 이리 뒤틀리고 저리 뒤틀려 있는 '등넝쿨'을 상기시킴으로써 우리의 삶이 얼마나 '꼬이기만'한 세상에서 고달파하고 있는가를 알수 있게 한다.

그러나 '그러나/그것만은 아니라는 초조감/살아가는 길은/천 갈래만 갈래/난마亂麻와 같은 것'이다. 더욱 고단하고 번뇌에 찬 삶이 아닐수 없다. 그래서 살아가는 것이란 결국 '난마亂麻와 같은 것'이라는 푸념 같은 넋두리에 이르게 된다. 그만큼 살아간다는 것이 어렵다. 그러면서 인간은 살아간다. 그러다가 마침내 만나게 되는 것. '그 중 손에 잡히는 한 갈래의 소중함"이 바로 그것이다. 이러한 맛에 인간은 살아가게 되는 것이 아니겠는가? '소중함'이란 고달픈 삶의 한가운데 만나게 되는, 이른바 오랜 가뭄 끝에 만나게 되는 한 줄기 빗방울 같은 것이 아닐까? '며칠을 앓아 눕다가/안개 걷히듯/차츰 회복되는 신기함'이 바로 그것이거니와, 이것이야말로 고달픈 가운데 살아가게 하는 삶의 활력소가 되는 것이다. 그래서 '바람에 쏠리다가/일어서는 풀잎의 건강함'을 만날 수 있었으며, '한 편의 시가 아픔이다가/그로 하여 되찾은 해방감'을 만끽할 수 있었던 것이다. 이러한 바로 우리의 고달픈 삶의 모습과 비견되는 '등나무 아래에서' 발견할 수 있다는 것임을 시인은 말하고 있는 것이다.

제5시집『조금은 쓸쓸하고 싶다』에서 가려 뽑은 것은「혼자 마시기」라는 작품이다.「혼자 마시기」는 시집 제목인『조금은 쓸쓸하고 싶다』의 세계에 나타난 시인의 마음을 충분히 반영하고 있다는 생각에서 뽑은 시작품이다. 이는 순전한 필자의 생각이다. 우선 그 작품부터 살펴보기로 하자.

목로에 혼자 앉아

마시기까지는

꽤나 긴 연습이 필요하다.

독작이 제일이라던

어느 작가의 생각이 떠오른다.

외로워서 마시고

섭섭해서

사랑해서

그 이유야 가지가지겠지만

혼자 마시는 술이

제일 맛이 있단다.

빗소리 간간이 뿌리면

혼지 마시는 술이

제일 맛이 있단다.

빗소리 간간이 뿌리면

더욱 간절하다 한다.

생각하며 마실 수 있고

인생론과 대할 수 있고

아무튼 혼자서 마시는 맛

그것에 젖기까지는

상당한 연습이 필요하다.

　　　　－「혼자 마시기」(제5시집『조금은 쓸쓸하고 싶다』5)에서) 전문

---

5) 제5시집『조금은 쓸쓸하고 싶다』에는 총 76편이 전체 4부로 나누어져 실려 있다. 이 시집의 말미 발문에서 시인 조재훈은 <가치관의 심한 동요 속에서 우리는 살고 있다. 시인도 예외가 아니다. 무잡한 낱말의 난무 속에서 한껏 목소리만 높다. 따라서 실체는 없고 공허한 울림만 남게 마련이다. 사물의 본질을 차분히 밝혀내고 또 우리로 하여금 아주 조용히 지혜롭게

술도 음식의 하나이다. 음식은 혼자 먹는 것이 아니라 둘 이상이 담소를 나누면서 먹어야 음식으로서의 제 맛에 젖어들 수 있다. 그러나 이 시작품에서는 전혀 그러하지 않다. <혼자 마시기>를 굳이 고집하고 있다. 그것도 많은 시간을 할애하여 「혼자 마시기」 연습을 충분히 하고 있는 것이다. 「혼자 마시기」 위해서는 '꽤나 긴 연습이 필요하다.' 는 것을 스스로 알고 있기 때문이다. 물론 그러한 이면에는 '독작이 제일이라던/어느 작가의 생각이 떠오른다.'가 떠오르고 있기 때문이기도 하다.

그러나 꼭 그런 것만이 아니다. 술을 '외로워서 마시고/섭섭해서/사랑해서' 등등의 이유로 해서 마신다 하지만('그 이유야 가지가지겠지만') 그것은 시인에게 있어서 <혼자 마시기>가 아니다. 외로움과 섭섭함과 사랑 등등이야 술을 마시는 데에 있어서 나 아닌 상대가 되고 있다. 오직 철저하게 '혼자 마시는 술이/제일 맛이 있단다'라는 것이다. 어느 작가의 말이기도 하지만 그에 긍정하는 시인 또한 마찬가지다. 단지 어느 작가를 빌렸을 뿐이다.

「혼자 마시기」에 있어서 시인은 다만 분위기를 중요시하고 있다. 혼자 술을 마시게 하는 분위기란 곧 '빗소리 간간이 뿌리면' 그만이다. 이러한 분위기가 성숙되면 '생각하며 마실 수 있고/인생론과 대할 수 있고' 시인은 생각한다. 결국 시인이 <혼자 마시기>를 연습까지 하면서 굳이 혼자 술을 마시려는 까닭은 '생각하며', 그리고 '인생론과 대할 수'

길을 찾도록 하는 게 좋은 시인일 터인데, 이 시대에 그런 시인을 만나기란 그리 쉬운 일이 아니다. 임강빈(任剛彬)은 스케일이 크지 않다거나 오늘의 문제를 정면에서 껴안지 않는다거나 하는 등등의 결함에도 불구하고 시의 미덕을 드물게 많이 가진 시인이다. 투명한 언어의 낮은 소리, 극도로 절제된 감정과 언외언(言外言)의 은은한 서정, 이런 것들은 커다란 소리에 식상한 우리에게 울림을 준다. >고 말했음이 보인다. 이 시집은 서울의 '창작과비평사'에서 1989. 9. 15에 펴냈다.

있기 때문이라는 것을 알 수 있게 한다. 그렇다. 시인은 인생을 생각하는 것은 결국 혼자라는 인식을 하고 있는 것이다. 자신의 삶을 바라보고, 참 인생이란 무엇인가를 생각하며 술을 마시는 그 의연한 시인의 자세에서 진정한 의미의 인생을 엿보게 된다.

여기에서 특히 시선을 끄는 문제는 시의 표현이다. 〈혼자 마시기〉에 대하여 시인은 어느 작가의 말을 빌어 '~있단다.' 혹은 '~이 있단다', 그리고 '~ 더욱 간절하다 한다'고 말함으로써 객관적으로 〈혼자 마시기〉에 대한 확증성을 보여준다는 것이다. 그런 다음에 '인생'과 '생각'의 참원리를 위하여 '혼자서 마시는 맛/그것에 젖기까지는/상당한 연습이 필요하다'고 단언함으로써 인생에 대하여 무엇인가를 깨닫게 해준다. 따라서 혼자서 술을 마신다는 것은 참다운 인생에 대한 진리의 깨달음을 위한 한 방법이 될 수 있다는 것이다.

다음에는 제6시집 『버리는 날의 반복』에서 시인이 버리는 것이란 무엇인가를 살펴보기로 한다.

> 삐걱소리를 내며
> 책상 서랍을 연다
>
> 버리기 아깝다 해서
> 남겨두었던
>
> 정돈되지 않은
> 일상의 손때

장마철의

눅눅한 습기가 아직 남아 있다

언젠가는 버려야 할

그 언제를 위해 이렇게 챙긴다

가득 쌓이면 버리고

비어 있는 만큼의 쓸쓸함

　　　　　-「삐걱 소리를 내며」(제 6시집『버리는 날의 반복』[6]에서) 전문

　이 시작품을 읽으면서 필자는 갑자기 '공즉시색 색즉시공空卽是色 色卽是空', 그리고 '공수래공수거空手來空手去'라는 말을 떠올리지 않을 수 없었다. 버려야 할 것을 버리지 못하는 물욕, 그리고 버리지 못함으로써 정돈할 수 없는 안타까움. 그러나 무엇보다도 버려야 할 것을 버리지 못함으로써 야기되는 '삐걱 소리'이다. 이런 의미에서 이 시는 전체 3단계로 나누어 생각할 수 있다.

　첫 단계는 '삐걱 소리를 내며/책상 서랍을 연다'는 일상의 행위의 모습이다. 특별한 생각 없이 이루어지는 일상의 생활 모습처럼 그렇게,

---

6) 제6시집『버리는 날의 반복』은 총 85편의 을 전체 5부로 나누어 싣고 있다. 시인 성찬경은 이 시집의 말미「작품 해설」을 통하여 〈임강빈의 시는 좀처럼 철학 쪽에 다가가지는 않는다. 이따금 철학적인 상념을 다루어도 그것을 그저 향기처럼 풍길 따름이다. 시의 소재는 이미 말한 바와 같이 우리의 삶의 주변에 있는 것들, 우리와 매우 친근한 것들이 많다. 산·들·식물이름·꽃이름·풍경·벌레소리, 이런 것들도 자주 나오는 소재들이다. 이러한 것들을 엮어서 신선한 정감을(그것은 엷은 "한"이다) 담는다. 필자는 임강빈 시의 정서적인 특색은 역시 '식물성'이라고 생각한다. 식물일 경우 제일 단단하게 맺어지는 결실은 열매이다. 또 곡식알이다. 곡식알 중에서도 제일 귀한 곡식알은 이러니 저러니 해도 쌀알이다. 세상에 쌀알처럼 짙은 내용을 지닌 은유는 없다. 쌀알 하나의 내력 '쌀알 같은 시', 필자는 그의 시를 바로 쌀알 같은 시라고 생각해 본다〉라 말하고 있다. 이 시집은 대전의 '오늘의 문학사'에서 1993. 10. 25에 엮어냈다.

어쩌면 무의식적이다시피 책상 서랍을 연다. 그리고 다음 단계에서 특별한 만남을 가진다. '버리기 아깝다 해서/남겨두었던//정돈되지 않은/일상의 손때'가 바로 그것이다. 이 '손때'야말로 일상의 삶의 자취다. 이러한 자취는 흔적 없이 버리면서 살아가야 함에도 불구하고 '장마철의/눅눅한 습기'로 '아직 남아 있다'는 것을 확인하고 있게 된다. 이것은 바로 삶의 자취에 대한, 버리지 못하는 인간의 욕慾에서 비롯되고 있다.

셋째 단계에 이르러서는 자신의 삶의 자세에 대한 반성이다. '언젠가는 버려야 할/그 언제를 위해 이렇게 챙긴다', 그리고 '가득 쌓이면 버리고/비어 있는 만큼의 쓸쓸함'을 깨닫는다. '챙기고' 있다가 '가득 쌓이면' 그때에 이르러서야 비로소 '버리고', 버림으로써 '비어 있는 만큼' 느끼게 되는 '쓸쓸함'을 확인할 때에는 인간의 삶이 얼마나 아이러니한가를 맛보게 하여준다. 그렇다. 시인 임강빈은 자신의 삶에서 얼마나 헛됨이 많이 도사리고 있는가를 알고 있다. 그는 '공즉시색 색즉시공空卽是色 色卽是空', 그리고 '공수래공수거空手來空手去'라는 삶의 참의 미를 깨우치면서 뭇사람들에게 잠언처럼 속삭이고 있는지 모른다.

제7시집 『버들강아지』에서는 시집 제목으로 한 작품 「버들강아지」를 살펴보기로 한다.

> 교도소 철문이 활짝 열린다
> 드르륵 하는 금속성金屬聲
> 웅성대는 사람
> 막혔던 시간이 일세히 쏟아진다
> 오랜 만남의 포옹

자유를 심호흡한다

난사亂射하던 햇살이 높은 담벽을 꺾여 돌아간다

정지된 시간이 되살아나는

한 컷의 스케치

얼음 밑으로 흐르는 물소리

배음背音으로 간다

시냇가 부푼 버들강아지

- 「버들강아지」(제7시집 『버들강아지』[7]에서) 전문

  지금까지 시인은 잔잔한 목소리로 인간의 삶을 노래하고, 일상을 되
돌아보면서 삶의 진리를 논해왔다. 그러는 동안에 미세한 것에서부터
의 관조를 통하여 무엇이 올바른 삶이며, 무엇이 올바른 일상인가를
말해주었다. 그러나 제 7시집에서 「버들강아지」와 같은 충격적인 시
편을 보여 주었다. '버들강아지'란 일반적으로 매우 연약한, 그래서 '버
들강아지'하면 작고 부드럽고 깜찍한 심상을 떠올리고 있는 것이 보편
적인 현상임에도 불구하고, 이 작품에서는 인간의 올바른 삶에서 벗어
난 사람들의(?) 군집처인 교도소와 대비되면서 갑자기 강인한 생명력
과 자유에의 끊임없는 투쟁을 떠올리게 한다. 먼저 '버들강아지'가 봄

---

7) 제7시집 『버들강아지』에는 총 98편의 시작품이 전체 5부로 나누어져 실려 있다. 제 5부에 대하
여 시인은 '부탁에 의하여 쓰인 것들이다. 계륵(鷄肋)이라는 말이 있다. 취하기는 무엇하고 그
렇다고 버리기에는 아깝다는 뜻이다. 망설임 끝에 이번 시집에 넣기로 했다'는 말이 보인다. 발
문도 해설도 같이하지 않은 이 시집의 「自序」에서 〈시가 점점 두렵다는 것은 시에 대한 눈이
조금 떠졌다는 것일까. 시집을 낼 때마다 앞으로 좋은 작품을 쓰겠다고 다짐을 했다. 거짓말을
한 셈이다. 나의 한계는 누구보다도 내가 잘 안다. 세상은 바삐 가고 있는데, 나 혼자 늑장 부
리고 있다는 두려움이다. 짧은 말속에 깊이가 담긴 시가 되었으면 한다.〉면서 자신의 심경을
토로하고 있다. 누구나 할 수 있는 이야기이지만 생경하게 들리는 까닭은 무엇 때문인지, 필자
스스로도 알 수 없는 일이다. 이 시집은 대전의 '오늘의 문학사'에서 1997. 10. 22에 펴냈다.

98

을 맞아 어린 싹을 내미는 것을 '교도소 철문이 활짝 열린다'로 이 시는 시작되고 있다. 그리고 그것은 더욱 '드르륵 하는 금속성金屬聲'으로 가중된다.

봄을 맞는 소리는 잠잠한 듯하면서도 사실은 새로운 세계를 맞이하는 위대한 변혁의 외침이다. 그러므로 교도소 밖으로 나오는 소리에 버금한다. 봄을 맞아 온 세상이 새로움에 들뜨듯이 오랜 세월동안 영어圄圉의 몸으로 갇혀 있다가 비로소 교도소 밖으로 나와 새로운 세계를 맞이하였던 바, '웅성대는 사람/막혔던 시간이 일제히 쏟아진다'고 할 수밖에 없다. 그러므로 감격의 '오랜 만남의 포옹'이 이어지고 마음껏 '자유를 심호흡한다'는 것이다. 이러한 상황에서 그토록 '난사亂射하던 햇살이 높은 담벽을 꺾여 돌아'가는 것은 당연하다. 그것은 곧 긴 겨울을 이겨내고 어느 사이 봄을 맞아 새싹을 펼치기를 부지런히 하는 '버들강아지'처럼 '정지된 시간이 되살아나는/한 컷의 스케치'를 연상하게 하는 것이다. 이러한 한 장면('한 컷의 스케치')을 증거라도 하듯이 이제는 현실로 나타나는 또 다른 '한 컷의 스케치', 그것은 바로 '얼음밑으로 흐르는 물소리'를 '배음背音으로' 깔고 있는 '시냇가 부푼 버들강아지'가 눈앞에 펼쳐지는 것이다. 따라서 시인은 '버들강아지'를 통하여 오랜 영어의 몸에서 이 세상에 처음으로 풀려 나와 자유를 만끽하고 있는 모습을 보여줌으로써 자유 획득에 얼마나 많은 고난의 세월이 필요한가를 말해주고 있는 것이다. 임강빈의 시 세계에서 이러한 강렬한 인상을 주는 시편을 만날 수 있다는 것은 잔잔한 충격이 아닐 수 없다. 따라서 이는 섬세하고 미세한 관조에서 인생의 참의미만을 발견·제시하고 있는 것이 아니라, 보다 폭넓은 시적 정서를 넓히기에 여전한 노력을 계속하고 있음을 보여주고 있는 것이라 하겠다.

3.

시인 임강빈은 이 세상에 태어나서 한 시인임을 자랑스럽게 여기며 살아가고 있는 분으로 보인다. 아니, 사실이 그러하다. 그런 분이다. 그리고 그는 또 앞으로도 그렇게 살아갈 분이다. '任剛彬'이란 존함에서 울려오는 강한 이미지와는 전혀 다른, 가녀린 어느 것 하나에도 오직 두 눈을 촉촉히 적실 줄 아는 그러한 분이다. 그러면서도 삶의 길에서 조금이라도 어긋나기라도 한다면 강한 눈빛을 넉넉히 할 그런 분이다. 그는 1950년대부터 2000년을 불과 몇 일 앞둔 오늘날까지 한 시인으로서, 그리고 참으로 시인임을 자랑스러워하고, 시인처럼 그렇게 살아왔다. 또 앞으로도 그렇게 살아갈 것이다. 그는 오르지 시를 통하여 인간을 노래하고, 인간의 일상을 읊어왔으며, 남과 다른 심오한 관조를 통하여 삶의 방향을 끊임없이 제시하여 왔다.

퇴계 이황退溪 李滉은 『퇴계집退溪集』을 통하여 '대개 선비가 세상에 나서 벼슬을 하거나 집에 있거나, 혹은 때를 만나거나 때를 만나지 못하거나를 막론하고, 그 목적은 자기 몸을 깨끗이 하고 옳게 행하는 것뿐이니, 화禍와 복福은 논할 것이 못된다'고 하였고, 『채근담採根譚』에는 '곧은 선비는 행복을 구하는 마음이 없는지라 하늘은 그 마음 없는 곳을 향하여 그 문을 열어준다'고 하였다. 시인 임강빈은 바로 그러한 시인으로 우리 앞에 다가왔고, 또 그렇게 또 다른 시인들에게 빛으로 다가갈 것이다. 이 세기말의 혼탁한 시대에도 살아가는 맛을 아직도 생생하게 가질 수있다는 것은 바로 이러한 시인이 가까이에 전범처럼 우뚝 서 있기 때문이 아닐까? ◗

거울보기,
또는 그 삶의 모습

- 해대海垈 한상각韓相珏의 시 세계

1.

새 천년을 한 달여 앞둔 1999년 11월 20일 한국시협韓國詩協 제 29회 세미나에 참석하기 위하여 백제의 고도 부여에 전국의 시인들이 한두 분씩 모여들기 시작하는 저물 무렵, 역시 백제의 고도 공주의 공주중동감리교회에서는 한 시인을 추모하는 조촐한 추도 예배가 열리고 있었다. 시인이신 故 해대海垈 한상각韓相珏 선생님을 추모하는 예배였다. 그리고 또 이 귀한 예배에서는 선생님의 자녀들이 효성을 모은 그의 유고시집 『강둑에 이는 바람』을 발간하여 사모님인 이계인李啓仁 여사께 봉정하는 순서가 있었다. 뿐만 아니라 그 예배가 열리고 있는 한 켠에서는 언제나 선생님의 곁에서 그림자가 되어 따랐던 선생님의 제자 김명수金明洙 시인의 애틋한 눈물이 있었다. 김명수 시인은 유고시집의 발간에 자신이 경영하고 있는 출판사의 힘을 모두 모았고, 언제나 한상각 선생님에 대한 애틋한 제자로서의 정을 한 줌의 눈물로 이루어 놓았던 것이다.

그렇다. 해대 한상각 선생님은 위대한 스승이었다. 《새여울》동인이

었던 그의 제자들이 동인지를 발간해놓고 돈이 없어 찾지 못하는 안타
까움 앞에 빚을 얻어 한 아름의 큰마음을 고이 주셨고, 제자들의 슬픔
이 있는 곳에는 길의 멀고 가까움에 관계없이 선생님은 언제나 지주支
柱처럼 서 계셨다.

그렇다. 해대 한상각 선생님은 천성의 시인이셨다. 한학자漢學者이
셨던 아버님(澗山 韓明洙)의 정신을 이어받아 시의 길과 시인의 길을 바
로 알고 살다 가신 분이셨다. 시를 쓴다는 사실을 자랑으로 여길 줄 알
았으되 겉으로 드러내지 아니하였으며, 굽어 살아가는 길은 시인의 길
이 아니라는 사실에서 언제나 한 마리의 학鶴이 되어 선비의 고고함을
품고 계셨다.

선생님은 생전에 단 한 권의 시집『他人의 얼굴』(현대문학사, 1981)을 남
기셨다. 제자들을 먼저 '시인'의 길로 내몰아 놓고서야 자신은 뒤늦게
《현대문학》을 통하여 추천의 과정을 마치신 뒤에 자신만의 시편들을
모은 단 한 권의 시집으로 펴내신 것이다. 그리고 선생님에게는 말년
에 어려운 투병생활을 하시면서 손수 자신의 작품을 정리·편집·교정
뿐만이 아니라 서문까지 써놓으시고도 시집으로 펴내지 못하시다가
유고시집으로 빛을 보게 된『강둑에 이는 바람』(대교출판사, 1999)이 있
다. 이 시집에는 선생님의 선친께서 금남시사錦南詩社의 동호인同好
人으로 남기신 한시漢詩작품들을 함께 하고 있다. 선생님께서는 단 두
권의 시집만을 남겨 놓으신 셈이다. 그만큼 선생님은 과작寡作의 시인
이셨다.『他人의 얼굴』과 유고시집『강둑에 이는 바람』의 발간은 무려
18년의 세월을 사이에 두고 있다.

그러나 선생님의 뒤에는 공주사범학교와 공주교육대학에서만도 선
생님으로부터 배워온 제자들이 현재 한국 문단에서 당당히 활동하고

있는 많은 문인들이 있다. 나태주·김동현·윤석산·이장희·이관묵·강복환·구재기·전 민·김명수·안홍렬·송계헌·전영관·남락현 등의 시인들과 정만영·김영훈·박진용·김정헌 등의 동화작가 등 수많은 문인들이 바로 그들이다. 필자 또한 공주교육대학에서 선생님의 큰 가르침을 받은 제자이다. 선생님으로부터 시뿐만이 아니라 연극, 그리고 바른 삶의 자세 등을 배워왔다. 그런 필자는 지금 선생님의 시에 대하여 말하려고 선생님의 친필 싸인이 든 첫시집 『他人의 얼굴』, 그리고 유고시집 『강둑에 이는 바람』을 눈앞에 놓고 있다. 선생님의 중후하신 모습이 나의 온누리를 사로잡고 있다. 선생님의 가르치심 앞에 걸거침일까 두려운 마음 숨길 길이 없다.

2.

시는 전혀 관계없는 어떠한 사물이나 관념 사이에 필연적이고 절대적인 관계를 가지게 함으로써 새로운 의미를 창출해낸다. 존재하는 사물이나 관념 사이에 전혀 관계가 없다는 것은 곧 혼돈(Chaos)이요, 관계를 가진다는 것은 곧 둘 사이에 어떤 질서(Cosmos)가 형성되고 있다는 것이다. 이런 의미에서 시를 말할 수 있다면 시는 분명 혼돈의 두 세계를 유기적인 관계로 형성하여 하나의 질서를 창조해 낸다고 할 수 있을 것이다. 해대海坮 한상각韓相珏은 시를 통해 이러한 두 세계를 하나의 세계로 형성해 놓고 있거니와, 그렇게 함으로써 "거울보기"를 통한 삶의 바른 모습을 비춰준다. 즉 일상적인 삶의 모습을 펼치어 놓고 그곳에서 삶의 모든 양식을 송두리째 보여주고 있다는 것이다. 먼저

『他人의 얼굴』에서 어느 한 편의 시작품을 뽑아 살펴보기로 하자.

    모처럼 여행길에 올라
    창가에 앉아 무심코
    손을 드려다 보면
    긴 손톱 사이에 새까맣게 때가 끼어 있다.
    괜히 붉어지는 얼굴.

    새까만 손톱이 부끄러워
    호주머니에 손을 넣으면
    어느새 손톱은
    나의 눈앞에 있다.

    어제도, 그제도,
    오늘 아침에도, 손톱은
    나의 눈과 가장 가까운 거리에 있었는데
    어찌하여 그것이 보이질 않았을까?
    새까만 손톱
    바로 내 손가락 끝에 돋아 있는
    그 손톱.

                －「새까만 손톱」(제1시집『他人의 얼굴』에서) 전문

  위의 시작품에서 우리는 두 세계를 만날 수 있다. 혼자만의 세계인
'여행 길', 그리고 일상생활로 이어지는 '어제도, 그제도,/오늘 아침'의
세계 바로 그것이다. 그러한 세계는 곧 자아발견의 세계와 바쁜 일상

의 세계이다. 이 두 세계는 전혀 관계가 없는 따로따로의 세계이다. 전혀 관계를 맺고 있지 아니하는, 이른바 곧 혼돈의 세계이다. 다만 '여행 길'의 세계는 일상에서 벗어난 또 다른 일상으로 존재할 뿐이다. 그러면서도 전혀 다른 이 두 세계는 한 인간의 삶의 자세를 바로 보여주기를 시행施行하여 준 결과로 나타난다. 즉 하나의 질서를 찾아준다는 것이다.

이 작품을 도표화해서 살펴본다.

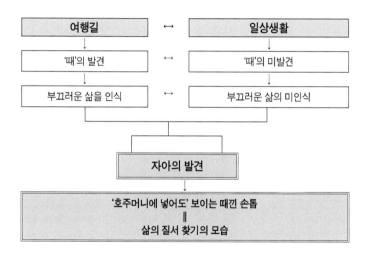

일상의 세계에서 벗어난 모습의 삶을 보다 적나라하게 나타내준 것은 곧 '모처럼'에서 찾아볼 수 있다. 이 '모처럼'은 '여행'과 일상의 세계를 확연하게 분리해 놓음으로써 전혀 관계가 없는, 이를테면 질서가 없는 세계를 형성해 놓았다. 그럼으로써 자신의 '거울보기'로 '괜히 붉어지는 얼굴'로 인하여 '새까만 손톱이 부끄러워/호주머니에 손을 넣'을 수밖에 없었으며, 그럼에도 불구하고 그래도 여전히 '어느새 손톱은/나의 눈앞에 있다'는 자아의 발견을 그려주고 있다. 이것은 '어제

도, 그제도,/오늘 아침에도, 손톱은/나의 눈과 가장 가까운 거리에 있었는데' 볼 수 없었던 사실과 사뭇 아이러니의 관계를 형성해 놓는다.

일상의 '손'끝에서 느껴지는 두 개의 '손톱의 때', 그것은 마침내 자신을 볼 수 있는 데에서 하나의 질서를 획득하게 된다. 그것은 '잘못된 삶의 부끄러움'으로 해석할 수 있는 '새까만 손톱'이 보여준 삶의 모습이며, 이 모습으로부터 통일되는 삶의 질서 찾기의 모습을 살필 수 있기 때문이다. 이러한 의미에서 이 「새까만 손톱」이라는 시작품 속에서는 다음과 같은 이야기를 추출해 낼 수 있다.

일상생활 중의 어느 날 화자는 그 일상생활에서 벗어나 자신의 삶을 바라볼 수 있는 '여행 길'에 오르게 된다. 차창 밖으로 전개되는 낯선 풍경 속에 빠져들다가 문득 화자는 자신을 바라본다. 그리고 '여행' 중에서 자신의 삶에 대한 반성의 기회를 얻는다. 여행 중 우연히 발견한 것은 바로 '새까만 손톱'— 이렇게 바르지 못하게 살아왔구나 하는 반성과 함께 그 부끄러운 삶을 굳이 감추려 한다. 그러나 어찌 부끄러운 삶을 감춘다고 하여서 쉽사리 그것이 감추어질 것인가! 오히려 화자의 양심(=거울)에 비치어 더욱 선명하게 나타나는 자신의 부끄러움. 그러다가 화자는 갑자기 깨닫는다. 이렇게 부끄러운 삶을 매일매일 어쩌면 그렇게 송두리째 감추며 살아올 수 있었던가? 자신의 삶을 거울 보듯이 하면 여전히 잘도 보이는 부끄러운 삶의 모습, — 그것은 곧 화자에게 있어서의 부끄러운 삶인 '새까만 손톱'이었던 것이다.

이러한 혼돈과 질서 사이에서의 '거울보기'는 다음의 시편에서도 찾아볼 수 있다.

아이들이 마당에서 널을 뛴다.
대보름
한가위
조상 적부터 내려오는 널뛰기.

처녀들은 긴 댕기 꼬리를 펄럭이며 뛰었고
아낙네는 치마폭을 휘날리며 뛰었다.
올라갔다 내려왔다.

쿵더쿵
쿵더쿵

내가 나를 낮출수록
너는 더 올라가고
너를 더 올려 주면
너는 나를 더 높이 올려 준다.

낮출수록 올라가는
세상 사는 이치
쿵더쿵
쿵더쿵

- 「널뛰기」(제1시집 『他人의 얼굴』에서) 전문

이 시작품에서도 서로 나른 두 세계가 나타난다. 널뛰는 그 자체의
모습과 인간 삶의 진리적 모습, 바로 그것이다. '대보름'이라든가 '한가

위'에서 흔히 볼 수 있는 우리의 민속놀이인 '널뛰기'의 모습이 각각의 특성(처녀들과 아낙네들)으로 나타난 일상생활의 한 단면을 보여주는가 하면, '내가 나를 낮출수록/너는 더 올라가고/너를 더 올려 주면/너는 나를 더 높이 올려 준다./낮출수록 올라가는/세상사는 이치'를 깨닫게 하는 두 세계가 바로 그것이다. 전자의 경우가 구체적인 모습이라면, 후자의 경우는 관념적 모습이라 할 수 있다. 다시 말하면 널뛰는 것과 세상 살아가는 관념적인 바른 자세가 전혀 관련이 없는 데에도 널뛰는 모습에서 세상 살아가는 바른 자세를 상호 밀접한 관계로 형성해 놓음으로써 '널뛰기'가 곧 '세상사는 이치'를 교시하고 있는 것처럼 설정해 놓은 것이다.

다음의 도표를 살펴본다.

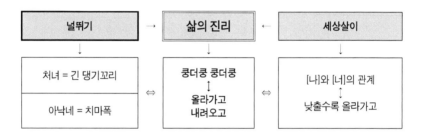

'널뛰기'가 갖는 이러한 두 세계의 상호 관련성은 '쿵더쿵/쿵더쿵'이라는 반복적인 의성어의 등장이다. 의성어와 같은 상징어는 지나치게 많이 사용하면 문장이 오히려 진부해지기도 하지만, 이 시작품에서 의성어의 사용은 '널뛰기'라는 일상생활의 한 단면과 '세상사는 이치'라는 두 세계를 이어주는 연결고리를 더욱 공고히 하여 보다 구체적이요 사실적인 느낌을 준다.

결국 이 시작품에서 우리는 일상생활에서의 평범한 삶의 한 모습에서 삶의 이치를 발견해내는 시인의 안목眼目을 엿볼 수 있다. 그러나 이러한 안목은 이 시인이 가지는 삶의 관조적 자세에서 찾아볼 수 있는 것이기도 하지만, 시인이 가지는 바른 삶의 자세가 무엇인가를 확실히 하고 있다는 데에서도 기인되는 것이라 할 수 있다.

　이러한 시인의 삶의 자세는 다음의 작품에서 삶에 대한 새로운 인식으로도 나타난다.

　　　방안에 앉아 있을 때는
　　　바깥 나들이는 엄두도 내지 못했다.
　　　밖에는 함박눈이 쌓이고 스산한 바람마저 불었다.

　　　그러나 막상 나서 보니
　　　세상은 여전히 움직이고 있었다.
　　　거리에는 여전히 움직이고 있었다.
　　　거리에는 큰 차 작은 차
　　　바람에 나부끼는 서릿발.

　　　버스를 타고
　　　교외로 빠져나갔을 때
　　　산과 들에는 온통
　　　눈이 덮여 있었고
　　　눈위로는 매서운 바람이 휘몰리고 있었는데
　　　건너편 산모퉁이에는
　　　마침 상여가 지나가고 있었다.

앞에는 명정을 든 사람
다음에는 사진을 든 사람
상여 뒤에는
두건을 쓴 사람들이
허리가 구부정하니 따라가고 있었다.

그들의 울음소리나
상여 소리는
차 소리에 파묻혀 들리지 않았다.

내 옆자리에 앉은 사람도
내 앞자리에 앉은 사람도
말이 없었다.

차창 밖을 내다보는 순간
내 눈에는 까닭 없이 눈물이 핑 돌았다.
생각하면
저 사람이 상여를 타고 가는 것이나
내가 차를 타고 가는 것이나
타고 가는 것은 매한가지인데
가는 곳은 저승과 이승의 차이다.

먼저 가든
나중에 가든
가는 곳은 저승인데
먼저 가는 것과 나중에 가는 차이는 저승과 이승의 차이다.

　　　　　　　　　－「差異」(제1시집『他人의 얼굴』에서) 전문

위 시작품에서의 두 세계는 '방안'과 '바깥'이다. 이 두 세계는 부동不動과 움직임으로 나타난다. 다시 이것은 '나'만의 고정되고 폐쇄된 삶의 공간과 유동적이고 개방된 열린 일상생활의 사회적 공간이 된다. 그리고 유동적이고 개방된 열린 일상생활의 사회적 공간은 다시 두 세계로 나뉜다. '버스'와 '상여'의 세계요, '이승과 저승'의 공간이다. 이러한 시 세계를 도표화하면 다음과 같다.

'差異'라는 낱말을 사전에서 찾아보면 '서로 다름', 또는 '서로 차가짐'이란 의미를 가진다. 그러니까 전자와 후자가 존재한다면 전자와 후자가 엄연히 다르다는 것이다. 그렇게 보면 '방안'과 '바깥'이 폐쇄적공간이요, 열린 공간으로서의 차이를 보인다는 것은 지극히 자명하게된다. 또 이것은 부동不動과 유동流動으로 더불어 살아가는 인간 본연의 삶을 사이에 두고 삶의 존재 유무有無의 모습으로 확인시켜 준다. 그러니까 삶이 없는 곳은 '나'만의 공간인 '방안'이요, 삶이 있는 곳은 일상이 있는 '바깥'이 된다는 것이다.

이러한 두 가지 상반된 삶의 공간은 '바깥'에 나와서도 두 세계가 존재한다는 것을 깨닫는다. 삶이 없는 '상여'의 세계로 '방안'과 같은 폐쇄적 공간이요, 삶이 있는 '버스'는 '바깥'과 같은 열린 공간이다. 그래서 시인은 그가 삶을 영위하고 있는 곳은 언제 어디서나 두 공간이 상존常

存하고 있다는 것을 깨닫게 되었으며, 그 두 공간으로부터 '저승과 이승의 차이'를 확인할 수 있었던 것이다.

결국 이 시작품에 나타난 서로 다른 두 세계는 삶의 확대로부터 나타난 두 공간의 '差異'에서 필연적이고 절대적인 관계를 가지게 함으로써 새로운 삶의 의미를 창출해낸 것이라 하겠다. 앞에서 언급한 바와 같이 존재하는 사물이나 관념 사이에 전혀 관계가 없다는 것은 곧 혼돈(Chaos)이요, 관계를 가진다는 것은 곧 둘 사이에 어떤 질서(Cosmos)가 형성되고 있다는 것을 긍정할 수 있다면 '안'과 '바깥'으로 대별된 관계없는 혼돈에서 벗어나 깊은 관계를 맺어주고, '삶의 차이'라는 전형적인 삶의 의미로 하여금 '거울보기'를 통하여 부여받게 함으로써 하나의 질서를 창조한 것이다. 이런 의미에서 이 시작품은 분명 혼돈의 두 세계를 삶이란 유기적인 관계로 형성하여 하나의 질서를 창조해 낸 것이기도 하다.

3.

시인 자신이 직접 작품을 정리·편집·교정뿐만이 아니라 서문까지 써 놓고도 유고시집으로서야 비로소 빛을 보게 된『강둑에 이는 바람』[1]에

---

1) 유고시집『강둑에 이는 바람(대교출판사, 1999)』에는 [父子詩集]이라는 부제가 붙어 있다. 시인 자신이 말년에 작품을 정리·편집·교정뿐만 아니라 서문까지 써 놓은 이 유고시집의 서문에는「언뜻 생각하면 [부자시집]이란 말이 어색한 느낌이 들기도 한다. -<중략>- 우연한 기회에 금남시사집 제 1집에서 20집까지의 작품을 대할 수가 있었고, 또 아버지의 시를 발췌할 수가 있어 얼마나 기뻤는지 모른다. 그리하여 이번 나의 시집에 아버지의 시를 같이 수록하게 되었다. 까마득히 잊었던 아버지의 시를 다시 음미하면서 이렇게나마 햇빛을 보게 되니 참으로 다행이라 생각된다.」라는 구절을 보인다.

는 18년이라는 세월의 결과로 나타나는 것일까? 삶의 관조 자세로부터 회귀 본능의 요소가 두드러지게 나타난다.

아무리 살아 보아도
아파트는 내 집이라는 생각이 들지 않는다.
몇 백 년을 두고 살아온
아버지의 아버지
할아버지의 할아버지가
대대로 살아온
종가집 뜨락에서
유년의 시절을 살아 온 나는
늘 거기가 내 집이라는 생각이다.
뒤꼍엔 장독대
그리고
배나무
울타리 언저리엔 능금나무가
그리고 숱한 과일나무가 있는 곳.
아파트에 살면서
아파트는
영
내 집이라는 생각이 들지 않는다.
- 「아파트」(제2시집 『강둑에 이는 바람』에서) 전문

'아파트'와 '내 집'은 현재와 과거의 두 세계이다. 그 두 세계에서 화자는 현재가 아닌 과거를 취한다. 이 두 세계를 관계를 맺게 해주는 것

은 곧 '집'이다. '집'은 두 가지 측면에서 살펴볼 수 있다. 그 하나는 사람의 신체를 보호한다는 것이요, 일상 생활에서 나타나는 육체적·정신적 피로를 덜어주는 쉼터의 구실을 한다. 따라서 '집'이라 하면 이 두 가지의 기능을 담당하지 않으면 아니 된다. 그러나 화자는 '집'이라는 '아파트'를 아예 위의 두 가지 기능의 측면에서 생각하지 않고 있다. 회귀 본능으로서의 '집'일 뿐이다. 화자에게는 '아버지의 아버지/할아버지의 할아버지가/대대로 살아온/종가집 뜨락에서/유년의 시절을 살아 온 나는/늘 거기가 내 집'이라는 것이다. 쉼터와 보호 기능으로서의 집이 아닌 것이다. 오직 '유년 시절'의 집이 '집'일 뿐이다. 그것은 인간만이 가질 수 있는 회귀 본능의 소산이요, 인간만이 그릴 수 있는 이상향이다. 따라서 상반된 두 세계는 다음과 같은 도표를 이루어 놓게 된다.

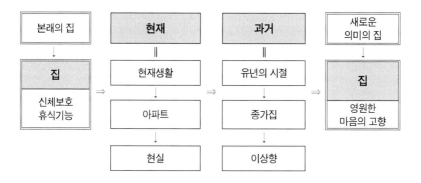

화자는 이상향의 모습을 '뒤꼍엔 장독대/그리고/배나무/울타리 언저리엔 능금나무가/그리고 숱한 과일나무가 있는 곳.'이다. '아파트'와는 전혀 다른 이곳은 새로운 의미를 제공함으로써 이상향이라는 '집'을 설정해 놓는다. 즉 화자에게 있어서의 '집'은 영원한 마음의 고향인 것

이다.

　다음의 시작품에서는 감정 이입으로 사물과 동일화를 이루면서 나
타나는 화자의 인식을 엿볼 수 있게 한다.

　　　　강가에 다달아
　　　　강물을 드려다 보니
　　　　강물이 서럽다.

　　　　둑길에 올라
　　　　오솔길을 바라보니
　　　　들풀이 서럽다

　　　　오늘은 아버지의 忌日,
　　　　서럽게도 살다 가신 당신의
　　　　발길이 닿는 곳마다
　　　　서러움이 모여 오솔길이 되었고
　　　　눈물과 한숨이 고여 강물로 흐르던
　　　　나루터
　　　　지금은 도선장마저 폐기되고
　　　　텅 빈 나루터엔 아무렇게나 버려진
　　　　낡은 나룻배 하나.

　　　　백사장엔 늦은 봄 황량한 황사 바람이 이는데
　　　　오늘은

반백을 날리며

내가 홀로

여기에 있다.

　　　　　-「나루터·Ⅳ - 歸省 길에」(제2시집『강둑에 이는 바람』에서) 전문

　위의 시작품에서 주조를 이루는 정서는 곧 '서러움'이다. 그 서러움
은 '아버지의 忌日'에서 비롯된다. 아버지의 '서럽게도 살다 가신 당신
의 / 발길이 닿는 곳마다 / 서러움이 모'여 있는 것이요, 화자는 또 그
렇게 느끼고 있는 것이다. 그러하기 때문에 드려다 보는 '강물'이라던
가 오솔길에 돋아난 '들풀'까지도 서럽게 보인다. 그러나 그뿐이 아니
다. '강물'은 '눈물과 한숨이 고여 흐르'고, '지금은 도선장마저 폐기되
고 / 텅 빈 나루터엔 아무렇게나 버려진 / 낡은 나룻배 하나.'만이 남아
화자로 하여금 더욱 '서러움'에 빠지게 한다.

　이러한 '서러움'의 와중에서 화자는 자신으로 돌아온다. '반백'의 '나'
와 '백사장엔 늦은 봄 황량한 황사 바람'이 이는 것과 동일화가 이루어
지는 것이다. 특히 '황사바람'이 이는 때는 세월의 흐름을 의미하는 '늦
은 봄' - 젊은 시절을 잃어버린 '반백'과 동일화를 이루면서 더욱 '서러
움'을 복돋워준다. '백사장엔 늦은 봄 황량한 황사 바람이 이는데/오늘
은/반백을 날리며/내가 홀로/여기에 있다'는 쓸쓸한 자아 발견은 '나루
터'가 가지는 이쪽과 저쪽이라는 두 세계의 단절의 의미와 '반백'이라
는 세월의 흐름이 가져다주는 노후의 쓸쓸한 자기 노출, 그리고 '歸省
길'이 주는 인생의 도정道程에서 맛볼 수 있는 확인에 따른 어떤 감회를
불러일으켜 준다. 이를 도표화하여 살펴보기로 하자.

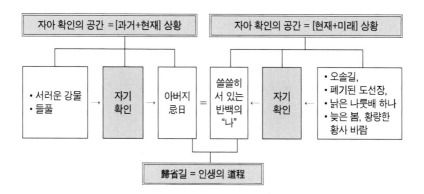

다음의 시작품에서는 동일한 세계에 나타난 의미가 전혀 다른 의미
로 분화되어 나타나고 있음을 보여준다.

언제부터인가
네가 와서 울 때면
나는 버릇처럼 마음이 설레인다.

어렸을 때는 어머니가 그러했고
어른이 되어서는 아내가 그러하고
지금에 와서는 내가 또한 그러하다.

무슨 까닭일까?
버릇처럼 설레이는 가슴.

시집간 딸이나
군인간 아들이나
심지어는 돌아가신 어머니의
환영까지

너의 울음소리에 담아보는
버릇.

까치소리가 우짖을 때면,
나는 으레이 하늘을 본다.

어떤 때는 맑은 하늘
어떤 때는 구름 낀 하늘

하늘빛에 섞인 너의 목소리로 하여
내 작은 가슴의 고동 소리가
그 빛을 가늠질한다.

비 개인 하늘에 아지랑이가 피어오르듯
나의 가슴이 그렇게 개일 때.

나는 너의 목소리로 하여 나의
부질없는 하루를
너의 목소리에 겨냥하며
아침과 저녁 사이를 서성인다.
너는 너대로 울고
나는 나대로 생각하고

허지만 나의 생각을 네가 어찌 알랴
네가 울부짖는 뜻을 내가 모르듯이……

　　　　　　-「까치 소리」(제2시집『강둑에 이는 바람』에서) 전문

예로부터 우리에게의 '까치'는 '좋은 소식'을 가져오는 상서로운 동물이었다. 그래서 아침에 까치가 울면 좋은 일이 있을 거라며 반가워하곤 했다. 그래, 좋은 일 앞에서라면 가슴 '설레이는' 일이 분명하기 마련인데, 하물며 좋은 일을 예고해주는 까치소리를 들으면 무슨 좋은 일이 올 것인가라는 기대와 함께 설레임은 더욱 가중될 것이 아닌가? 이러한 '설레임'을 화자는 어린 시절부터 많이도 보아왔다. '어머니'가 그랬던 것처럼 '아내'도 그러했고, 따라서 '나' 또한 그러하다. 그런데 그 '설레임'이란 멀리 떨어진 혈육의 안부이다. 멀리 떨어진 혈육이 어떻게 지내고 있을까/ 항상 궁금함 속에서 살아가고 있던 어느 날 그 반가운 '까치'가 운다. 더욱 그 동안 궁금한 가족에게 분명 기쁜 일이 있을 것이거니와 그에 따른 '설레임'은 더욱 크게 마련이다. 그러기 때문에 그런 '까치소리'를 들을 때마다 화자는 '으레이 하늘을 본다' 그리고 '어떤 때는 맑은 하늘/어떤 때는 구름 낀 하늘'을 보게 되는 바, '하늘빛에 섞인' '까치소리'로부터 화자는 '작은 가슴의 고동 소리가/그 빛을 가늠질한다'는 사실을 인식한다. 그것은 '어머니'와 '아내'의 '까치소리'를 통한 '설레임'과 '나'의 '설레임(이 설레임은 '군인간 아들·시집간 딸·돌아가신 어머니의 환영'으로 인한)'으로부터 얻은 자아 확인의 결과이다.

그러한 결과 화자는 '까치소리'로 하여 '부질없는 하루를' '까치소리에' 저울질하며('겨냥하며') '아침과 저녁 사이를 서성'이는 스스로의 모습을 발견하게 되는 것이다. 그리고 그러한 발견은 '너는 너대로 울고/나는 나대로 생각하고' 살아가는 삶을 깨닫고는 마침내 '허지만 나의 생각을 네가 어찌 알랴/네가 울부짖는 뜻을 내가 모르듯이……' 라면서 '까치소리'와 '나'와의 관계가 무관하다는 것으로 인식하고야 만다. 즉 '까치소리'는 그냥 그대로의 까치소리에 불과한 것이요, 그것을 '설레임'으로 받아들이는 것은 순전히 '나' 자신의 '부질없는' 일일뿐이라는 것이다. 그것이야말로 이 세상을 살아가고 있는 삶의 전형적인 한 모습이라는 것을 알아차린 것이다. 이를 도표화하면 다음과 같다.

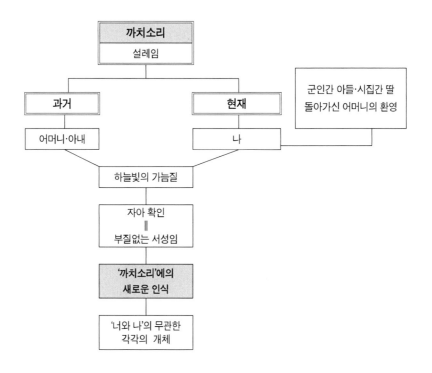

4.

지금까지 필자는 해대海垈 한상각韓相표의 시작품을 먼저 "거울보기"를 통한 삶의 바른 모습을 비춰준다는 측면에서 살펴봄으로써 일상적인 삶의 모습을 펼치어 놓고 그곳에서 삶의 모든 양식을 송두리째 보여주고 있다는 면을 알아보았으며, 두 번째로 삶의 관조 자세를 견지

하면서 회귀 본능으로부터 비롯된 삶의 바른 자세를 보여주고 있다는 측면에서 살펴보았다. 이는 곧 해대 한상각이 가지는 덕인德人의 모습이요, 여유로움과 온유함을 동반한 삶의 자세라는 것을 알았다. 이러한 그의 모습은 오늘날 '시인'이라는 것을 내세워 자신의 삶을 꾸미려고 하는 세태와 맞물려 바라볼 때 어쩌면 연약하기까지 한 안타까움을 자아내게 하기도 하였지만, 시인의 삶이 어떠한 것이라는 것을 깨닫고자 하는 사람들에게는 전범典範이요 귀감龜鑑으로 자리할 것이라고 생각한다.

　분명한 것은 그는 참 시인이요 참 스승의 모습을 가지고 있으면서 혼탁한 이 시대에서 외롭게 자신의 길을 걸어나간 분이다. 시인으로서 자신을 겉으로 내세우지 아니하고, 스승으로서 자신을 뒤로 물려 제자들의 등을 밀어주는 모습 - 그가 말씀 없는 말씀으로 던져주는 시 세계의 메시지는 뭇사람들로 하여금 깊은 가슴에 영원히 남아있게 함으로써 때때로 고개를 숙이게 하고 있는지 모른다. ◗

인연 갖기, 혹은 질서 창조

- 청하靑荷 성기조成耆兆의 시 세계

1.

'인연人緣'이라는 말을 『국어대사전』(금성출판사, 1999)에서 찾아보면, 다음과 같다.

> 서로의 연분. 연고緣故
>
> 어느 사물에 관계되는 연줄
>
> 내력, 또는 이유

【불】인因과 연緣. 곧 결과를 만드는 직접적인 원인과 그 인因으로 말미암아 얻을 간접적인 힘. 일체 중생은 인과 연에 의하여 생멸生滅한다고 함. 유연由緣

이러한 의미를 새겨보면 결국 이 세상에 존재하는 것이란 하나같이 어떠한 인연에 의하여 맺어져 있다는 것이다. 그러나 실제는 그러하지 아니하다. 인연은 특별한 관계를 가진 것일 뿐 각각의 존재, 개체로서의 존재물로 인식되어진 것이다. 그래서 길가에 서 있는 나무 한 그루는 그 자체의 나무 한 그루일 뿐 그 이상이 아니요, 오다가다

눈조차 마주치지 않고 스치는 뭇사람들과 '나'는 전혀 관계가 없으며, 더더구나 인연을 가지고 있음은 물론 아니다.

이렇게 인연이 없는 경우 존재와 존재 사이에는 하나의 개체로서의 존재하는 존재물이 된다. '너'와 '나'는 별개의 것이 되며, '우리'라는 어떤 인연과는 관계가 없다. '너'는 '너', '나'는 '나'일뿐 그 이상도 이하도 아니 된다. 따라서 개체만이 존재하는 무질서를 가진다.

이와는 반대로 하나의 인연에는 '너'와 '나'는 별개의 것이 아니며, '우리'라는 어떤 인연으로 관계를 맺는다. '너'는 '너', '나'는 '나'인 것이 아니라 '너'는 '나'로 인하여 존재하는 것이요, '나'는 '너'가 있음으로써 존재하는 의미를 가지게 된다. 따라서 개체와 개체가 형성하여 놓은 일정한 질서를 유지하게 되는 것이다.

시는 하나의 존재물이 아니다. 개체와 개체가 하나의 질서를 유지함으로써 새로운 의미를 가지게 하는 일종의 언어 질서이다. 언어와 언어가 개체만으로 가지는 무질서의 의미에 새로운 의미를 부여함으로써 엄연한 질서를 창조할 때, 바로 그 질서가 시라는 것이다.

그렇다면 성기조의 시 세계에서 만나는 '인연'이란 어떠함일까? 그의 시 세계를 통하여 존재와 존재가 갖는 '인연'을 통하여 나타난 질서의 모습을 살펴보기로 하자.

2.

존재와 존재가 상호 인연을 갖게 된다면 두 존재 사이에는 동일화 同一化의 과정을 가지게 된다. 각각의 개체가 아니라 하나의 존재가

'나'로 인하여 서로 불가분의 관계를 가지게 된다. '나'는 곧 '너'요, '너'는 곧 '나'가 된다는 것이다. 먼저 「풀밭에서」라는 시작품부터 살펴보기로 하자.

나는 풀을 사랑한다.
풀이 풀과 더불어 푸르게 살아가듯이
나는 풀밭에서
풀들의 이야기를 듣는다.

풀은 구름과 이야기하고
지나가는 바람과 이야기하다가
잠시 몸을 피하듯 바람에 흔들려
다른 풀들을 손짓한다.

풀은 달밤이 좋아 달을 불러
영롱한 이슬을 머리에 이고
반짝이는 달빛을 나에게 선사한다.

나는 풀을 사랑한다.
별이 빛나는 밤
바람에 밀려서 풀들은 가지런히 누워
흔들리다가 바람이 지나가면
다시 서는 풀들을 사랑한다.

밟혀도 죽어지지 않고

꺾여도 절름대지 않는

풀들을 나는 사랑한다

－「풀밭에서」 전문

이 시작품에서 화자와 '풀'과의 인연은 첫 연에서 보여주듯이 '사랑'
으로부터 시작한다. 사랑은 곧 상대 존재물의 가치를 인정함으로써
이루어진다. 그런 의미에서 '나는 풀을 사랑한다'는 것은 곧 '풀'의 가
치를 인정하면서 '풀'과의 인연을 가진다는 것이다. 그러므로 자연적
으로 '풀이 풀과 더불어 살아가'고 있다는 풀의 삶을 인식할 수 있게
된다. 그 인식을 통하여 화자는 '풀들의 이야기를 듣는다.' 화자와 '풀'
과는 애당초 어떠한 인연이 존재한 것이 아니다. 오직 '풀'은 풀대로
자신의 삶을 누리고 있었으며, 화자는 화자대로 살아가고 있었던 것
이다. 그러한 객체로서의 삶이 인식을 통하여 맺어진 화자의 삶과 동
일화 과정을 거쳐 '풀들의 이야기를' 듣게 되고, 그러한 인연으로 말
미암아 화자의 삶이 '풀'의 삶과 완전 합일함에 이른다.

화자(=시인이라는 인간)의 삶이 그러하듯 '풀은 구름과 이야기하고/지
나가는 바람과 이야기하다가/잠시 몸을 피하듯 바람에 흔들려/다른
풀들을 손짓한다.' 이는 '풀'의 삶과 화자의 삶을 동일시한 모습이다.
다양한 인간의 일상에서의 삶의 모습이 바로 그러한 것이다. '구름'과
'바람'이라는 일상사의 숱한 삶의 다양함에서 어쩔 수 없이 그것과 더
불어 살면서도 스스로의 안존을 도모하기 위하여 '잠시 몸을 피하듯
바람에 흔들려/다른 풀들을 손짓한다'는 그 풀의 모습이야말로 사회
적 동물로서의 공동제석 생활을 영위하는 화자의 삶의 모습, 바로 그
것이 아니겠는가?

이와 같은 '풀'의 삶은 화자의 삶에 위안을 준다. '달'을 좋아하는 화자가 '풀'을 통하여 그것을 이야기하고, '풀'의 한 삶의 모습인 '영롱한 이슬을 머리에 이고/반짝이는 달빛을 나에게 선사한다'는 것으로써 '풀'과 화자와의 인연은 더욱 굳어진다.

'풀'과의 인연은 마침내 화자의 마음속에 존재물로서 자리한다. 화자는 결국 '풀들을 사랑한다'는 것이다. 풀들은 '바람에 밀려서 풀들은 가지런히 누워/흔들리다가 바람이 지나가면/다시 서'기도 한다. 곧 화자의 삶의 모습이다. 그래서 더욱 '별이 빛나는' 아름다움에 풀에 대한 사랑이 더욱 두드러지게 나타나고 있는지 모른다. 그리고 그러한 '풀'은 화자에게 삶의 자세까지도 제시해준다. 아니 풀의 삶으로부터 화자 스스로 삶의 자세를 깨달은 것이다. 즉 현실에서 결코 '밟혀도 죽어지지 않고/꺾여도 절름대지 않는' 모습을 통하여 화자는 비로소 현실에서 어떻게 살아나가야 할지를 깨닫게 된 것이다.

사실 '풀'과 화자와는 전혀 관계가 없다. '풀'은 그저 풀일 뿐이요, 화자는 그저 화자일 뿐이다. 그러나 하나의 인연을 가진다면 '풀'이라는 존재와 화자라는 존재가 삶이라는 또 다른 의미의 질서를 가지게 된다. 반면에 그 둘 사이가 개체로서만 존재한다면 두 존재 사이에는 무질서만 있게 될 뿐이다. 따라서 이 시작품에서 볼 수 있는 바와 같이 '풀'과 화자는 떼어야 뗄 수 없는 불가분의 관계를 가질 뿐만 아니라, 이러한 관계에서 비롯된 인연은 호생互生의 질서를 가지게 되는 것이다.

H. 헤세는 「싯다르타」에서 다음과 같이 말하고 있다.

깊은 물 속에 잠기듯이 이 감정의 밑바닥까지, 인연이 쉬고 있는 밑바닥에 이르기까지 깊은 생각에 잠기었다. 인연을 아는 것이 사고思考요, 사고를 통하여서만 감각이 인식되어 소멸되지 않을 뿐 아니라 본질적인 것이 되어 그 속에 있는 것이 빛날 수 있다고 생각되는 것이었다.

결국 인연이란 사고를 통하여 본질적인 것을 인식할 수 있으며, 그 인식으로부터 본질적인 것을 더욱 돋보이게 할 수 있으려니와, 이러한 의미에서 한 인연은 본질 인식을 통한 새로운 의미를 낳을 수 있다고 할 수 있다. 그런 의미에서 보다 나은 가치를 창조할 수 있는 것이 아닐까? 다음의 작품을 살펴보기로 하자.

　　잘 그려진 신선도神仙圖를 본다.

　　그림 속의 노인과 말벗이 되어
　　천년도 넘는 옛날로 돌아가
　　우물 속에서 물을 퍼 올리듯
　　인정을 퍼 올리면
　　산 굽이굽이를 돌아오는 학의 울음
　　바람은 유현幽玄한 곳에서 꽃내음을 찾아낸다.

　　노인은 천천히 걸음을 옮기며
　　따라오라고 자꾸만 따라오라고
　　뒤범벅이 된 세태 시끄러운 거리

그리고 온갖 불신을 싸워 이겨

세상을 빨래하고

이슬 같은 인정을 찾으며

따라오라고 손짓하며

정자亭子 속으로 들어간다.

잘 그려진 남화풍南畵風의 신선도

그 속의 노인이-.

- 「근황」 전문

   화자는 우연이건 필연이건 '신선도神仙圖'를 보게 된다. 그리고 그 신선도를 찬찬히 보듬어 본다. 그리고 '산 굽이굽이를 돌아오는 학의 울음/바람은 유현幽玄한 곳에서 꽃내음을 찾아'낼 수 있는 신선도를 바라보면서 신선도 속의 신선(=노인)과 인연을 갖는다. 그리고 '그림 속의 노인과 말벗이 되어/천년도 넘는 옛날로 돌아가/우물 속에서 물을 퍼 올리듯/인정을 퍼 올리면'서 지난날의 인정이 넘치는 세상에 대한 애틋한 정을 되살린다. 그러다가 문득 현실에 눈을 돌린다. 현실은 신선도 속의 신선 세상이 아니다. '뒤범벅이 된 세태 시끄러운 거리'일 뿐이요, '그리고 온갖 불신'이 가득하다.

   이러한 세상을 인식한 것은 비단 화자만이 아니다. 신선도 속의 노인도 이미 그러한 현실을 직시하고 있다. 그러므로 여기에서 노인과 화자가 공감대를 형성하게 된다. 현실에 대한 인식과 신선 세계에 대한 인식에의 동일화를 이루게 된 것이다. 현실에 대하여 '뒤범벅이 된 세태 시끄러운 거리//그리고 온갖 불신'으로 인식한 화자를 굳이 '노

인은 천천히 걸음을 옮기며/따라오라고 자꾸만 따라오라고' 하는 것
이야말로 노인과 화자와의 관계가 동일화를 이루면서 공동체적 삶의
본질을 추구함을 말하고 있는 것이다. 따라서 노인과 화자는 비로소
새로운 삶의 질서를 찾는다. 그곳은 '세상을 빨래하고/이슬 같은 인
정을 찾'을 수 있는 곳이요, 노인과 화자가 함께 할 새로운 의미의 삶
의 터전인 '정자亭子 속으로 들어간다'는 것이다. '정자'는 곧 화자와
신선도 속의 노인과 서로 인식을 같이하면서 동일화를 추구함으로써
얻은 질서의 이상향이라 할 수 있다.

　다음의 작품에서 이러한 인연의 모습을 살펴보기로 하자.

> 어느 때고 한 번은 죽겠지
> 그러면 혈관은 멎어
> 앙상한 그대로 힘줄이 되어
> 쓸모없는 질긴 끈이 되겠지
> 아니면 썩어 형체도 없겠지
>
> 그러나 피어
> 아득히 먼 옛날부터
> 죽으면 살아와 연연히 이어져
> 생동하는 역사를 창조하고
> 그것을 다시 한 줌 흙으로
> 만들기도 한 피
> 소리 없이 움직이는 피여
> 맥박이 있어 고동이 들린다.

살아서 움직이고
죽음으로 살아 있는 피
혈관에 씨앗이 들어 있어
부활의 작업은
죽음으로 더욱 빛나

끓는 피를 가진 자의 거울이 되고
약한 혈관에 용기를 불어 넣어
가슴은 온통 힘이 행진이다.
살아서 움직이는 피
죽음으로 살아 있는피

단절 없는 행진은
무덤에서 다시 출산으로
긴 화랑을 밟고 와
웃음으로 손짓한다.

-「피」전문

　화자의 '피'에 대한 인식은 '피'가 흐르는 '혈관'으로부터 시작된다. 그리고 그 '혈관은 멎어/앙상한 그대로 힘줄이 되어/쓸모없는 질긴 끈이 되겠'음을 확인하고 곧 죽음을 떠올린다. 그것도 '어느 때고 한번은 죽겠지'라는 것이다. '피'를 인식하고, 이어 '혈관'을 인식하고, 그 '혈관'에서 마침내 죽음을 떠올린 것이다.

　이렇게 최후를 맞는 '피'를 화자는 '역사'와 진한 인연을 갖게 한다. '피'는 곧 '역사'를 창조하는 원천이 되고 있음을 인식하고 있었기 때문이다. 따라서 화자에게 있어서의 '피'는 그냥 사람의 몸을 맴도는 '피'가 아니라 하나의 창조자로서 엄연한 존재가 되는 것이다. 또한 '피'는 생명의 근원인 '한 줌의 흙'이 된다. 그 '피'가 '역사를 창조하고' '한 줌의 흙을 만'드는 모습까지 화자는 인식하고 있다. 즉 '소리 없이 움직이는' 것이요, 또한 '맥박이 있어 고동이 들린다'는 것이다.

물론 이 '피'는 화자의 몸에서도 돌고 도는 화자 몸의 구성체의 일부이다. 그러나 이 시작품에서는 몸의 구성체가 아니라 엄연한 하나의 생명체요 존재이다. 생명체요 존재로서의 '피'이기 때문에 역사를 창조하고 한 줌의 흙을 만들기도 할 수 있는 것이다. 이러한 생명체요 존재로서의 '피'는 '살아서 움직이고/죽음으로 살아있'음으로 영원한 생명을 가진다. '혈관에 씨앗이 들어 있어/부활작업이 더욱 빛나/끓는 피를 가진 자의 거울'이 될 수 있다. 인간이 태어나고 자라 다시 새로운 인간을 탄생시키고, 그렇게 탄생시킴으로써 후세들로부터의 본보기가 되고 있음과 '피'의 일생과는 하나의 동일화를 이루게 된 것이다. 그 '피'를 가진 '약한 혈관에 용기를 불어 넣어/가슴은 온통 힘의 행진이' 될 수 있는 것도 바로 그러한 까닭이다. 따라서 '피'는 죽지 않고 '살아서 움직이는 피'가 되고, '죽음으로 살아 있는 피'가 된다. 그러므로 영원히 살아 있는 '피'로서 '단절 없는 행진은/무덤에서 다시 출산으로/긴 화랑을 밟고 와/웃음으로 손짓한다'는 것이며. 이러한 '피'의 삶은 곧 화자의 삶에 대한 가치관에 의하여 새롭게 창조된 삶의 모습이요, 삶의 새로운 질서의 모습이요, 인연 맺음에 따른 새로운 삶의 가치 창조이기도 한 것이다.

이와 같은 삶의 가치 창조는 '아무 것도 보이지 않고/아무 것도 볼 것 없는/망망한 바다'라는 절망의 현실에서도 '몇 마리 고기가 걸렸을/그물을 힘주어/당기는 어부/그 굽은 등위에/별들이 내려와 박힌 다'(「어부」의 마지막 연에서)는 희망적 삶의 모습을 보이고 있는 데에서 확인할 수 있다.

3.

인간의 삶은 양면성을 가진다. 그래서 그럴까? 아리스토텔레스는 '인간은 신이 아니면 동물이다'라고 한다. 이러한 양면성은 존재 인식에 따른 인연맺기에 있어서도 어김없이 드러난다. 인연맺기에 따른 새로운 삶의 가치 창조는 「고독」이라는 작품에서도 찾아볼 수 있다.

고독은 순금의 무게로 가라앉아
보석처럼 가슴 속에 빛나고
늦가을 길 잃은 기러기
울음으로
소리내어 운다.

해 저문 들녘
아무도 살지 않는 벌판에서
휘휘 바람은 부는데
그림자는 어둠에 밀려
칠흑인 밤
풀잎이 수런거리는 소리가
더 차분해 내 있음을 알린다.

밤하늘

빠끔히 뚫려 있는 별들이

눈동자에 자리잡고

멀리 손짓하며 너울대는 수목사이로

나약한

산짐승의 할딱거리는 가슴

그 속에서 자다가 깨어

손을 내민다.

바램도 없는

힘없는 악수가 전류처럼

온 몸에 기어들어

숨결은 한숨

가슴은 가락지처럼

휑그렁 구멍이 뚫린다.

─「고독」 전문

  '고독'이란 분명 추상적인 것이다. 그러나 이 시작품에서 볼 수 있는 바와 같이 구체적인 것과 인연함으로써 고독이 마치 실체처럼 보이게 한다. 이것은 화자가 '고독'이라는 것을 추상적으로만 인식한 것이 아니라 구체적인 존재물로부터의 상황인식에 따라 형성되었기 때문이다. '고독'이 인간 생활이 무엇인가를 조금이라도 인식하는 가운데에서 누구나 느낄 수 있는 것이요, 고독을 강하게 느낀다는 것이 곧 정신력이 강하다는 말에 수긍할 수 있다면, 이 시작품에서의 '고독'은 분명 새로운 삶의 상황 인식으로 생각할 수 있을 것이다.

　먼저 '고독'은 '순금'과 '보석', 그리고 '기러기'와 인연을 가지면서 양
면성을 보인다. 고귀한 가치를 가지면서도 그 가치 보존을 위한 또
다른 의미의 '고독'을 가진다. 그래서 '순금의 무게'가 되는 것이요,
'보석'이 되는 것이지만, 한 편으로는 '가을 길 잃은 기러기/울음으로/
소리내어 운다'는 것이다. 이것은 '고독'이 가지는 양면성을 제시해줌
이다.

　이러한 '고독'의 양면성은 '해 저문 들녘/아무도 살지 않는 벌판에
서/휘휘 바람은 부는데/그림자는 어둠에 밀려/칠흑인 밤'이라는 상황
에 처해 있는 '풀잎이 수런거리는 소리'로써 암울하고 침울한 모습을
보이고 있지만, 반면에 곧, '풀잎이 수런거리는 소리가/더 차분해 내
있음을 알'림으로써 밝고 맑은 삶의 제시를 받는다.

　이와 같은 '고독'의 양면성은 다시 '밤하늘/빠끔히 뚫려 있는 별들
이/눈동자에 자리잡고' 있는 상황과 '멀리 손짓하며 너울대는 수목사
이로/나약한/산짐승의 할딱거리는 가슴' 상황으로 제시된다. '밤하늘'
이라는 어둠의 공간에서도 '빠끔히 뚫려 있는 별들이/눈동자에 자리
잡고' 있는 밝음의 모습을 엿보이고 있는가 하면 "멀리 손짓하며 너울
대는 수목사이'에서 '나약한/산짐승의 할딱거리는 가슴'이 엿보이는
어둠의 모습을 보인다. '어둠'과 '밝음'을 가질 수 있는 '고독'이라는 존
재, 그것은 어쩌면 화자가 '고독'이라는 추상적 상황 속에서 인식하고
있는 현실 생활의 삶의 모습, 바로 그것인지도 모른다. 그러므로 마
침내 화자는 '그 속에서 자다가 깨어/손을 내민다'는 것으로 삶에 대
한 밝음에 대하여 희구하고 있게 되는 것이 아닐까?

　그러나 결국 마지막 연에 와서 화자는 '고독'이란 무엇인가를 정의
하고 있음을 보인다. '바램도 없는/힘없는 악수가 전류처럼/온 몸에

기어들어' 들고 있는 '고독'의 실체. '고독'과 인연하고 있는 어떠한 것
에서도 아무런 '바램도 없는' 상황에서 인연하고자 하는 모든 둘레의
것들과 관계하고자한들(=악수), 그것은 '힘없는 악수'가 될 뿐이요, '숨
결은 한숨/가슴은 가락지처럼/휑그렁 구멍이 뚫린다'는 것이다. 결국
화자에게 있어서의 '고독'과의 인연은 삶의 양면성 확인이요, 그것으
로부터 확인된 삶의 공허함이었으니, 이는 '고독'과 인연한 화자의 삶
에 대한 인식의 결과로 나타난 것이다. 따라서 화자는 '고독'이란 결
국 양면적인 삶의 실체를 통하여 새로운 삶의 자세를 창조함으로써
삶에 대한 내면적 인식의 한 유형을 보이고 있는 것이라 하겠다.

그렇다면 다음의 시작품에서는 어떠한가?

하늘을 잡으려는
끈질긴 욕망이
외줄기 대궁으로 자라
한 길이 넘고

태양을 닮으려는
의지가
쟁반 만한
큰 꽃을 만들어
해처럼 하늘에
피게 했다

－「해바라기」 전문

누구든지 '해바라기'라는 이름이 붙여진 이름을 알고 있다. 장 파울은 「기념첩紀念帖을 위한 즉흥적卽興的」이라는 글에서 해바라기를 가리켜 '누구나 다른 사람의 태양인 것과 함께 해바라기다. 잡아당기기도 하고, 따르기도 한다'하였고, 「공자가어孔子家語」에서 해바라기는 '해바라기는 오히려 해를 좇아 얼굴을 돌이켜서 자기의 삶을 보전하고 있지 않은가?'라 했으며, 이어령은 「증언하는 캘린더」라는 글에서 '한, 눈물, 체념, 실의…… 이러한 생활 감정을 씻기 위해서도 「해바라기의 미학」은 꼭 필요할 줄로 안다. 태양을 사랑하는 사람은 그리고, 광명을 향하여 얼굴을 돌리는 사람은 결코 부패하지 않고, 체념하지 않는 생의 의지를 지니고 사는 법이다. 그러기에 허물어진 초가의 돌담 너머로 문득 머리를 치켜든 두어 송이의 해바라기의 꽃을 발견할 때, 우리는 그 남루한 생활에서도 희망을 느끼게 된다'고 하였음을 읽을 수 있다. 이러한 글을 통하여 '해바라기' 그 자체의 속성에 대한 일반적 인식이라든가 그 삶을 통한 감정의 인식은 이미 보편화되어 있는 것이다. 즉 '해바라기'는 그 속성과 감정을 통하여 인간의 인식 범위 내에서 우리와 인연하고 있는 것이다. 「해바라기」라는 이 시작품에서의 인식 또한 보편화된 범위 안에서 인연하고 있음을 엿볼 수 있다.

그러나 '해바라기'에 대한 인연은 '끈질긴 욕망'과 '태양을 닮으려는 의지'의 결과로 양면에서 볼 수 있게 한다. '욕망'이라 하면 '무엇을 하거나 가지고 싶어 간절히 바라고 원함. 또는 그 마음'으로 보다 지나침을 의미하는 것이요, '닮다'라는 낱말은 '어떤 것을 본떠서 그와 같아지게 하다' 혹은 '절로 비슷하게 생기다'라는 의미이어니 '본받다'라는 의미로 해석할 수 있거니와, 이 두 낱말에 있어서는 근본적으로 성격을 달리한다. 같은 '해바라기'를 보면서도 이와 같이 양면성을 엿보이게 하거니와 이에 따른 삶의 모습 또한 전혀 다르게 나타나게 마련이다. '하늘을 잡으려는/끈질긴 욕망이/외줄기 대궁으로 자라/한 길이 넘고'는 맹목적인 삶을 추구하는 모습을 보여주고 있으며, '태양을 닮으려는/의지가/쟁반 만한/큰 꽃을 만들어/해처럼 하늘에/피게 했다'는 것으로 삶의 올바른 자세를 보여주고 있다.

따라서 화자는 일반적인 인식에 따른 '해바라기'와의 인연을 통하여 양면적인 삶의 자세를 보여주면서 어떻게 살아가는 것이 올바른 삶의 모습인가를 보여주고 있다고 하겠다.

이와 같은 삶의 양면성은 '다가오는 죽음 앞에/몰아쉬는 숨도 없이/멀거니 천장을 처다보며/지친 자세로 눈을 감고/육신은 움직이지 않았으나'에서 볼 수 있는 바와 같이 죽음을 예감한 비감의 모습과 함께 '혼은 여행을 떠날/준비를 마쳐/슬픔도 통곡도/애끓는 처자의 울음도/귀머거리처럼/멀리하고/누워있는 시인의 주검'(「시인의 죽음」 4연에서)으로 보여주는 죽음에의 초월 내지는 죽음을 앞에 놓고서도 죽음을 묵묵히 맞이하는 한 시인의 의연함을 보여주고 있음으로 해서 오히려 죽음을 초연한 한 시인의 삶을 제시해 놓고 있다.

4.

지금까지 성기조의 시작품을 통하여 그 작품 세계에 나타난 인연을 중심으로 살펴보았다. 그리고 인연에 따른 시 세계가 보여주는 것이 무엇인가를 알아보았다.

　인연은 삶에 질서를 준다. 인연은 각각의 존재를 동일화同一化함으로써 공동체의 형성화를 도모한다. 전혀 관계없는 것끼리의 존재들 사이에 존재하는 무질서를 전혀 관계를 맺고 있는 질서로 회복하게 함으로써 새로운 삶을 제시한다. 인연은 스스로 양면성을 가진 삶을 극명하게 드러냄으로써 어느 유형의 삶이 올바른 것인가를 제시해주기도 한다는 것이다. 분명 우리가 삶을 영위하고 있는 현실 세계 또한 그러하다. 어쩌면 성기조는 시작품 속의 화자로서 자신의 삶을 묵묵히 들여다보고는 무질서한 현실 세계에 대한 경종적警鐘的 역할로써 삶의 양면성을 보여주고, 끝내 새로운 삶이란 무엇인가라는 정의적 차원에서 제시하고 있는지 모른다. 현실은 언제나 '겨울바다'처럼 '거센 파도가/모래 위로 와락 달려든다'는 것이며 '하이얗게 부서지는 푸른 물이/모래를 할퀴고 바닷속으로/달려가면/가슴은 허전하게 바람만 남는다'(「겨울 바다」전문)는 것일 수도 있는 것이기 때문이며, 이렇게 현실의 삶에서 하나의 인연이 없으면 결국 삶은 '허전하게 바람만 남'는 허무함이 허허롭게 남아 있을 것이기 때문이다.

　끝으로 다음의 시작품을 전문으로 제시하여 일독하기를 바라면서 성기조의 시작품에 나타난 「인연因緣갖기, 혹은 질서 창조」란 측면에서 바라 본 성기조의 시작품 세계의 일별을 펼쳐 놓는다.

　　　　어둠이 밀려올 때
　　　　눈이 사락사락 내릴 때
　　　　바람이 불어올 때
　　　　매서운 추위가 몰려올 때
　　　　목화 같은 다사로움으로

바위 같은 침묵으로

풀꽃 같은 향기로

무르익은 과육으로

개화하는 꽃잎의 부드러운

눈짓으로

눈 오는 밤 당신이

내게 들려주는

사랑의 말씀.

　　　　　　　　　　　　　-「인연설因緣說」전문

　　　　　　　　　-『서안시』(2002. 제 11집) ◑

앙금,
또는 삶의 본형本形을 찾아서

- 이소耳笑 임영조任永祚의 시 세계

1. 들어가면서

2003년 5월 28일 임영조[1] 시인이 떠났다. 예기치 못한 암 발병으로 그의 나이 예순 한 살에, 유작시로 '어떤 일을 해가 질 무렵까지 해나가는 것'을 일컫는 의미의 「해동갑」을 《문학사상》(2003.7월호)에 남기고 떠났다.

이제 다 와 간다, 아내여
두어 마장만 더 가면 정동진
우리는 지금 일출을 보러 간다
온갖 소음과 멀미로 잠을 설치며
새벽길을 내처 함께 달려왔으니

---

1) 임영조 시인에게는 첫시집 『바람이 남긴 은어』(고려원, 1985.), 두번째 시집 『그림자를 지우며』(현대문학사,1988). 세번째 시집 『갈대는 배후가 없다』(1992,세계사). 네번째 시집 『귀로 웃는 집』(창작과비평사, 1997), 다섯번째 시집 『지도에 없는 섬 하나를 나는 안다』(2000,민음사), 여섯번째 시집 『시인의 모자』(2003, 창작과비평사)가 있고, 1994년 7월호에 발표한 시 「孤島를 위하여」외 10편으로 제9회 소월시문학상 수상. 수상시집 『고도를 위하여』(1994,문학사상사)와 시선집 『흔들리는 보리밭』(1996,문학사상사), 그리고 임영조 시인의 추모문집 『귀로 웃는 집』((2004. 천년의 시작)이 있다.

미명의 바다에서 솟는 해를 보아라
고요한 안식의 새 아침을 꿈꾸며
우리가 밤마다 머리 두고 자는 곳

마음 속의 해돋이가 정동진이다
아직도 가는 길이 낯설다 해도
여기가 어디냐고 묻지는 말자
오면서 우리가 떨구고 온 낙엽은
지상의 냉기를 다 덮진 못해도
볍씨들의 추위야 가려주리라
어깨 참 뻐근하게 지고 온 등짐
무게도 달지 말고 계산도 말자
달아봤자 땀에 전 내복 같은 생
해지고 색바랜 신발 같은 잠이다
이 남새스런 입성을 어디 버릴까
길 가다 슬그머니 꽁초버리듯
그냥 아무데나 털썩 부리고 갈까
구름도 흘러가서 오지 않고
바람도 불려가서 오지 않는 곳
미처 못 가본 세상 정동진으로
세월의 열차 타고 가는 길이다
몰래 마실 가듯 해동갑하듯
거의 다 와간다, 아내여.

─「해동갑」 전문[2]

---

2) 유고작 「해동갑」은 고 임영조 시인이 남긴 유일한 미 발표작으로 『문학사상』(2003. 7)에 게재되

'건조한 시대에 살면서 진정 내가 할 수 있는 일은 무엇이며. 남길 수 있는 것은 무엇인가를 자성하기에 이르러 불행 중 다행이라 자위해본 다'고 1985년 첫시집 『바람이 남긴 은어』에서 197.80년대 시를 쓸 수 없었던 정신적 배경을 토로한 임영조 시인은 '개성 있는 자기 목소리 대신에, 어떤 유형화된 외침이 지배하고 독자의 감수성을 일깨우는 대신에 간질이는 시가 쓰여지고 창조적 미학이 탐구되는 대신에 경직된 관습이 모방되었음을 부정할 수 없었'다[3]. 또한 그는 가치관 혼란의 와 중에서 '참된 시란 시대적 정황과 분리시켜 만날 때에도 심오한 감동을 줄 수 있어야 한다는 신념을 갖고 있다' 면서, '메시지'로서의 '시의 역할'이 강조되던 시기에 '감동의 전달물'로써의 '시의 본령'에 대한 신념을 확립하여 왔다.[4]

시란 힘찬 감정의 발로이며, 고요로움 속에서 회상되는 정서에 그 기원을 둔다(W.워즈워스/서정민요집)고 말한다. 따라서 한 편의 시는 어떠한 정서적인 반응을 통하여 말로 표현 할 수 없는 것을 말해줌으로써 감동을 주게 된다.

이와 같은 의미에서 임영조는 '감동의 전달물'로서의 시'에 어떠한 정서를 품고 있는가를 살펴볼 필요가 있다. 시는 마음의 한 가운데에 자리 잡은 굳건한 터전에서 건실한 씨앗이 뿌려지고 자라나고 길러지는 것이기 때문에 마음속의 씨앗을 살펴보는 것이야말로 시속의 앙금을 찾아내는 일이라 하겠다. 시는 언제나 우리의 삶을 새로 출발하도

였다. 2003년 5월 28일 작고한 고인은 투병 중에는 단 한 편의 시도 쓰지 않았다는 것이 가족들의 전언이다. 아내에게 대한 헌사이기도 하고, 자신의 죽음을 예감하고 쓴 듯한 「해동갑」은 말의 의미처럼 해가 질 때까지 삶을 계속하고 싶은 시인의 영정이 읽히는 듯하다 - 임영조추모문집 『귀로 웃는 집』(2004.5.20, 천년의 시작)

3) 오세영, 「이 건조한 시대」(임영조시집 『바람이 남긴 은어』,1985)

4) 강석하, 「장인의식과 언어의 광맥찾기」(임영조, 『귀로 웃는 집』,2004.5.20). p.172

록 고무하며 그 삶의 근원으로 되돌아가게 할 것(박두진의 「시란 무엇인가
에 대하여」에서)이기 때문이다.

2. 앙금, 또는 삶의 본형本形은?

임영조는 스스로 시를 쓰는 일에 대하여 다음과 같이 말하고 있다.

> 시를 쓰는 일은 곧 세상을 살면서 직접 보고 듣고 느끼고 체험한
> 사물을 시인만이 갖고 있는 프리즘을 통하여 언어적 구조물로 형상
> 화시키는 작업이라는 정의 아래 시는 내용보다 아름다움이, 메시지
> 보다는 형식미에 더 비중을 두어야 한다는 생각을 갖고 있다. 다시
> 말하면 나의 삶과 늘 접하게 되는 사물에 대한 직관과 치열한 언어
> 미학 탐구를 통해 그것이 나의 시 속에서 어떤 현상으로 전이되고,
> 어떤 빛을 발하는지 시험을 거듭하는 과정에서 나의 시는 생성되었
> 다. 그러기에 내가 쓴 한 편의 시는 내 현실적 삶의 직설적인 기술이
> 아니라 그 진동에 의해 증폭되는 내 영혼의 고조된 고백이며, 이 시
> 대를 함께 사는 이웃에게 삼투하기 위한 표현 욕구라 하겠다
> — 임영조의 「내용보다 향기에, 메시지보다 형식미에」 중에서

위 글에서 임영조 시인은 시 쓰는 일이란 무엇을 어떻게 하는 것인
가를 말해주고 있다. 즉 '세상을 살면서 직접 보고 듣고 느끼고 체험한
사물을 시인만이 갖고 있는 프리즘'으로 '내용보다 아름다움이, 메시
지보다는 형식미에 더 비중을 두어' '언어적 구조물로 형상화시키는 작
업'이란 것이다. 그리고 그는 "내가 쓴 한 편의 시는 내 현실적 삶의 직

설적인 기술이 아니라 그 진동에 의해 증폭되는 내 영혼의 고조된 고백이며, 이 시대를 함께 사는 이웃에게 삼투하기 위한 표현 욕구라 하겠다"고 자신의 시에 대하여 말하고 있다. 그렇다면 그에게 있어서 현실적 삶의 진동에 의하여 증폭되는 영혼의 고조된 고백과 함께 이웃에게 삼투滲透[5]하기 위한 표현 욕구는 어떠한 것일까?

'삼투滲透'란 '용매溶媒는 통과시키나 용질溶質은 통과시키지 않는 반투막半透膜을 고정시키고, 양쪽의 농도가 다른 용액을 따로 넣으면 일정량의 용매가 용액 속으로 스며들어 양쪽의 농도가 같아지는 현상'을 말한다. 이 개념에 따르면 임영조의 시에 있어서 용질은 현실적인 진동이요, 용매란 '영혼의 고조된 고백'과 '표현 욕구'라고 할 수 있다. 따라서 임영조의 시작품을 이해하기 위해서는 무엇보다 용질과 용매를 찾아내는 일이라 하겠다. 다음의 시작품부터 살펴보자.

> 어느듯 사십 년 지나
> 골동품 다 돼가는 자물통 하나
> 묵비권을 행사하듯 늘
> 무거운 침묵으로 일관하지만
> 뜻맞는 상대와 내통하면
> 언제든 찰깍 꼭꼭 잠가둔 마음을 푼다
> 천성이 너무 솔직하고 순진해
> 안보여도 좋을 속까지

---

5) '삼투滲透'라는 의미는 ①스며듦 ②물질이 막을 통과시키거나 확산하는 현상 ③용매는 통과시키나 용질은 통과시키지 않는 반투막半透膜을 고정시키고, 양쪽의 농도가 다른 용액을 따로 넣으면 일정량의 용매가 용액 속으로 스며들어 양쪽의 농도가 같아지는 현상 등 세 가지 개념으로 볼 수 있다. 필자는 ③의 의미를 택했다. 잘못 해석하였다면 그것은 순전한 필자의 탓이다.

모조리 내보이는 자물통 하나
가슴 속엔 싸늘한 뇌관을 품고
보수냐? 개혁이냐?
목하 고민 중인 자물통 하나
남의 집 문고리에 매달려
알게 모르게 녹슬고 있다.

- 「자화상」 전문

'자물통'은 열쇠를 가진 자에게 열린다. 열쇠를 가진 자는 곧 '뜻맞는 상대'가 된다. 그러나 그 '자물쇠'는 아직 열쇠를 가진 사람을 만나지 못하고 있다. '남의 집 문고리에 매달려/알게 모르게 녹슬고 있'기 때문이다. 그러면 왜 자물통'은 녹슬어 가고 있는 것일까? 그것은 곧 '묵비권을 행사하듯 늘/무거운 침묵으로 일관하'게 하면서 '가슴 속엔 싸늘한 뇌관을 품고/보수냐? 개혁이냐?/목하 고민'하게 하는 현실이다. 현실은 임영조에게 '뜻맞는 상대'가 아니요 더더구나 '천성이 너무 솔직하고 순진해/안보여도 좋을 속까지/모조리 내보이'게 하지 않는다. 이러한 현실은 곧 용질溶質이 된다. 현실은 '자물통'이라는 용매를 만나 '가슴 속엔 싸늘한 뇌관을 품고/보수냐? 개혁이냐?/목하 고민'을 새로운 용액이 된 표현으로 현실 속에서 알게 모르게 살아가고 있는 모습을 보여주고 있는 것이다. 그런 의미에서 임영조의 다음과 같은 말[6]에 귀를 기울일 필요가 있다.

때때로 젊은 시인들을 만나는 자리에서, 그런 지적들을 받곤 합니

---

6) 강석하, 앞의 책. p. 17에서 재인용

다. 당신의 시는 시대착오적이지 않느냐, 광주며 민주화 등 우리 시대의 가장 첨예한 문제들이 보이지 않는 시가 무슨 의미를 갖느냐는 거지요. 역사에 대한 그들의 열정과 양심을 존경하기는 하지만, 시의 본질과는 동떨어진 독법이 아니겠느냐고 혼자 생각하곤 해요. 시란(예술이란) 그 자체로서 생명력을 갖고 있는 독립체가 아니겠어요. 그것이 인간의 삶의 방향에 어떤 영향력을 끼칠 수 있는가 하는 건 부수적인 문제이지, 인간의 정서의 반응물이라는 원초적인 속성을 간과하고 있는 게 아니냐는 점입니다. 나는 참된 시란 시대적 정황과 분리시켜 만날 때에도 심오한 감동을 전해질 수 있어야 한다는 신념을 갖고 있습니다.

그러나 무엇보다도 이 시작품에서 느낄 수 있는 것은 임영조 스타일한 놀라우리만치 펼쳐놓은 청승과 '자물통'이라는 사물에 대한 개념적인 집중력이다. 이 청승과 집중력으로 '뜻맞는 상대'가 아닌 현실에 마음을 열어놓지 않고 철저한 자기 방어기제(防禦機制, defense mechanism)[7]로서의 역할을 다하여 세상에 대한 정곡의 한 마디를 휘두르면서 자신의 의지를 당당하게 보여주고 있다는 것이다.

---

7) 방어기제(防禦機制, defense mechanism) : 해결할 수 없는 문제들에 대해 타협적인 해결책을 이끌어내는 정신적 과정을 집합적으로 일컫는 정신분석학적 용어. 이 과정들은 보통 무의식적으로 일어나며, 이때의 타협안들은 대체로 자기비하·불안을 초래할 수 있는 자신의 본능적 욕구나 감정을 감추는 성격을 띠는데, 임영조는 자신의 바람직스럽지 않은 감정(?)을 다른 사람(사물)에게 옮겨서, 그 감정이 외부로부터 오는 위협으로 보이게 하는 투사(projection)의 과정을 보여주고 있다 하겠다. (-http://enc.daum.net/dic100/contents.do?query1=b09b0347a)에서

①
청량한 가을볕에
피를 말린다
소슬한 바람으로
살을 말린다

비천한 습지에
뿌리를 박고
푸른 날을 세우고 가슴 설레던
고뇌와 욕정과 분노에 떨던
젊은 날의 속된 꿈을 말린다
비로소 철이 들어 禪門에 들 듯
젖은 몸을 말리고 속을 비운다

말리면 말린 만큼 편하고
비우면 비운 만큼 선명해지는
〈홀가분한 존재의 가벼움〉
성성한 백발이 더욱 빛나는
저 꼿꼿한 老後여!

갈대는 갈대가 배경일 뿐
배후가 없다, 다만
끼리끼리 시린 몸을 기댄 채
집단으로 항거하다 따로따로 흩어질
反骨의 同志가 있을 뿐

갈대는 갈 데도 없다

그리하여 이 가을
볕으로 바람으로
피를 말린다
몸을 말린다
홀가분한 존재의 탈속을 위해

-「갈대는 배후가 없다」 중에서

②
나의 새해 소망은
진짜 '시인'이 되는 것이다
해마다 별러도 쓰기 어려운
모자 하나 선물 받는 일이다
'시인'이란 대저
한 평생 제 영혼을 헹구는 사람
그 노래 멀리서 누군가 읽고
너무 반가워 가슴 벅찬 올실로
손수 짜서 씌워주는 모자 같은 것
돈 주고도 못 사고 구할 수도 없는
그 무슨 빽을 써도 구할 수 없는
얼핏 보면 값싼 듯 화사한 모자
쓰고 나면 왠지 궁상맞고 멋쩍은
어디서나 팔지 않는 귀한 수제품
아무나 주지 않는 꽃다발 같은

'시인'이란 작위를 받아보고 싶다
어쩌면 사후에도 쓸똥말똥한
시인의 모자 하나 써보고 싶다
나의 새해 소망은

　　　　　　　　　　　-「시인의 모자」 전문

③

무조건 섞이고 싶다
섞여서 흘러가고 싶다
가다가 거대한 산이라도 만나면
감쪽같이 통정하듯 스미고 싶다

더 깊게
더 낮게 흐르고 흘러
그대 잠든 마을을 지나 간혹
맹물 같은 여자라도 만나면
아무런 부담 없이 맨살로 섞여
짜디짠 바다에 닿고 싶다

온갖 잡념을 풀고
맛도 색깔도 냄새도 풀고
참 멍멍하게 살아 온 생을 지우고
찝찔한 양수 속에 씨를 키우듯
외로운 섬 하나 키우고 싶다

그 후 햇볕 좋은 어느 날

아무도 모르게 증발했다가

문득 그대 잠깬 마을에

비가 되어 만날까

눈이 되어 만날까

돌아온 탕자의 뒤늦은 속죄

그 쓰라린 참회의 눈물이 될까.

- 「물」 전문

　위의 세 시작품에서 임영조가 추구하고자 하는 바는 궁극적으로 '말리면 말린 만큼 편하고/비우면 비운 만큼 선명해지는/〈홀가분한 존재의 가벼움〉/성성한 백발이 더욱 빛나는/저 꼿꼿한 老後'요, '나의 새해 소망은/진짜 '시인'이 되는 것이다/(중략)/(중략)/'시인'이란 작위를 받아보고 싶다'는 것이요, '무조건 섞이고 싶다/섞여서 흘러가고 싶다/(중략)/외로운 섬 하나 키우고 싶다'는 것이다. 이에 대하여 현실은 '갈대는 갈대가 배경일 뿐/배후가 없다, 다만/끼리끼리 시린 몸을 기댄 채/집단으로 항거하다 따로따로 흩어질/ 反骨의 同志가 있을 뿐'인 것이요, '쓰고 나면 왠지 궁상맞고 멋쩍은/어디서나 팔지 않는'것이요, 또한' 온갖 잡념과 맛도 색깔과 함께 참 멍멍하게 살아'갈 수밖에 없다.

　이러한 현실에서 살아가기 위해서는 타협적인 문제 해결책을 강구하지 않을 수 없다. 그래서 '피를 말린다/ 몸을 말린다/홀가분한 존재의 탈속을 위'한 것이요,'한 평생 제 영혼을 헹구는 사람'으로서의 시인이 되는 것이요, 그리고 '돌아온 탕자의 뒤늦은 속죄/그 쓰라린 참회의 눈물'을 맞는 것이다.

임영조는 위의 시작품에서 보여주는 바와 같이 한 편의 시작품을 통하여 먼저 소재에 대한 치밀한 객관적 개념을 정립해내면서 그것을 가장 주관적이고 개성적인 인식으로 표현해내곤 한다. 그러므로 그에 용해된 현실이란 어떤 의미에서 시적 소재의 또 다른 변형을 이끌어낸 결과물이 된다. 그 변형은 곧 임영조의 시가 오늘날 일련의 시가 가지고 있는 감정만으로의 현실 스케치적 시작 자세에 대한 질책이라도 하듯이 어느 것 한 가지 앙금 되어진 진솔함이 잠재하지 않은 것이 없다는 결론에 다다르게 한다. 임영조 시에 대하여 유종호는 다음과 같이 말하고 있다.[8]

좋은 시는 저마다의 방식으로 좋게 마련이다. 의표를 찌르는 상상의 점화적용으로 의외롭게 아름다운 시도 있고 가깝고 낯익은 일상의 포착으로 따뜻하게 빛나는 시도 있다. 이소 임영조의 시는 청승맞은 먼산바라기나 무중력 공간에서의 실감 없는 유영을 도모하지 않는다. 짐짓 황당한 수수께끼를 내밀어 신입 독자들의 머리를 조아리게 하고 거짓말을 한 아이처럼 혼자 쌩긋하지도 않는다. 그의 시는 섬세하고 진솔하고 포근하다. 조용히 관조하고 골똘히 음미하고 열린 마음으로 체감하는 것이 그의 방법이다. 그의 시는 지혜와 원숙을 지향한다. 그리하여 무작위로 골라낸 다음 시행에서와 같이 어느 새 탈속의 경지에 도달한다.

　　　　　　　　　　　- 시집「지도에 없는 섬 하나를 안다」표4에서

임영조의 시를 읽고 있노라면 문득 잠재되 채로 꿈틀거리고 있는 정

---

8) 임영조 시집, 『지도에 없는 섬 하나를 안다』 (서울 민음사, 200.5.8. 2쇄)

갈한 맛의 서정성과 더불어 강한 의식을 일깨워주는 듯한 냉철하고 서
늘한 해학성으로 인한 진정성이 가득함을 엿볼 수 있게 한다. 다음의
시작품을 살펴보기로 한다.

> 푸성귀는 간할수록 기죽고
> 생선은 간할수록 뻣뻣해진다
> 재앙을 만난 생의 몸부림
> 적멸의 행간은 왜 그리 먼가
>
> 여말에 요승이 임금 업고 까불 때
> 간 잘 맞춘 임박은 승지가 되고
> 간하던 내 선조 임향은 괘씸죄 쓰고
> 남포 앞 죽도로 귀양 가 소금이 됐다
>
> 세상에 간 맞추며 사는 일
> 세상에 스스로 간이 되는 일
> 한 입이 내는 奸과 諫 차이
> 한 몸 속 肝과 幹 사이는 그렇게 먼가
>
> 꼴뚜기는 곰삭으면 무너지지만
> 멸치는 무너져도 뼈는 남는다
> 꽁치 하나 굽는데도 필요한 소금
> 과하면 짜고 모자라면 싱거운
> 간이란 그 이름을 세워주는 毒이다

간이 맞아야 입맛이 도는

입맛이 돌아야 살맛 나는 세상에

그 어려운 소금 맛을 늬들이 알어?

― 「간」 전문

위 시를 만나는 순간 '푸성귀는 간할수록 기죽고/생선은 간할수록 뻣뻣해진다'는 보편적이요 일상적인 사실을 뜻하지 않게 깨닫게 된다. 김장배추를 간하면서 부드러워진 배추잎을 보아왔거나, 자반고등어의 뻣뻣함을 다 알고 있음에도 불구하고 어이하여 깨닫지 못하였는가. 그러다가 다시 시작품 속의 절묘한 대비에 무릎을 탁 치게 된다. 이 대비의 절묘함에서 세상 살아가는 삶의 원리가 앙금으로 가라앉아 있거니와, 이에 따라 이 시작품을 읽어가는 재미가 쏠쏠 배어난다. 간奸한 임박과 간諫한 임향의 대비 결과 '남포 앞 죽도로 귀양 가 소금'으로 '세상에 스스로 간이 되는' 맛의 간이 되고, '꼴뚜기는 곰삭으면 무너지지만/ 멸치는 무너져도 뼈는 남는다'는 간肝과 간幹의 대비로 그 이미지는 확산된다.

이러한 '간'은 세상을 향하여 '꽁치 하나 굽는데도 필요한 소금/ 과하면 짜고 모자라면 싱거운/ 간이란 그 이름을 세워주는 毒이라'는 경고를 잊지 않는다. 이 경고로 인하여 참으로 촌철살인寸鐵殺人이요 정문일침頂門一鍼의 대오大悟에 두 눈이 번쩍 뜨임을 느끼게 된다. '세상에 간 맞추며 사는 일'도 어렵지만 '세상에 스스로 간이 되는 일'은 그 얼마나 지난至難하고도 지고至高한 일인가. 그것을 잘 알고 있는 지순의 시인은 간幹을 잃고 살아가는 간奸을 비아냥거리듯 한 마디 쓰게 뱉아 줄 수밖에 없다. 여전히 옳지 못한 일을 고치도록 말하는 간諫이 아니

요 간사하기만한 간奸하게, 등마루뼈 같이 간幹하게 살아가지 아니하
고 자칫 녹아내리는 간肝처럼 살아가는 세상이기 때문이다. 이런 세상
에 소금으로 '간이 맞아야 입맛이 도는/ 입맛이 돌아야 살맛 나는 세상
에/ 그 어려운 소금 맛을 늬들이 알어?'라고 외쳐대는 것이다. 이 외침
이야말로 소금이 필요로 하는 오늘날에 대한 준엄한 메시지가 되기도
한다.[9]

<blockquote>

고2 때 기말시험 보던 날

납부금 안 냈다고 쫓겨난 나는

고향집에 내려가 식구들 몰래

새끼 밴 염소를 내다 팔았다

간재재 넘어 삼십여 리 길

팔려가는 낌새를 알아차린 듯

거품 물고 버티며 울부짖던 염소를

판교장에 끌고 가 헐값에 팔았다

삼십 년 지난 오늘

이제야 비로소 깨닫느니

</blockquote>

---

9) 임영조의 「간」에 대한 나희덕 시인의 추천글이 눈에 뜨인다.

　〈'간'이라는 우리말은 짠맛의 정도를 나태내거나 짠맛을 내는 재료를 뜻한다. 그런데 국 한
　그릇을 끓이든 말 한마디를 하든 그 간 맞추기가 여간 까다로운 게 아니다. 싱겁고 짠 것도 간
　계奸計와 간계諫戒의 차이도 한끝이 모자라거나 넘치는 데서 생겨난다. '세상에 간 맞추며 사
　는 일'도 어렵거니와 '세상에 스스로 간이 되는 일'은 더 험난하다. 이 시는 '그 어려운 소금 맛'
　의 지혜를 푸성귀와 생선, 꼴뚜기와 멸치, 그리고 임박과 임향이라는 인물을 비교하면서 재미
　있게 풀어나간다. 그런 묘미를 터득하고 있어서일까? 임영조시인의 시는 잘 절여진 배춧잎처
　럼 간간하면서도 생기가 남아 있고, 간이 밴 고등어처럼 연륜이 느껴지면서도 무겁지 않다.〉

내가 염소를 내다 판 게 아니라
염소가 나를
대처에 판 걸 알았다

이 고달픈 生을
어디에 안녕히 뿌려놓지 못하고
세월의 볼모처럼 덜미잡힌 채
날마다 헐레벌떡 끌려온 내가
굴레 쓴 염소임을 알았다.

- 「염소를 찾아서 3」 전문

시는 자기 속에 있지 못하면 어느 곳에서도 찾을 수 없다. 또한 시는 자기 자신이 항상 믿고 있고, 가까이 있으며, 확신할 수 있는 현실로부터 떨어져 나와 무엇인가 새롭고 비현실적인 것으로부터 어떠한 느낌을 받았을 때 자기를 찾고자 하는 바를 표현한다. 이런 의미에서 이 시작품은 임영조 시인의 자아 찾기 결과의 산물이라 할 수 있다. 그러나 청소년 시절과 중년과 대비되는 자아의 모습은 언제나 근본을 벗어나지 못한 채 본래 그대로의 모습일 뿐이다.

청소년 시절 가난에 고등학교 등록금 조차 내지 못하고 결국 새끼 밴 염소를 식구들 몰래 누가 볼세라 허겁지겁 헐값에 팔아버린 적이 있다. 그냥 팔아버린 것이 아니어서 '고2 때 기말시험 보던 날 / 납부금 안 냈다고 쫓겨난' 긴박함에 '식구들 몰래' 가뜩이나 긴장된 상황에서 어쩔 수 없이 안타깝게도 '새끼 밴 염소'를 팔아버리고 말았으니 얼마나 가슴 아픈 일인가. 그것도 '간재재[10] 넘어 삼십여 리 길'을 넘어 가는데 더욱 '팔려가는 낌새를 알아차린 듯/ 거품 물고 버티며 울부짖던 염소'가 아닌가. 그러하거니와 시인의 가슴 속에 영원히 고여 있는 앙금이 될 수밖에 없다.

청소년 시절을 벗어나 중년에 이르고 나서 자신을 바라보니 그 때의 염소처럼 '내가 염소를 내다 판 게 아니라/ 염소가 나를/ 대처에 판 걸 알았다'. 염소를 판값으로 어엿하게 내가 성장해 있는 것이 아니라 그 때 그 염소를 판 마음의 죄값이 나를 옥죄고 있는 현실에 있음을 알아차린 것이다. 따라서 '이 고달픈 生을/ 어디에 안녕히 뿌려놓지 못하고/ 세월의 볼모처럼 덜미 잡힌 채/ 날마다 헐레벌떡 끌려온 내가/ 굴레 쓴 염소임을' 알았거니와, 이를 통하여 벗어나지 못하는 인간 본형의 진솔한 삶을 엿보게 한다.

> 멀고 긴 산행길
> 어느덧 해도 저물어
> 이제 그만 돌아와 하루를 턴다
> 아찔한 벼랑을 지나
> 덤불 속 같은 세월에 할퀸
> 쓰라린 상흔과 기억을 턴다
> 그런데 가만! 이게 누구지?
> 아무리 털어도 떨어지지 않는

---

10) 간재재 : 임영조 시인의 고향인 보령시 주산면 황율리에서 충남 서천군 판교면의 판교장에 가려면 주산면 야룡리에서 남심리로 넘어가는 이 고개를 넘어야 한다. 이 고개는 몹시 가파르고 험하여 오늘날에도 '미끄럼 주의'라는 푯말이 세워져 있다. 그 옛날에는 주산면에서 가장 가까운 판교장을 주로 다니곤 하였다.

억센 가시손 하나

나의 남루한 바짓가랑이

한 자락 단단히 움켜쥐고 따라온

도꼬마리씨 하나

왜 하필 내게 붙어 왔을까?

내가 어디서 와서

어디로 가는지도 모르고

무작정 예까지 따라온 여자 같은

어디에 그만 안녕 떼어놓지 못하고

이러구러 함께 온 도꼬마리씨 같은

아내여, 내친 김에 그냥

갈 데까지 가보는 거다

서로가 서로에게 빚이 있다면

할부금 갚듯 정 주고 사는 거지 뭐

그리고 깨끗하게 늙는 일이다

－「도꼬마리씨 하나」 전문

이 시작품은 아내를 향한 화자의 마음의 일단을 드러내는데 그치지 않고 일상적 삶에 매달려 무작정 살아온 자신에 대한 담담하면서도 절실한 회한을 담고 있다.[11] 하루의 고단한 삶터에서 돌아와 '덤불 속 같은 세월에 할퀸/쓰라린 상흔과 기억을' 털어내다가 우연히 '남루한 바짓가랑이'에 붙어 따라온 '도꾸마리씨 하나'를 보고는 고단한 삶의 역경을 함께 해온 아내에 대한 연민의 정을 느낀다. 그러면서도 '갈 데까

---

11) 남진우, 「탈속과 통속 사이의 길」(시집 『귀로 웃는 집』, 1997. 2. 1. 창작과 비평사)에서

지 가보는 거'라며 단호한 의지를 엿보이면서 '서로가 서로에게 빚이 있다면/할부금 갚듯 정 주고 사는 거지 뭐'라는 사랑에의 확신은 인간 본연의 참모습이라 할 수 있으며, 그러하거니와 '그리고 깨끗하게 늙는 일이다'며 영원한 동행의 삶을 구가하고 있다.

피천득의 말처럼 이 세상에서 아내라는 말같이 정답고 마음이 놓이고 아늑하고 평화로운 이름은 없다. 더더욱 '불 속 같은 세월에 할퀸/쓰라린 상흔과 기억을' 털어내야 하는 가장으로서의 현실적인 상황에서 조강지처糟糠之妻에 대한 사랑은 영원함을 추구할 수밖에 없다. 이와 같은 아내에 대한 미안함과 영원한 삶에의 희구는 인간 본연의 정서로 가라앉은 사랑의 새로운 표현이라 하겠다.

3. 마치면서

지금까지 필자는 임의로 뽑아본 시작품 8편[12]을 통해 임영조 시인의 시세계를 살펴보았지만 임영조의 수많은 시작품 중에서 불과 8편의 시작품으로 임영조의 시세계를 살펴보았다는 것은 어불성설임을 자인할 수밖에 없다. 그러나 8편 속에 앙금처럼 가라앉아 삶의 본형의 모습으로 시종일관하고 있는 정서는 임영조만의 독특한 언어 미학의 추구로 이 8편의 시작품 곳곳에 녹녹하게 배어 있다는 것을 확인할 수 있었다. 즉 객관적인 일상의 소재와의 동일시하는 가운데에 용해되어버

---

12) 임영조의 시세계를 살펴보고자 하는 동안 특별한 의도 없이 어쩌다 8편을 만나게 되었고, 쓰다 보니 필자가 목표하였던 원고량이 되어 그만 쓰게 되었다. 어쩌다 보니 그렇게 되었다는 것이다.

린 내면세계에서 가장 순수하고 진솔한 삶을 표상하고 있다는 것이다.

이러한 것은 바로 임영조의 확고부동한 시작의 태도에서 엿볼 수 있거니와, 그가 얼마나 자신만의 시세계를 고집하면서 시작詩作에 임하였는가를 살펴보는 것으로 결론에 임하고자 한다.[13]

나는 늘 내 시가 굳이 어떤 혁명을 주도하거나 우리네 삶의 방향을 제시해주는 명쾌한 철학이나 사상이 내포되길 강요하지 않는다. 다만 새로운 눈으로 읽어 낸 일상의 매듭이나 흔히 접해온 사물이 나의 치열한 언어미학을 통해 시 속에서 어떤 빛을 발하는지 거듭거듭 실험해 보고자 한다. 독자에게는 쉽고도 어려운 시, 요컨대 쉽게 읽히면서 그 속에 숨겨진 내면 세계는 높은 경지에 이르러 아무나 흉내 내기 어려운 시, 읽을수록 감칠맛 나는 그런 시가 최상의 시라고 믿어온 때문이다.

－「시인의 말」(시집 『그림자를 지우며』, 시와시학사, 2002. 6. 20)에서 ◑

---

13) 임영조는 또 다음과 같이 말하기도 한다.

① 그러나 분명한 것은 그간 나는 내 삶의 직설적인 감정의 기술보다 현실의 진동에 의해 흔들리는 삶의 궤적을 고조된 이미지로 확고하게 붙잡아 정착시키려는 소망과 함께 언어 미학 탐구로 일관해 왔다. 어떤 시류에 편승하거나 독자의 기호에 영합하거나 문학외적 명분으로 위장하지 않고 오직 〈나의 시쓰기〉에만 매달려 왔다. 언어에 대한 폭력을 스스로 경계하고 감정의 과도한 분출을 억제하고 가급적 언어를 제약하고자 노력해왔다. ―「自序」(시집 『갈대는 배후가 없다』, 세계사, 2000. 10. 5. 5쇄)에서

② 문학의 위기가 회자되고, 특히 시의 귀족성과 배타성을 질타하고 시의 종말을 우려하는 시대에 나는 이미 현란한 수사와 난해한 상징을 버렸다. 종교적 엄숙성이나 철학적 심각성, 화자의 우월적 사고나 교시 따위가 끼어드는 것도 경계해왔다. 보편적인 소재와 친숙한 언어, 간결한 구문으로 가슴부터 울리는 노래가 되기를 추구해왔다. 시에 등장하는 사물에 대하여 '나는 무엇인가'라는 화두를 붙여놓고 그 답을 말할 때도 나는 추상과 관념을 버리고 가급적 생생하고 구체적인 언어로 해석하고 보여주려 애써왔다. ―「시인의 말」(시집 『시인의 모자』, 창작과비평사, 사, 20003. 2. 15)에서

무엇을, 어떻게 쓸 것인가

- 지광현李海文의 시 세계

1.

　하나의, 또는 한 시인의 시작품을 평설한다는 것은 지극히 한 평설자의 주관적인 외양에 불과한 것이다. 아무리 시작품에 대하여 정확한 평설을 가한다 할지라도 한 시인의 내부 의식의 변죽을 울리는 결과를 가져오기 때문이다.

　따라서 시작품에 평설을 가하는 데의 주관적임은 어떠한 의미에서 평설자의 위치에 머무르는 그 자체에 불과한 것이고 그 평설자의 위치에서 한 작품을 생산해 낸 한 시인의 내부 의식을 측면적으로 고찰하는 데에 불과한 것이라고 말할 수 있다.

　특히 오늘날 과학 문명의 급진적인 발달로 인한 시인의 갈등이 그만큼 더 거세해짐으로, 어떠한 평설자로 하여금 시작품을 통한 시인의 모습은 좀처럼 드러내 주지 않는다. 다양해지는 시인과 영혼과의 관계, 자연과 시인과의 관계, 자연과 시인과의 심리적 수용관계 등, 이 모든 것이 평설자로 하여금 작은 고민을 낳게 하고 있는 것이다.

　그러나 평설자들은 꾸준히 시 작품을 평설하기를 주저하지 않는다. 평설자의 눈에는 한 시인의 모든 시작품이 개개의 시작품이 아니라 한 뿌리를 가진 나무에 주절주절 열려 있는 과일이기 때문이다. 비록 모양과 빛깔이 다른 과일이라 할지라도 한 나무에서는 한가지 이상에서 열리게 마련이요, 맛과 성질은 어쩔 수 없는 숙명적으로 같은 운명을 가지게 마련이라는 것이다.

따라서 평설자들은 한 시인이 생산해 놓은 모양과 빛깔이 다른 모든 시작품들 속에서 맛과 성질이 같은 공통적 요소를 발견하려는 노력을 계속하는 것이다. 그것은 곧 평설이란 한 시인이 생산해 낸 모든 시 작품이 개개라는 하나씩의 생산품이 아니라 시인에 의한 시인의 공통적 성격의 산물로서 엮어내어지는 것을 발견해 주는 것이기 때문이라고 할 수 있다.

오늘날의 시대에 살고 있는 시인이나 평설자들이 오늘날의 시대에서 맞닥뜨린 공통적 요소를 비록 제 각기 다른 측면에서 이해하고 저항한다 할지라도, 상실되어 버리거나 놓쳐 버려서 마침내 분산된다 할지라도 감각할 수 있는 것과 감각할 수 없는 것과의 사이에서 끊임없는 「매듭」이 항상 존재하기 마련인 것도 사실은 어떠한 공감대를 형성할 수 있기 때문인지도 모른다. 그러므로 시인은 항상 시작품을 생산하기에 노력을 아끼지 않으며, 평설자는 평설자 나름대로의 주관적 안목으로 시작품을 평설하고 있는 것이다.

지광현의 시작품을 평설하기에 앞서 굳이 이와 같은 사설을 늘어놓는 까닭은 평설에 대한 필자의 평소의 소견이기도 하려니와, 아무리 명쾌한 평설을 가한다고 할지라도 한 시인의 내부의식을 전부 꿰뚫을 수 없다는 것이요, 다만 필자의 주관적인 시각에 따라서 그의 시 속에서 발견할 수 있는 「매듭」만을 말할 수 있다는 데에 있다. 즉 필자는 이 평설에 있어서 시 속에 도사린 공통적 요소를 찾아내는 데에 평설의 범위를 국한하자는 것이다. 그것은 평설은 어디까지나 평설일 뿐, 평설이 시 작품의 우위에 서서 군림할 수 없다는 필자의 소박한 심경이기도 하다.

2.

필자에게 보내진 지광현의 시작품을 일독하면서 필자가 먼저 느낀 것은 시작품 속에 나타난 모든 대상들이 가지는 어떠한 직관(시인의 인식작용을 통하여)이 직관적인 그 상태에 머무르지 아니하고 직관의 재구성에 의하여 표상되어 있다는 것이다. 즉 시인의 눈에 인지된 어떠한 개별적인 대상이 이 시인에 의하여 새롭게 명명되어지기 이전에 명명을 하기 위한 꾸준한 투쟁을 계속하고 있다는 것이며, 그 꾸준한 투쟁이 이루어진 다음에야 비로소 명명되어진다는 것이다. 그것은 명명하기 이전의 계획에 의하여, 일시적인 규정이 아닌 잠재적인 성분에 의하여 규정하고자 하는 표상들을 가능한한 무엇을 규정할 수 있느냐부터 앞세우고 있다는 것이다. 바로 그렇게 해서 어떠한 대상을 어떠한 목표를 향하여 지향적으로 창조할 것인가 하는 표상된 의식과 함께 본질적으로 다루고자하는 시작 태도에서 발견할 수 있다.

그의 「흑송黑松·28」을 먼저 살펴보기로 하자.

치잉칭 치욕恥辱이 감긴
상흔 투성이의 몸뚱아리 내보인다

철사줄로 사지를 비틀어
숨을 죽이고
그나마 작은 하늘의 자유를 몰아내어
맑은 구름 한 점 어리지 않고
지저귀는 새소리 들리지 않는다 한다

어디 그뿐이랴 나이를 모르는 나이에
무의미한 나이를 더욱 강요당하고
허드레 잡것들과 감탕질 당하여
나 아닌 나로 있게 하는 나
얼마나 무서운 형벌이냐고 묻는다

그 뿐만도 아니다 그대들이
나의 몰골을 보고 참으로 흡족해 할 때
잘려나간 햇살과
햇살의 그림자들을 주위 모아
흐미하게 아주 흐미하게
나의 화상을 그려본다

- 「흑송黑松·28」 전문

「흑송黑松·28」은 말할 것도 없이 본디의 뿌리 박은 땅에서 어쩔 수 없이 굵어져 작은 화분 속에 뿌리가 다시 옮겨져 온갖 수모와 모멸의 생명을 이어가고 있는 분재 속에 흑송을 그린 것이다.

그것은 분명 자유가 완전 차단 당한 형벌의 삶이다. 치욕의 삶이다. 그 형벌의, 치욕의 삶이 첫 연의 '치잉칭 치욕이 감긴/상혼 투성이의 몸뚱아리 내보인다/철사줄로 사지를 비틀어' 살아가는 외형적 묘사로 나타난다. 이러한 외형적인 묘사는 순수 지향적 대상의 흑송이 완전한 근원적인 단위체에서 벗어나 진정한 의미에서 또는 모든 의미의 국면에서 타의에 의한 규정된 개별체로의 존재를 이루어 놓게 된다. 적극적 삶에 대한 이율의 규정들이 조화되지 못한 삶의 모습인 것이다. 따라서 필연적으로 시인의 잠재의식은 표출하게 되며 그 표출이란 것은 곧 표상된 대상의 외양적 분열성이다. 이러한 분열성은 현실 사태에 귀속되어 표시된 것으로 반영된다. 즉 '숨을 죽이고/그나마 작은 하늘의 자유를 몰아 내어/맑은 구름 한 점 어리지 않고/지저귀는 새소리 들리지 않는다 한다', 바로 그것이다. 즉 주어진 경우에 나타나는 다의성의 정도 여하에 따라 여러 가지의 경우들이 존재하고 있음을 보여주고 있는 것이다. 말하자면 외형적 존재인 흑송이 실제로 그 속에서 자리 잡지 못하고 존재, 이질적인 심적 속성들이 상호간 반발하고, 서로가 서로의 다른 것을 축출하려는 모습을 기술하고 있다는 것이다.

이러한 축출의 모습들은 두 째 연과 세 째 연에 이어지며 점층적으로 나타나면서 가중된다. 빼앗긴 자유 이상에서 형벌에 이어지고 마침내 자아의 포기에 이른다는 것이다. 둘째 연의 '나이를 모르는 나이에/무의미한 나이를 더욱 강요 당하고/허드레 잡것들과 감탕질 당하여/나 아닌 나로 있게 하는 나', 또 셋째 연에 '나의 몰골을 보고 참으로 흡족해 할때/잘려나간 햇살과/햇살의 그림자 들을 주워 모아/흐미하게 아주 흐미하게/나의 화상을 그려본다'에서 그 의미를 찾아볼 수 있다. 특히 둘째 연의 첫행인 '어디 그뿐이랴', 셋째 연 첫행의 '그뿐만도 아니다'라는 강조적 의미 구조의 표현으로 시작된 류의 서술들은 모든 수행된 다양성의 존재 이질성이 현저하게 파괴된 현상들로 존재한다. 더욱 정확히 말해서 상호간, 즉 본연의 존재인 자연 속에 흑송과는 전혀 역행된 연속적 다양의 구속 현상들이 끊임없이 시작되는 시인과의 마찰을 빚어 이루면서 잠재적 시인의 이질적인 존재, 즉 본질적 자연 구성의 흑송과 이의 파괴로 인하여 구속된 흑송이 가지는 현상들로부터 빼앗긴 삶에로의 지향된 목적성이 아주 불가결한 것으로서의 기술로 나타나고 있다. 이와 같은 시인의 직관은 흑송이 가지는 공간 속에 지각된 위치의 공간과 이루는 불협화음의 결과로 보아야 할 것이다.

이런 의미에서의 시편들은 다른 시작품에서도 살펴볼 수 있다.

> 말이 말을 낳고
> 그 말이 또 말을 낳다 보면
> 처음의 말과 나중에
> 말 같지 않은 말이
> 우연찮게 서로 부딪쳤을 때
> 말과 말의 꼬리를
> 서로 물고 늘어지다가
> 꼬리의 뿌리를 물어뜯어 내버리면
> 큰소리가 난다
>
> 새파란 불꽃이 지랄탄처럼 튀면서
> 말의 큰소리는 험악하다가
> 마침내 날벼락이 되어
> 끝내는/누구 하나 망쳐놓고 만다
>
> - 「태평성대에」 전문

그것을 가진 자가

아니 가진 그녀 위에 있을 때

그녀의 내심으로는

그 자를 위한 존재가 아니라

스스로 즐기며 살아가기 위한 수단임을 그녀만이 알고 있었다

사십의 젊디젊은 나이를 철저한 독신으로 보내면서 그녀는

스스로 무성이라 하고

Anima가 무어냐고 생소하게 말하지만 그것도 살아가기 위한 순

수한 방법임을

그미만이 알고 있었다

싱그럽고 아름다운 꽃을 보면서

그녀는 자신의 화신이라 하고

그미는 망령이라 부르지만

그런 사이쯤에서

바라보는 나의 꽃이 실성실성 꽃잎을 휘날리고 있었다

- 「신의 섭리」 전문

먼저 「태평성대」나 「신의 섭리」를 읽으면서 필자는 사서사경이나
흔한 격언쯤을 읽은 기분에 빠져버리고 말았음을 진솔하게 밝히고
싶다. 그것은 곧 시를 읽고 있음이 아니라, 종교인이 아니면서 성서
나 불경을 찾아 읽는 것과 같이 인격 수양을 위한 한 방법으로서의
목적성 있는 독서의 하나라는 것이다. 언뜻 보아도 지극히 당연하고
옳은 이야기로의 구성으로 된 시이다.

이러한 생각을 가지면서도 굳이 필자가 시라고 말할 수 있는 것은 「태평성대」에서 보더라도 '꼬리의 뿌리를 물어뜯어 내버리면/큰 소리가 난다'라든가 '새파란 불꽃이/지랄탄처럼 튀면서'라는 시행의 발견 때문이다. 더더욱 '지랄탄'이라는 있지도 아니한(?) 포탄을 앞세우면서 나타나는 시인의 심리적 작용은 자못 긴장감마저 조성시키고 있기 때문이다. 이러한 시인의 심리적 작용은 존재하는 것이 가지는 특유의 양면성 때문이라고 볼 수 있다. 즉 여기에서는 본질적으로 필연적인 시인 내부의 상호간에 관련이 존립하는 바, 완전한 의미에서 나오는 바와 같이 규정된 대상으로 형성하면서 대상의 본성과 대상적인 구조면에서 동시에 이룩하는 어떠한 관념적 사물에의 규정, 즉 <태평성대>의 역설적 속성을 담당하고 있는 것이다.

이러한 류의 시작품은 시인 자신을 순수한 시작품 속에서 의식화된 대상들에 대한 의미내실로부터 우러나온 규정적인 또는 지향적인 목표의 고려가 나타나는 결과인 것이다.

또한 「신의 섭리」에서도 이와 같은 요소들을 살펴 볼수 있거니와, 이 시작품의 첫째 연과 둘째 연에서 수행해오던 바의 의미적 요소들이 '그런 사이쯤에서/바라보는 나의 꽃이/실성실성 꽃잎을 휘날리고 있었다'라면서 지향적으로 기획된 세계가 재료적으로 파괴되어 버림을 의미하고 있는 것이다. 특히 실성 즉 정신에 이상이 있음의 실성이라는 명사를 첨어로써 의태화시킴으로써 강조되는 의미는 이러한 파괴성을 더욱 강조 의미화한 것이라고 볼 수 있다.

이것은 현실적이라고 밖에 볼 수 없는 시인의 모든 상황이 상념된 시인의 의식구조의 표출에 대하여 알려주는 행위 분석의 결과로 기획된 새로운 지향적 성분의 파괴라고 해야 할 것이다. 마찬가지로 현실적 측면과 시인의 심리적 측면으로 구분될 수 있는 하나의 전체로 문제가 되는데 이와 같은 시 작품에 표출된 실존적 구조에 의한 전체적 대상의 상황은 언어 또는 문장의 의미 단위와 더불어 전체적 성격과 가치에 도달하는 사태에 의하여 새로운 사태 발생을 감지해야 될 것이라 생각한다.

3.

시적 대상들이 상호 관련성을 가지면서 이룩하는 전체 속에서 만족스럽고 보편적인 규정을 내리는 데에 있어서 시인은 결과에 따라 얼마간의 희열을 느끼게 마련이다. 약간의 어떠한 의미를 안고 있으면서 또는 각각 전혀 무관한 개별적인 의미의 대상들이 이루는 조화로부터의 희열은 시인만이 가지는 즐거움이라고 말할 수 있다. 개개의 모든 대상들이 이루는 조화로부터의 희열은 시인만이 가지는 즐거움이라고 말할 수 있는 것이다. 개개의 모든 대상들이 어떠한 일정한 규율(시인 각자만이 제각기 가지는 특성, 즉 개성이라고 말할 수 있는)을 일정한 순서적 전개를 통하여 마침내 결말을 맺고야 말 때, 이 모든 것들은 결코 개별적이 아님은 물론이려니와 이는 다만 전체의 조화를 이루는 속성의 요소들이라는 것이다. 따라서 시인은 한 가지 대상 속에서 여러 가지 존재의 유형을 찾아 이를 조화시키려 노력할 뿐만 아니라 보다 높게 또는 보다 낮은 정도에서 또는 간접적이거나 직접적으로 명시적으로나 함축적인 형식 속에서 가능한 모든 것을 분석하여 상호 긴밀한 관련을 유지 형성시키려 하게 되는 것이다. 이와 같

은 시인의 속성을 지광현의 시작품 속에서 발견할 수 있었던 것이 그
의 시에 대한 두 번째로 받는 느낌이다.

해거름이 다 되어도 걷히지 않는
뿌연 안개 같은 그 속
희미한 빌딩과 빌딩 사이
사람과 사람 사이에 막연하게 걸려 있는
아슬아슬한 오늘의 무지개를 본다

여우비 긋던 하늘에
유년의 들판에서 자주 보던
영롱한 그날의 환상이 지금은 풀이 죽어
흐느적이듯 늘어져 있음을
심란하게 볼 수 있다

이 세상에 빛깔을 다준다 해도
차마 버릴 수 없는
다시는 긍정 밖으로 멀리 흩어져 버린
그날의 나의 소망과
오늘의 후분後分을 스스럽게 본다

빛과 어둠 사이에 놓여진 가파른 다리를 숨 가쁘게 건너다가
마침내 어둠 쪽으로 기우러질 때
핏발서듯 선명하게 돋아나는
마지막 나의 무지개를 볼 수 있다

　　　　　　　　　　　　　　　　-「나의 무지개」전문

　순수히 지향하는 대상들이 상이한 두 가지의 사태를 취급하는 데에 따라서 이 두 가지의 사태들이 동일한 실제의 사태로 존재 자율적으로 실존하게 될 때 시인은 이것을 동시에 인지할 수 있는 특전을 가지게 된다. 말하자면 순수히 지향적인 대상을 넘어서서 해당하는 존재 자율적으로 실존하는 대상을 적중함으로써 시인의 감성적 에너지는 폭발하게 되는 것이다. 위의 시「나의 무지개」에 등장하는 두 개의 무지개가 비록 동일한 실제의 자연현상 사태(과학적으로 증명되는)로 나타나 있으면서도 또한 두 개일 수만은 없는 것도 바로 이와 같은 까닭이다. 첫 연에서 보는 '해거름이 다 되어도 걷히지 않는/뿌연 안개 같은 그 속/희미한 빌딩과 빌딩 사이/사람과 사람 사이에 막연하게 걸려 있는/ 아슬아슬한 오늘의 무지개'와 두 째연의 '여우비 긋던 푸른 하늘에/유년의 들판에서 자주 보던/영롱한 그날의 환상이 지금은 풀이 죽어/흐느적이듯 늘어져 있음을/심란하게 볼 수 있다'는 유년의 무지개가 결국 두 개의 것이면서도 하나일 수밖에 없는 것은 세 째연의 '이 세상의 빛깔을 다 준다 해도/차마 버릴 수 없는 /다시는 긍정 밖으로 멀리 흩어져버린/그날의 나의 소망과 오늘의 후분'으로 표상된 것과 마지막 연의 '빛과 어둠 사이에 놓여진/가파른 다리를 숨 가쁘게 건너다가/마침내 어둠 쪽으로 기울어질 때/핏발서듯 선명하게 돋아나는/마지막 나의 무지개'인 것으로 귀결되는 것은 결국 이 시인의 사태 내실 속에 관련되어 등장하는 실제적인 무지개와 이러한 부분의 지향적인 사태 내실 속에 등장한 의식속의 무지개가 담당하는 기능을 수행하는 데에 근거하고 있기 때문이다.

　만약에 의식적인 유년의 무지개가 전제되면서 이것이 절대적으로 지배하는 논리적 관계에 따라 전개된다면 이 시가 가지는 특성은 파괴되고 말 것이다. 또 이 시인이 추구하고자 하는 〈이 시를 통하여 말하고자 하는〉현실적 상황에의 기형에는 결코 도달하지 못할 것이다. 그러므로 어떠한 특정한 종류의 개체들이 전체의 특정한 속성들을 가지고 구성되어지고자 할 때 전체가 부분의 조화로 이루어진다는 것이며 여러 가지 사태들의 개개의 분야가 점차로 고조 전개되면서(다양성을 표출하면서) 말하고자 하는 시의 결말에 이르게 되는 것이다. 그리하여 모두가 동일한 대상의 내부에서 존립하는 것이 자체의 관련 속에서 해당하는 대상의 한계적 존재 영역 안에서 모든 사태들은 조화를 이루고 이러한 조화가 마침내 시의 궁극적 목표로 표상되는 것이라고 말할 수 있다.

다음의 「이중의 아침」과 「들리지 않는 한숨소리」를 살펴보기로 하자.

무의미한 365일이 해마다
되풀이 강요되고
막바지 고비에 이르게 되면

실패한 한 해의 심란한 크리스마스·캐롤
어수선한 누더기로 홍청대던 망년忘年을/미처
쓰레기통에 내다버리지 못하고
1년의 아침과 또 만난다

오늘도 나는 나와 상관없는 아버지의 연두교서
딱한 어머니의 경제원론을
무람하지만 건성으로 듣게 되는
예사스런 하루의 아침과

또다시 만난다

-「이중二重의 아침」 전문

고추장을 벌겋게 비며 먹고

염병 같은 땡볕에

죽은 듯이 또아리 틀어 있어도

화끈거리지 않는다

일사불란一絲不亂한

가시 같은 눈초리

뚫어져라 누구를 쏴보고 있는지

그 심중을 아무도 모른다

지에미의 뱃속 뚫어 비집고 나온

새끼들이 스물스물 기어다니다가

같은 또래의 보라매가 채가버려도

눈 하나 까닥 않는다

가끔 독기 서린 갈기 혓바닥을 날름거리며

땅이 꺼지도록 한숨지을 뿐이다

-「들리지 않는 한숨소리」 전문

앞에서 언급한 「나의 무지개」에서는 두 가지의 사태가 상이하게 드러난 반면 두 작품 「이중의 아침」이나 「들리지 않는 한숨소리」에서는 한 사태만 드러나 있을 뿐 나머지의 한 사태는 숨겨져 있음을 발견할 수 있다. 즉 위에 두 작품에서는 감지된 사태의 제시로 말미암아 시인의 현실적 사태가 나타나 있지 않다는 것이다. 그러므로 시인의 현실적 사태는 독자 스스로가 추출해내야 할 것이다.

「이중의 아침」에서 '무의미한 365일이 해마다/되풀이 강요되고/막바지 고비에 이르게 되면'의 '막바지 고비'란 이중의 의미 구조의 표상으로서 두 가지 사태를 암시한다. '실패한 한 해의/심한 크리스마스·캐롤/어수선한 누더기로 흥청대던 망년'도 또한 마찬가지이며 '아버지의 연두교서'나 '어머니의 경제원론' 역시 그러하다. 이러한 것은 현실적 시인의 삶에 대한 의식과 영혼 속에 잠재하여 지각되는 이중구조의 의미를 표상하고 있는 결과로 나타나고 있는 것이다. 시인의 무의미한 생활, 또한 이에 따른 시인의 저항적 사태의 표출인 것이다. 이와 같은 두 가지의 사태는 상호간 끊임없이 이어지면서 또한 끊임없이 지각되는 주체인 '나'에 깊은 관련을 맺고 있음을 보여준다. 구체적으로 드러나는 상황 즉 현실의 강박 관념이 끊임없이 등장하면서 변경되는 자아 소외적인 현대인의 갈등을 암시하고 있는 것이다.

이와 같은 의미에서 「들리지 않는 한숨소리」도 같은 류類의 시작품으로 볼 수 있다.

'고추장을 벌겋게 비벼 먹고/염병 같은 땡볕'이라는 현실적 사태에서 지각된 시인의 자아 소외적인 모습 속에는 '죽은 듯이 또아리 틀어 있어도/화끈거리지 않는다'는 지극히 당연한 일이다.

'일사분란/가시 같은 눈초리/뚫어져라 누구를 쏴보고 있는지/그 심중을 아무도 모른다'는 것은 현실의 사태를 인지한 시인의 역설적인 표현일 뿐으로 직관적인지적 현상의 방식인 것이다.

이와 같이 하나의 사태에 상응하는 후속의 상황과 꾸준히 변화 추구되어 어떠한 특질에 의해서도 충족될 수 없는 규정된 이면을 동시에 수용할 수 있다는 것을 이 두 시 작품이 보여주고 있는 것이다. 작용과 작용이 사태의 다양성 속에서 더불어 끊임없이 접촉함으로써 발생하는 변화에의 반응은 자못 높을 정도로 민감하게 된다는 것을 보여주고 있다.

4.

시인은 기존하고 있는 사태에 도전을 하면서도 최후에 이르러서는 체념에 빠지곤 한다. 그러나 이러한 체념은 결국 포기를 의미하는 것이 아니요 더더구나 패배가 아니고 완전무결한 승리자가 되기 위한 것일 뿐이다. 시인도 개별적인 사태를 만나 서로 밀접하게 관련시키는 사태에로의 작업 후에 결정적으로 물러나서 하나의 프리즘을 통하여 철저하게 목표점에 도달하는 나약한 정복의지를 시인은 가지고 있기 때문이다. 아주 새로운 길을 통하여 또는 발견하여 체념 함으로써 완전한 정도(?)에 이르기까지의 결과를 시인은 맛보려는 근성이 있는 것도 바로 그러한 까닭이다. 지광현의 작품을 읽으면서 세 번째로 느끼는 즐거움이 바로 이것이다. 「나에게만은」「어찌 우리 잊으랴」「세상도」「묵시의 강」 등 네 작품을 통하여 살펴보기로 하자.

> 뱀이
> 땅군을 섬직하게 무서워하는 것은
> 상식이다

그런 뱀이

땅군보다

검은 빛깔과 백반을 무서워하는 것은

자연이다

그런 나약한 뱀이 상식과 자연을 총월하여 더욱

무서워하는 것은 아브라함을 믿는 자손이다

그렇게 주눅이 들린

뱀이

언제나 나에게만은 덤벼들려고 한다

- 「나에게만은」 전문

등콧길이 지겨운 월요일 아침

난데없이 무거운 발자국소리 들리고

부산한 사람들의 흰 옷자락 펄럭이더니

마른 벽력이 천지를 뒤흔들었다

가야 할 사람들이 가지 않고

있어야 할 사람들이 시나브로 보이지 않더니

그런 소용돌이 속에서

불바다가 되고

붉게 붉게 술렁이는 피바다가 되더니

다시 추서서/겨우 정신을 차려 일러섰다

그때에 너욱 뿌르숙하게 물이 번진

무궁화무궁화무궁화 우리의 무궁화

오늘은 출근길이 가벼운 월요일 아침

밝게밝게 상기되어 피어 있었다

-「어찌 우리 잊으랴」 전문

캄캄할수록 기를 쓰고

풀벌레가 울듯 땡볕 따가울수록

말매미 소리 지천으로 누리에 퍼지듯

캄캄하지도

따가웁지도 않은 아침

저녁을 부드럽게 감싸서 어루만지는 평균율平均律

이를 지켜보는 백질白疾의 신이

전혀 새로운 수법으로

한 폭의 삽화를 개칠하고 있다

-「세상도」 전문

사세辭世로 다 같이 흘러가는

우리의 세월은

겉으로 질탕한 웃음뿐이어라

이 세상 어딘가에

눈물마저 감추고 흐르는 묵시의 강은 없는가

소리를 감추고 잔잔히 흐르는

그 강은

차라리 호곡의 눈물이어라

-「묵시의 강」 전문

우리의 체념은 순수하게 추구하는 삶이라는 대상이 근본적으로 구조의 방식면에서 파괴되면서 또는 그것을 인지하게 됨으로써 시작된다. 그러나 아직도 시인은 강렬하게 남아 있는 심리적 강인성과 회유로 이것을 인내하고 또 다른 방식으로 표출하게 되는 것이다. 위의 예로 한 시 「나에게만은」에서 '그렇게 주눅이 들린/뱀이/언제나 나에게만은 덤벼들려고 한다'라는 인지의 결과는 달려들려는 뱀 즉 현실적 사태를 의미화 함으로써 나타나는 결과이지만, 따라서 무엇인가 섬직한 현상 작용으로 체념이상을 넘어 비극을 부과하고 있지만 결국 이것은 적절한 시어의 선택인 시어일 뿐이다. 그것은 뱀이 무서워한다는 '땅군'이나 '자연', 그리고 '아브라함을 믿는 자손'에 상응하는 내적 표현의 특징이라는 것이다. 따라서 '나에게만은 덤벼들려고 한다'고 표시된 세계는 본질적으로 보아진 세계에 대한 새로운 도전이라고 할 수 있는 것이다.「어찌 우리 잊으랴」에서의 '등교길이 지겨운 월요일 아침-중략-마른 벽력이 천지를 뒤흔들었다'라든가 '소용돌이 속에서/불바다가 되고/붉게붉게 술렁이는 피바다'에서 '겨우 정신을 차려 일러섰다'는 것은 대상적인 상황의 표시에 있어서, 응축된 또는 지각하고 있는 고유의 본질에 있어서 극한상황(자신이나 국가적인)을 이끌어가는 능력을 갖지 못하고 있는 데에 대한(체념적인 자아관념에 대한) 현실이 순차적으로 전개되어진 것으로써 독특한 새로운 조명이거니와 이에 따라 '오늘은 출근길이 가벼운 월요일 아침/밝게밝게 상기되어 피어 있었다'는 데에 이른 것이다. 그러므로 일반적으로 지각된 사태에의 구체적인 체념이 그 자체로서 파악되면서 확신 속에 선 자신을 발견할 수 있다는 것이다.

이와같은 의미에서 「세상도」 속의 '바하의 평균율'이나 '한 폭의 삽화'도 마찬가지로 현상되는 모든 세상에 상응하게 형상화하는 기능을 형성하는 데에 있어서의 결점이나 부과된 무능이 아니라 이미 상실된 사태에 대한 새로운 확인으로 풀이할 수 있는 것이다. 또「묵시의 강」에서 '질탕한 웃음뿐'인 '우리들의 세월'에 대한 상황이 '눈물마저 감추고 흐르는 묵시의 강', 마침내 , '호곡號哭의 눈물'로 이어지는 것은 명료한 현실로 이끌어 가는 나약한 표상의 의미를 말하고 있는 것이 아니라 새롭게 제시된 세계에의 완전한 새로운 모습으로 조명된, 소멸 또는 체념에 따른 충격적인 조명이라고 볼 수 있는 것이다.

5.

지금까지 지광현의 시를 평설하면서 필자는 몇 번이고 시인은 무엇을 쓸 것인가라는 문제와 시인은 어떻게 쓸 것인가라는 것을 되풀이해서 생각해 보았다.

그러나 그러한 문제는 결코 한두 마디로 쉽게 말할 수 없는 성질의 것이라는 것을 쉽게 터득하고 어떠한 사실로써 제시하거나 또한 어떠한 사실을 발견함으로써 그와 같은 문제의 해결책을 모색하려고 하지 않았다. 다만 인생을 있는 그대로 사실 그대로 생각하는 그대로 가장 명료하게 혹은 가장 명쾌하게 재현하는 방법은 없을까라는 데에 생각이 미치고 말았다.

우리의 세대에 또는 동시대에 살고 있는 모든 인간들의 머리 주위에 휘황한 장식이 도사리고 있고, 또 거기에 거대한 후광까지 드리운다면 우리의 관심이 어느 쪽에 기우러지게 될까 하는 생각이 필자의 뇌리를 송두리째 차지하였기 때문이다.

그러나 아무리 머리에 장식이 훌륭하다 하더라도, 아무리 장식 위에 찬란한 후광이 비추어 쏟아진다 하더라도 시인은 결코 주저하지 않으리라는 사실 즉 인생을 어느 정도까지 재현하고자 하는 노력에의 압박 때문에 꾸준한 결백을 주장하면서 동시대의 아픔을 가질 것이라는 사실의 깨달음은 있었다.

시인은 우연히 동반되어 나타나는 이미지에 민감한 반응을 일으키면서도 수용에 있어서는 묵시적이며 전면적이면서 부분적으로 영역을 형성하기 때문이다.

지광현의 시가 어떠한 형태로 어떠한 방법으로 변형되든 간에 그가 결코 우발적인, 참으로 우발적인, 심지어는 뜻밖에 그것이 그의 목표 지향점과 일치된 그의 본령은 오직 그의 내면의식에 자리잡고 있다는 확신으로 얻은 필자의 즐거움도 바로 그러한 까닭으로 돌리고 싶다. ◑

★ 지광현 시인은 1935년 서울에서 출생해 직업군인으로 근무하다 1968년 군 제대 이후 대전에 정착해 2006년 8월 23일 작고하기까지 40여 년간 전업 시인으로 활동, 소박하고 저항적, 희극적인 작품 세계를 보여왔다. 1978년 대전에서 창간한 동인지《시도詩圖》를 이끌어 왔으며, 『충청도 시인들』이라는 지역 문인들의 작품을 모아 최초로 지역 문인들의 작품을 집대성하기도 했다.

생가지에는 발걸음이 없다

　가을의 아침 햇살이란 애당초 맑고 밝기 이를 데 없어서인지 자동차 시동을 거는 손가락 끝에까지 훈훈한 기운을 잔뜩 가져다준다. 청명한 하늘빛까지도 함께 몰려와 잔잔히 스며든다. 이런 날 집을 나서 우리 충남의 대표시인인 임영조 선생의 생가지를 찾아간다는 것은 참으로 잘 어울리는 날씨라는 생각이 맴돈다. 그러면서도 내 머릿속에 가득 차오르는 임영조 시인의 [자서전]이라는 시작품을 꺼내놓는다. 어느 날 우연히 만난 이 시 한 편에 내 아침의 마음을 움직였던 일이 떠올랐기 때문이다.

1943년 10월 19일 밤
하나의 물음표(?)로 시작된
나의 인생은
몇 개의 느낌표(!)와
몇 개의 말줄임표(……)와
몇 개의 묶음표(〈 〉)와
찍을까 말까 망설이다 그만 둔
몇 개의 쉼표와
아직도 제 자리를 못 찾아 보류된
하나의 종지부(.)로 요약된다

재치와 위트가 반짝이는 작품이다. 삶을 한 패러그래프의 문장에 비유한 직관이 날카롭다. 한 인간이 어머니의 태반으로부터 떨어져 이 세상에 던져진 것 그 자체가 의문부호이기도 하지만 그가 앞으로 살아가야할 미래 또한 의문투성이(?) 아닌가. 게다가 철이 들게 되면 때로 사랑과 증오에 괴로워하고(!), 자신을 절제하여야 하며 (……), 남을 위해 희생해야 할(〈 〉) 경우도 있는 것이다. 자고로 글은 사람 그 자체라는 말이 있다. 진실한 글은 진실한 삶의 반영이라는 뜻일 게다

- 오세영의 [중앙일보, 「시가 있는 아침」]에서

시 해설까지 떠올리면서 달리는 길은 국도 21번을 달려 남쪽으로 향하면서 광천을 거쳐 보령시 청소면에 이르러서는 국도를 내던지고 곧 지방도에 선 듯 올라선다. 아무래도 살아가는 길이란 쭈욱 벋어간 4차선 국도보다는 이리구불 저리구불한 지방도를 달리는 것이 제 격일 듯 싶어서이다.

지방도 610번을 따라 산기슭의 굵은 초록들이 서서히 물들어가는 모습을 바라보면서 오서산의 기슭을 감돌다가 문득 임영조 시인의 생가지를 찾아가는 것이 부질없는 일이 아닌가 싶다. 자칫 생가지를 살핀다는 것이 오히려 임영조 시인의 시가 안고 있는 그, 풍미한 '향기'와 '형식미'에 누가 되는 것이 아닌가 해서다. 산기슭에 있는 듯 없는 듯 느껴지는 가을의 맛이 감도는가 싶더니 곧바로 산골짜기를 타고 내려오는 실개천의 맑은 물을 긁어모은 성연저수지가 두 눈 안에 들어온다. 밝고 청명한 물너울이 작은 가슴 안에 송두리째 하늘을 껴안고 있는 모습에 새삼 놀란다. 그 놀람은 오서산을 비껴 타고 내리달리다가 이제는 아예 군도를 타고 청천저수지 가에 이르러서까지 계속된다.

산의 꼭지가 청천저수지를 향하여 코배기를 살짝 내밀고 있다. 그 위에 [학암서원]이 버티고 서 있고, 바로 그 곁으로 나지막한 집 한 채가 산기슭에 외로이 앉아 있다. 소설가 이문구님이 이따금 고향을 찾아 집필하던 곳이다. 그 동안 얼마나 많은 물음표(?) 느낌표(!)와 말줄임표(……)와 묶음표(< >)와 쉼표(,)로 살아가시다가 종지부(.)로 마치셨던 것일까? 80년대 민주화운동에 앞장섰으면서도 일절 내세우지 않았으면서 민주화시대가 되자 남들처럼 운동 경력을 훈장처럼 내세우지 않고 오로지 문학을 위해 낙향했던 선비의 모습을 보여온(2006년 9월 28일 이문구전집 발간 기념 세미나에서 김주영) 소설가 이문구. 그는 유언을 통해 "나를 위해 일절 아무것도 하지 말라"고 하였다는데, "이문구 문학은 같은 세대 작품들의 이념화, 서구화 경향 속에서도 의연히 과거의 빛나는 전통을 살림으로써 오히려 미래를 예시하고 있는 감동적이고 희귀한 문학적 역설(2006년 9월 28일 이문구전집 발간 기념 세미나에서 이경철 랜덤하우스코리아 주간)"이라면서 전집을 펴내고, 보령시에서는 2008년부터 문학관 건립에 착수할 것이라 하니 어찌 인생보다 긴 문학예술이 후대에 지속되지 않을 수 있으리오? 비록 한 창조자의 의지에 따르는 길이 아닐 지라도 한 창조자가 남긴 위대한 예술은 끊임없이 후대에 이어질 것은 분명하다. 자동차의 속도를 높이는데 하늘을 담은 청천저수지의 물낯에는 햇살 무리가 더더욱 휘황하기만 하다.

멀리 대천 시가지가 보이는 성주산의 허리를 뚫은 터널을 지나, 다시 성주사지에 남아 있는 낭혜화상백월보광탑비(국보8호)를 뒤로 하고, 몇 발자국 달리다보니, [개화예술공원] 내의 [한국육필문예공원]의 안내판이 보인다. 한국의 모든 시인의 육필을 시비화詩碑化하려는 한 시인의 지성적至誠的인 노력에 의하여 마련된 시비공원이다. 다시 앞으로 달려 도화담을 지나 어느덧 보령댐에 이른다. 저수지가로 달리다가 마침내 거대한 댐을 만난 것이다.

보령댐은 충남 보령시 미산면 용수리에 있는 댐으로 1991년부터 1995년 사이에 웅천천 수계의 물을 얻기 위해 건설된 콘크리트 석괴댐(石塊댐, concrete rock fill dam)으로, 댐 마루 표고는 79m, 높이 50m, 길이 291m, 부피가 113만 1,000㎥이다. 유역 면적 163.6㎢, 홍수위 75.5m, 만수위 74m, 저수위 50m이고, 저수 총량 1억 1,690만㎥이나 유효량 1억 870만㎥이며 발전 설비 용량은 135㎾이다. 사업 효과로 연간 용수 공급량은 1억 660만㎥이고 연간 발전량은 1.001Gwh이며 홍수 조절량은 1,000만㎥이다. 이 댐은 충청남도 북서부 지역의 생활·공업 용수의 부족난을 해결하기 위하여 건설된 수도 사업이다. 또 2000년대 급속한 물 사용량 증대에 대비하고 맑은 물의 안정적인 공급과 지역 개발 촉진 및 균형 발전을 도모하고 웅천천 하류의 홍수 피해를 방지하

▲ 보령호의 모습

▲ 보령댐

기 위해 건설되었는데, 총사업비는 1,714억 3,900만원이 소요되었다. 이 댐의 건설로 수몰된 토지는 644만㎡이고, 주민은 497가구의 1,985 명이 이주하였고, 10개의 광구가 폐광되었다. (《한국민족문화대백과》에서)

하늘을 끌어안았는지 온통 푸르름뿐인 보령호는 그대로 땅위에 가로 놓인 가을 하늘이다. 깨끗하다 못해 속까지 그대로 엿보이는 보령호와 조화를 이루듯이 산뜻하게 잘 포장된 도로가 굽이굽이 산허리를 끼고 돌아서는가 하면, 발치에 부딪치는 푸른 호수가 가을햇살을 모조리 품고 해살거리는 모습이 흡사 맑고 밝은 미소를 껴안은 경국지색傾國之色의 눈웃음인 양하여 환호성을 지르며 다가서게 하나니, 어찌 가슴을 열어 온몸을 품고 싶지 않으리오? 마음이야 그렇지만 풍광이라니, 마치 산과 길과 호수가 어우러진 채로 S자의 허리를 비틀고 있어, 불끈 치솟아 오르는 뜨거운 열정에 거친 숨을 몰아쉬게 하는 요염한 형상이 아닐 수 없다. 상류지역에 오염원이 없어 특히 물이 맑았던 웅천천에는 은어가 많이 서식하였다 하니 그 은어의 은비늘까지 가세하였다면 긴 여정을 접지 않을 수 없었으리라. 아쉬움이라고나 할까, 아니면, 슬픔이라할까, 보령댐 건설로 웅천천이 거대한 호수가 되어 버린 것이다.

그러나 이러한 밝음 뒤에는 흐림이 있었던가? 물결을 바라보면서 홀로 서 있는 작은 비석 하나의 모습이 그렇게 을씨년스럽기만 하다. [용암마을 옛터]라는 표석이다.

　　용암마을이라 칭함은 마을 북쪽에 용바위가 있어 유래되었으며,
　　이조 말기에는 남포군 심전면 용암리였으나 서기 1914년 행정구역
　　개편으로 보령군 미산면 용수리 용암마을로 개편되었으며, 이조중
　　엽부터 경주이씨 집성촌으로 악재 선생 후손들이 대대손손 이어 살

▲ 보령호로 인하여 수장된 용암마을의 터를 알리는 표석

아오던 마을이 서기 1996년 보령댐 준공으로 인하여 수장되어 고향
을 떠나야 하겠기에 그리운 마음과 실향의 아픔을 달래고저 마을
뒷터 이곳에 이봉희의 헌성과 실향민의 협심으로 향수의 비를 세웁
니다.

- 서시 이천년 만추절 이석회찬 백강 서

▲ 보령호 기념 조각품

▲ 보령호 기념 조각품

▲ 보령호의 모습

　보령댐을 벗어나 다시 임영조 시인의 시 한 편을 떠올리지 않을 수
없다. 임영조 시인의 생가지를 찾아내야 하기 때문이다.

　　　지난 봄에 가서 본
　　　보령군 주산면 황율리 104번지
　　　홀로 남은 초가집 나의 생가엔
　　　이젠 아무도 없었다

　　　어릴 적 나를 키운 햇빛과 바람
　　　몇 장의 빛바랜 추억이 남아
　　　뒤울안 복사나무 가지에 꽃을 피울 뿐
　　　지금은 아무도 살지 않았다

정말 그랬다
툇마루에 누워서 보면 문득
더 낮게 내려오는 쪽빛 하늘
어찌나 맑고 푸르렀던지
속눈썹까지 적셔 주곤 했다

윤사월 긴긴 날 소쩍새 울면
할머니의 천식은 다시 도지고
골방에선 시큼시큼 누룩이 떴다
대문 밖 실개천은 온종일
우리 동네 사투리로 느릿느릿 흐르고
그 소리를 들으면 나도 왠지
어디론가 끝없이 흘러가고 싶었다

단발머리 고모 또래 처녀들이
사랑방에 모여 앉아
낮에 나온 반달을 합창하면
살구꽃이 까르르 따라 피었다
토담을 넘어온 달빛이
온 집안을 밤새 기웃거려도
누구 하나 시비하지 않던 마을

그런데 언제부턴가
내문 밖 실개천도 마르고
이엉마저 삭아 내린 나의 생가엔

자루 빠진 쇠스랑과 녹슨 호미가

채마밭에 버려져 있고

지금은 아무도 살지 않았다

어릴 적 나를 키운

그 넉넉한 햇빛과 바람만 남아

마당귀에 돋아난 풀잎과 놀 뿐

이젠 아무도 없었다

하릴없이 그만 돌아오는 길

백 년을 넘게 산 동구 밖 참나무가

내게 불쑥 내미는 연초록 쪽지 한 장

--- 그래도 돌아오라!

-「허수아비 춤·4 - 생가」전문

　'보령군 주산면 황율리 104번지', 아니 시작품 속에 임영조 시인의 생가는 지금의 '보령시 주산면 황율리 104번지'에 자리하고 있다. 그래 주산면 소재지를 향하여 몇 걸음 더 달려야 한다. 그러나 황율리 앞에 이르러서도 어디가 104번지인가 알 수가 없다. 누군가에게 물으려 하나 눈에 띄는 사람조차 보이지 않는다. 도대체 마을에는 집이 있기는 있는데 사람이 눈에 띄지 않는 것은 무슨 까닭인가? 컹컹 낯선 사람을 향하여 짖어대는 개 한 마리의 목소리가 오히려 반갑다. 그러나 반가워 열어젖혀진 대문 안을 기웃거려 보아도 개 짖는 소리만 드높아 질 뿐 도대체 사람은 눈에 보이지 않는다. 황율리의 장느 마을을 이리저리 헤매며 사람을 만나기 위하여 기웃거려 본다. 그러나 사람의 그림자도 볼 수 없다. 무려 한 시간여 가까운 마을 이곳저곳을 다 들려본다. 그러다가 작은 고개를 넘어 주산면 소재지를 향하여 든다.

문득 사람의 모습이 보인다. 너무 반갑다. 할머니 두 분이 마을길을 걷는다. 차를 멈추고 반갑게 달려간다. 한 할머니는 어린 아기를 업었고, 또 한 할머니의 손에는 호미가 들려 있다. 말씀 좀 묻겠다는 말에 의아한 표정으로 나를 살핀다.

"이 동네에서 태어난 분으로 유명한 시인이 계시거든요?"

아기를 업은 할머니의 얼굴이 굳어진다. 무슨 일인가하는 의아심이 가득하다.

"누굴찾으시는디유?"

▲ 보령시 주산면소재지에서 보령댐으로 는 한길에서 바라본 임영조 생가지 [동곡] 마을의 전경. 붉은 함석집 옆으로 백 년을 넘게 산 동구 밖을 지키면서 연초록 쪽지 한 장을 불쑥 내밀면서 '--- 그래도 돌아오라!'던 참나무는 여전히 그 자리에 서있다.

"임영조 시인 말입니다. 황율리 104번지에서 출생하셨다는데……?"

"아니 우리 세순이를 왜 찾는데유?"

되려 묻는다. 그 할머니의 묻는 표정으로 보아 '아아, 드디어 찾았구나' 하는 안도의 한숨이 절로 나온다.

"그 분은 아주 유명한 시인이시죠. 그래서 그 분이 태어나신 집이나 둘러보려구요!"

그러자 그 할머니는 업었던 아이를 내려놓으시며,

"세상에 우리 세순이를 찾네? 우리 세순이. 우리 세순이를……"

"네?"

난 그만 내 귀를 의심하였다. 분명히 임영조 시인을 물었건만 할머니의 입으로부터는 낯선 '세순'이란 이름이 흘러 나왔다. 그러나 할머니의 덧붙여주시는 말씀으로 '세순'이란 임영조 시인의 본명이라는 사실을 비로소 알았다. 그리고 그것을 확인하는 순간 난 그저 실소를 금할 수 없었다. 너무나 촌스러운 이름이라는 생각에 도저히 임영조 시인의 시와 어울리지 않는 이름이라는 생각에서다. 그러나 몇 번 할머니로부터 '세순'이라는 이름이 거듭으로 흘러나오자 그렇게 정답고 살갑지 않을 수 없었다.

할머니는 아이를 내려놓자마자 앞장선다. 안내해준다는 것이다. 저 너머라는 말에 나의 차에 오를 것을 권한다. 걸어가도 괜찮다는 할머니를 반 강제로 태우고 오던 길을 되돌아 차를 몬다. 안내를 해주시는 할머니는 임영조 시인의 삼종 누님이신 임정순 씨이다. 몇 년전에 고향을 찾아온 임영조 시인으로부터 책 한 권을 받았다는 말도 잊지 않는다.

"한 븐 읽어보러구 주는디 무슨 말인지 알 수 있슈?"

참 착하기만 한 아이. 그러면서도 무엇이든지 열심히 하던 아이.

"뭐 속썻이는 일두 한 븐 없었슈. 어렵게 공부핟드니만……"

더 이상 말을 잊지 못한다. 그러면서,

"아이구 시상에, 아이구 시상에 우리 세순이를 찾아주다니……"

를 계속한다. 그저 세순(2004년 10월 17일 문화훈장 보관장 수상자 명단에 고임세순(필명 임영조·시인)이라는 기사를 본 일이 있다.) 이를 아는 사람을 만났으니 오직 반가울 뿐이라는 표정으로 솟구쳐 오르는 마음을 가다듬기에 여념이 없다.

동곡 마을은 무심코 지나쳐 온 길에서 깊숙이 들어가는 마을이다. 밖에서 유심히 보지 않으면 잘 보이지도 않을 마을이다. [동곡] 마을이란다. 동곡 마을로 가면서 마을에 왜 사람들이 보이지 않느냐고 물으니,

"요즘 촌마을에 사람이 어니 있간디유? 노인들이 집 비우고 나가믄
　다 비유!"

할머니의 목소리에서는 쓸쓸함이 묻어난다. 바로 요즈음의 농촌 마을의 전형적인 현상이 아닌가 싶다. 집은 있는데 사람이 없는 우리나라의 농촌마을. 그리고 사람은 넘쳐나는데 집이 없는 도시. 이것이 우리나라의 마을모습이 아닌가? '홀로 남은 초가집 나의 생가엔 / 이젠 아무도 없었다'라고 임영조 시인은 노래하였지만 마을 전체에 사람이 없는 마을이 되어버린 것이다.

동곡 마을에는 불과 세 채의 집이 터전을 지키고 있다. 멀리 북으로는 운봉산이 보령댐과 마주하고, 동쪽으로는 동달산이. 그리고 서남쪽으로는 주렴산의 봉우리를 바라보고 있는 한적하기만 한 마을. 그러

나 평화와 평온과 안존이 함께 하는 마을이다. 불과 세 집만이 남아 있는 곳이지만 그곳에서 임영조 시인은 태어났다. 그러나 시인이 태어난 집은 사라진지 3년여 년. 이미 자취는 푸르게 자라나는 가을배추만이 생가지임을 알려주고 있을 뿐, 생가지에는 발걸음이 없다.

아, 이곳에서 임영조 시인은 툇마루에 누워서 속눈썹까지 푸르게 적셔 주었던 쪽빛 하늘을 바라보고 있었다지 않았던가? 쪽빛 하늘은 가을 날씨에 더욱 푸르게 물들여 어제처럼 푸르게 맑아져 있으나 적실 속눈썹은 보이지 않는다. 윤사월 긴긴 날 소쩍새 울 때면 할머니의 천식은 다시 도지는 안타까운 마음에도 골방에서 시쿰시쿰 누룩이 뜨는 냄새가 풍기면서 이웃집 아줌마들의 푸진 웃음소리에 실개천의 흐르

▲ 임영조 시인의 생가터. 비닐하우스가 말라가는 고춧대를 앞세우고 을씨년스럽게 지키고 있다.

는 물소리를 섞어 어디론가 청운의 뜻을 품고 벗어나고자 했던 그 마을 그 집이 있었던 곳이 분명하다. 지금쯤 사립문을 열고 반갑게 나와 그 말 많은 친절을 늘어놓으면서 두 손을 꼬옥 잡아줄 고향 선배 시인의 체취가 마냥 풍겨 나온다.

단발머리 고모 또래 처녀들이 사랑방에 모여 앉아 [낮에 나온 반달]을 합창하면 살구꽃이 까르르 웃음을 터뜨리며 따라 피어나던 마을이요, 토담을 넘어온 달빛이 온 집안을 밤새 기웃거려도 누구 하나 시비하지 않던 마을이 이제는 낯선 사람이 찾아와도 눈길 하나 보여줄 수 없는 마을로 변해 버린 것이다.

임영조 시인이 태어나 자라던 집은 간 곳이 없고 다만 하얀 비닐하우스만이 덩그렇게 남아 허리춤에 붉은 고추 몇몇을 매달은 채로 메말라 가는 잎줄기를 기르고 있는데, 그래도 시인다운 청초함을 그대로 품고 있는 탓일까? 지난해의 강추위에 말라죽은 대나무가 마을 곳곳에 흔하디 흔하게 보여주고 있는데도 불구하고 임시인의 집터를 굽어보고 있는 대나무 숲에는 여전한 푸프름을 쪽빛으로 흘러내리고 있다. 집터의 가을 배추가 마냥 푸르게 자라나고 있는 것도 다 그 탓이리라.

한때 이 생가를 찾은 임영조 시인이 '그런데 언제부턴가 / 대문 밖 실개천도 마르고 / 이엉마저 삭아 내린 나의 생가엔 / 자루 빠진 쇠스랑과 녹슨 호미가 / 채마밭에 버려져 있고 / 지금은 아무도 살지 않았다 // 어릴 적 나를 키운 / 그 넉넉한 햇빛과 바람만 남아 / 마당귀에 돋아난 풀잎과 놀 뿐 / 이젠 아무도 없었다'고 말하면서 '하릴없이 그만 돌아오는 길 / 백 년을 넘게 산 동구 밖 참나무가 / 내게 불쑥 내미는 연초록 쪽지 한 장 / --- 그래도 돌아오라!'고 말하였는데 지금 이미

▲ 임영조 시인이 태어난 집터를 지키고 있는 대나무숲과 비닐하우스. 가을배추가 유난히 푸르다

사라져버린 빈 집터를 바라보며 임영조 시인은 이제 무어라 노래할 것인가?

공연히 울적해지는 마음을 달래려고 먼 산을 바라보니 서남쪽에 자리 잡은 봉우리에 푸르름이 가득하다. 이제 곧 가을이 깊어지면 온갖 단풍으로 물들이며 아름다운 모습을 이 생가 가득히 풀어 놓으리라는 생각에 마음을 가다듬는다. 그러면서 임영조 시인의 밝고 맑은 얼굴을 떠올린다.

임영조 시인은 분명히 시인의 길을 걸어 이 세상 끝까지 한 발자국 한 발자국 고향의 숨소리를 찍어 넣으며 천천히 걷고 또 걸어 나가다가 갑자기 너무 빨리 걸음을 멈추었다. 그러나 시인은 반드시 돌아올 것이다. 시인이 태어나고 자라난 고향의 산천이 이 지상에 남아 있는

▲ 1998년 11월 11일 충남 도고온천 충남시인들의 모임에서 필자와 함께

한, 시인 스스로가 그리 말하였듯이 비록 그가 보이지 않는 발걸음을 옮겨 하릴없이 그만 돌아오는 길이지만 시인에게 "--- 그래도 돌아오라!"고 불쑥 내미는 연초록 쪽지 한 장을 내밀며 백 년을 넘게 살아온 참나무가 동구 밖을 지키고 있는 한 임영조 시인은 반드시 고향으로 돌아올 것이다. 그리하여 우리의 가슴에 임영조 시인의 시작품이 영원히 살아 있는 한 언제 어디서나 이 생가지에서 우리와 담소를 하며 머물 것이리라! 그러나 아직은 임영조 시인의 생가지엔 발자국이 없다. 가을의 짧은 햇살이 어둠을 재촉하는 발자국을 향하여 연신 도래질을 해댄다. ◑

* 충남시인협회,《포에지 충남》(2006. 제2호)

石艸 申應植의 삶과 文學

프롤로그(Prologue)

한학漢學에서 시작했다. 시전詩傳과 당시唐詩, 노자老子와 장자莊子를 익혔다. 그리고 서양시를 만났다. 발레리와 그리스를 읽었다. 다시 되돌아와 향가鄕歌와 고려가사高麗歌詞와 시조時調를 들었다. 그리고 이 모든 것은 석초로 하여금 한 편의 시작품으로, 혹은 문학으로의 길을 깊고 견고하게 하였다.

한편으로는 '신석초'라 하면 「바라춤」의 시인으로 널리 알려져 있다. 그런데 왜 시인 '신석초'라 하지 않고, 「바라춤」이라는 작품과 함께 알려져 있는 것일까? 그것은 그만큼 석초의 「바라춤」의 위상을 말하고 있는 것인지는 모른다. 사실 석초에게서 「바라춤」만큼 심혈을 기울인 작품도 없다. 개작改作에 개작이라는 산고産苦 끝에 나온 작품이다. 그것도 십여 년의 세월을 거쳐 완성한 작품이다. 이러한 시작품에 대한 석초의 노력은 '신석초'라는 시인에게 부수적으로 따르게 하는 실마리를 얻어낼 수 있다. 그것은 무엇보다도 먼저 '개작改作'을 거듭하는 시작 태도요, 서사敍事가 아닌 순수시인 '장시長詩'의 시인이다. 또한 '발레리'를 떠올리게 하는 시적 영향을 받았으면서도 '서구적 방법에서 발단되어 가장 한국적인 것으로 轉回(Kehre)하여'[1] 온 동양적이요 선비적인 '지성知性과 사상思想'의 대가급大家級[2] 시인이이기도 하다. 그러면서도 석초는 다른 대가급 시인들보다 학술적으로 이루어진 연구는 상대적으로 미흡하다. 또한 그의 시작품은 대중이 접할 때 다소 난해한 것이 사실이다. 그러나 이러한 난해함이나 작품을 넘나드는 정신적 스케일의 방대함은 식석초의 지성적 문학에 동반되는 특징으로 받아들여야 한다.[3]

본고에서는 신석초의 연보年譜에 의한 발자취를 따라 그가 지향하였던 시문학의 세계를 더듬어 보기로 한다.

---

1) 金允植, 「잃어버린 술과 잃어버린 화살-申石艸論」(『韓國現代詩論批判』一志社, 1980」P.116

2) 위의 책, P.P. 115-116. 김윤식은 이에 대하여 <韓國近代詩史에서 徐庭柱, 金珖燮, 金顯承, 申石艸 등을 일단 문제삼을 수가 있다. 일찍이 大家級이란 용어에 대해 시비가 없었던 것은 아니다. 金宗吉이 靑馬를 논하는 자리에서 (1)詩歷의 길이와 作品量이 많을 것 (2)作品의 水準과 그 持續 (3)詩의 品格을 大家의 조건으로 들었다 이에 대해 金禹昌은 '大家의 品格이란 말이 한 번도 구체적으로 설명되지 아니하고 다만 간접적으로…… 라는 주장을 들을 때 우리는 당황하지 않을 수 없다'고 지적한 바 있는데 물론 同感히다. >라 술회하고 있다.

3) 나민애, 「동서양을 종합하는 지성적 시학 - 신석초의 시 세계」(『신석초 시선』지식을 만드는 지식, 2013. 4. 30)

石艸 申應植의 삶과 文學

• 시인詩人의 탄생誕生

▲ 명상에 잠긴 석초 시인

1930년대 시인 가운데 석초처럼 시를 오래 쓴 사람도 드물다. 여기에 대가의 풍모를 지녔다. 대개 시인들이 몇 편 안 써놓고 기력이 없어지기 마련인데 석초는 끈질긴 추력推力으로 새로운 시를 모색했다. 그는 때때로 노장사상老莊思想에 의한 허무虛無의 세계를 노래하기도 하고, 때로는 전통정신에 입각한 자연미 추구와 샤머니즘을 노래하다가 때로는 정열에 찬 호흡으로 서구정신西歐情神을 추구하기도 했다.[4]

한학漢學에서 시작하여 시전詩傳과 당시唐詩와 노장老莊을 만나고, 서양시를 만나 발레리에 취하고, 향가와 고려가요와 시조를 통하여 민족을 만나왔던 평생의 선비시인이요 지성인인 신석초는 1909년 6월 4일 (음력 4월 17일) 충남 서천군 한산면 숭문동崇文洞, 현재의 화양면 활동리 17번지에서 아버지 신긍우申肯雨, 어머니 강긍선姜肯善의 2남 중, 천 석군 집안의 장남으로 유복하게 태어난다. 조선시대의 문신이며 시인이 었던 석북石北 신광수申光洙[5]의 7대손이다. 그가 태어난 활동리는 속칭

---

4) 李姓教,「申石艸論」(신석초시비건립기념시문집『바라춤』시 비건립추진위원회. 2000.)
5) 石北 申光洙(1712. 숙종 38~ 1775. 영조 15). 조선 영조 때의 문인으로 궁핍과 빈곤 속에서 전 국을 유람하며, 민중의 애환과 풍속을 시로 절실하게 노래했다. 본관은 고령(高靈). 자는 성연 (聖淵), 호는 석북(石北)·오악산인(五嶽山人). 아버지 호(潗)와 어머니 성산이씨(星山李氏) 사

'은골'이다. 즉 '隱골'로 '숨어있는 동네'란 의미이다. 이 '숨은 마을'이 '숨은洞'에서 음운변화를 하여 '숭문동'으로 불리웠다. 이곳을 석초는 "가위 산수가 모여 있는 곳이라 하였다. 그러므로 옛날부터 풍수風水들이 많은 발을 멈추고, 이중환李重煥은 그의 저서『택리지擇里志』에서 가히 살 만한 곳이라 칭찬하였다. 계절을 따라 이채로운 풍치와 생활이 펼쳐진다. 봄 가을과 겨울에는 나는 곧잘 강변으로 해안으로 겨우 사냥을 하러 다녔고, 혹은 깊숙이 보령 청양 산중으로 노루 사냥 다녔다. 또 진강에는 낚시를 드리워 고기를 낚을 만하다. -〈중략〉- 이 바다와 강과 산 사이에는 넓은 평야가 가로놓여 있어, 이때쯤 무성하게 자라난 갈밭 같은 볏대가 우거진 논들로 황혼을 지고 돌아오는 농부들의 모습도 한결 시원하다. 어염이 풍부하며 서민들의 생활에 알맞은 곳이다"(「나의 고향」중에서)라고 말한다.

이에서 장남으로 태어났다. 5세 때부터 글을 지어 사람들을 놀라게 했으나, 13세인 1724년 가세가 기울어 낙향했다. 여러 차례 과거에 응시했으나 낙방하고, 1746년 한성시(漢城試)에서 〈관산융마 關山戎馬〉로 2등 급제했는데, 이 시는 당시에 널리 읊어졌으며 과시(科詩)의 모범이 되었다. 1750년 비로소 진사에 급제했으나, 이후로 다시는 과거에 뜻을 두지 않았다. 그 후 시골에서 칩거생활을 했으나, 갈수록 궁핍해져서 가산과 노복들을 청산하고 땅을 빌려 손수 농사를 지었다. 이때 몰락양반의 빈궁과 자신의 처지를 읊은 〈서관록 西關錄〉을 지었는데, 이 작품이 뒷날 역작인 〈관서악부〉를 짓는 계기가 되었다. 음보(蔭補)로 영릉참봉(寧陵參奉)에 임명되었고 이때 벗들과 여강에서 소일하며 〈여강록 驪江錄〉을 지었다. 악부체 시인 〈금마별가 金馬別歌〉도 이 시기에 지어졌다. 1763년 사옹봉사(司饔奉事)가 되었고, 다음해에 금부도사로 제주에 가서 45일간 머물면서 제주민의 고충과 풍물을 노래한 〈탐라록 耽羅錄〉을 지었으며, 4월에는 선공봉사(繕工奉事)가 되었다. 1765년에 예빈직장(禮賓直長)이 되고 1767년에는 연천(連川) 현감이 되었다. 1772년 2월 어머니의 권유로 기로과(耆老科)에 응시하여 갑과(甲科) 1등으로 뽑혔다. 3월에 돈령도정(敦寧都正)이 되었는데, 영조가 궁핍한 사정을 알고 가옥과 노비를 하사했다. 다시 병조참의에 오르고 9월에 영월부사(寧越府使)에 임명되었다. 1774년 관서지방의 풍속·고적·고사 등을 소재로 한 〈관서악부 關西樂府〉를 지었다. 1775년 우승지에까지 올랐다. 저서인 〈석북집〉은 시인으로 일생을 보내면서 지은 많은 시가 실려 있는데, 특히 여행의 경험을 통해서 아름다운 자연과 향토의 풍물에 대한 애착을 느끼고 그 속에서 생활하는 민중의 애환을 그린 뛰어난 작품집이다.

그가 태어난 집에는 매화 한 그루가 있는데, 홍매紅梅다. 홍매가 있는 집을 석초는 스스로 '홍매루紅梅樓'라 하여 이름하였다.

홍매루의 문로門路에는 조그만 연못이 있어 수련이 핀다. 연못가에는 오래 묵은 은행나무와 벽오동이 서 있고, 오동잎 사이로 떠오르는 달을 볼 수 있다. 들축나무와 개나리꽃이 어우러진 울타리를 지나 오얏나무들이 서 있는 문비門扉를 거쳐 사랑뜰에 들어서서 홍도, 백도와 월계, 목단, 파초들이 서 있는 화단을 돌아 대문을 들어서면 등넝쿨이 얽힌 중문이 있고, 중문을 들어서면 양편에 목단과 작약과 국화 등의 화단이 둘러 있으며, 화목花木의 숲길을 걸어 뒤뜰로 돌아 들어가 자두와 배, 수밀도 따위의 과일밭을 지나서 후원 죽림으로 연한다. 임어당의 소설『북경호일北京好日』에 나오는 '정의원靜宜園'만은 못하지만 좁은 대로 꽃을 보며 소일할 만하다. 나는 가친 병환으로 시골집에 내려와 있는 동안 무료한 시간을 집 서고에 쌓인 서적을 뒤지는 일과 정원에 꽃을 가꾸는 일로 소비해왔다. 그래 어느덧 집이 꽃밭에 묻히게끔 되었다. 홍매는 홍도와 함께 정원의 쌍벽이라 하겠다.

- 「홍매루기紅梅樓記」 중에서

석초가 태어난 음력 4월 그의 집 홍매루紅梅樓에 온통 이화梨花와 도화桃花가 어울려져 있을 때였다. 어머니는 두 초립동이 올라가 오얏나무 열매를 따서 주는 꿈을 꾸었다고 한다. 그 꿈이 장차 그가 시를 쓰게 되는 운명이었다고 스스로 말하기도 하였다.[6] 본명은 응식應植, 아

---

6) 조용훈, 『신석초 연구』(서울 역락, 2001), p.201

호는 유인唯仁, 필명은 石艸다. 한문으로는 石初 혹은 石艸인데 주로
石艸로 썼다. 이 필명筆名에 대하여 석초는 다음과 같이 말하고 있다.

나는 '석초石艸'라는 이름을 별호로 생각하고 쓴 일은 없다. 옛 방식
으로 석초 신응식申應植 어쩌고 써놓고서 뽐내보려는 생각은 일찍이
한 번도 없었다. 나는 석초 위에다 나의 성인 신자를 붙여 신석초라
고 쓰고 있다. 구태여 말하면 나의 필명이다. 응식이라는 이름이 나
의 본명이기는 하지만 세상에 이 이름이 너무 흔할 뿐만 아니라 글
자 획수가 많아 쓰기에 불편하고 또, 써놓고 보면 시각적으로도 미
감이 잘 나지 않는다. 그래서 자의로 석초라는 이름을 지어 내가 시
를 쓰기 시작한 후부터 글자 획수가 적어 간결해 좋고 또 간결한 가
운데에도 무언가 의미가 있는 듯도 싶다. 처음에 내가 이 이름을 붙
일 때에는 무슨 대단한 염두에 둔 것은 아니었다. 나의 선조 때 시인
이던 석북石北 선생이 있었는데 선생의 호에서 '석石'자를 따왔고,
'초艸'자를 붙인 것은 석북 선생의 후예라는 정도의 뜻이 곁들여 있
다. 그러나 막상 쓰면서 생각해 보니 돌과 풀은 무슨 초연한 존재라
기보다도 일상생활 주변에서 볼 수 있는 자연 생명이어서 애착이 간
다. 그런데 풀 초자인 '艸'자는 속자俗字인 '초艸' 가 아니라 반드시 고
자古字인 '艸'라야 한다. 그렇지 않고 속자를 '석초石艸'라고 써 놓으
면 어쩐지 싱겁고 이미지가 전혀 달라지는 것만 같다.

－「나의 필명筆名」 중에서

석초는 불과 6세의 나이로 한문을 수학하기 시작한다. 석초의 부친
은 아주 엄격하고 지적이고 현명한 분이어서 두 사람의 가정교사를 두
고 어린 석초에게 한학과 신학문을 가르치고는 곧 13세에 사서삼경四

▲ 석초의 묘소에서 바라본 생가 마을인 화양면 활동리 '隱동'

書三經을 떼게 하고 한산보통학교 3학년에 편입시켰다. 가장 개화되어 있던 중세풍의 가정에서 일찍부터 머리를 깎고 학교를 다니게 된 석초는 즐겨 읽기보다는 강요된 하나의 일과로서 한문읽기를 게을리 하지 않았다. 바로 그때 초빙되어 온 사람이 권국담權菊潭 선생으로 석초에게는 영원히 잊지 못할 스승이 되었다. 석초는 국담菊潭 선생에 대하여 다음과 같이 말하고 있다.

지금은 오래된 일이라 그 때 일이 일일이는 기억되지 않으나, 국담 선생은 파리한 얼굴과 짧고 성긴 청아한 수염과 엄격하고도 신경질 적이기는 했지만 매우 친절하시던 선생의 모습은 지금도 나의 눈에 삼삼하다. 그는 학자라기보다도 문장가였다. 도학道學이나 이학理 學을 말하기보다 글을 말하여 주었다. 글씨를 다 잘 쓰고 서헌書翰을 잘 하였다. 그때 선생은 나에게 시경을 강의하여 주셨는데, 어느 대

문에 가서는 당신이 흥을 이기지 못하여 고성대독高聲大讀을 하는 것
이었다. 그러나 범절이 대단하시고 성품이 점잖으셨기 때문에 늘 조
심스럽게 시 뜻을 말하여 주셨다. 또 이백과 두보와 소동파를 늘 이
야기하여 주셨다. 내가 선친이 바라시던 일[7]을 하지 않고 시를 쓰게
된 것은 아마 이때 영향 받은 때문인지도 모른다.

    -「잊을 수 없는 사람들」중 '시경詩經을 가르치던 국담菊潭 선생' 중에서

  석초가 범절이 대단하고 성품이 점잖아 늘 조심스럽게 시의 뜻을 말
하여주곤 하였던 국담 선생으로부터 시작詩作에의 감수성을 제공받았
다면, 집안 어른이셨던 두 분의 할머님으로부터는 문학적인 정서를
안겨주었다. 두 분의 할머니 중 한 분은 온양 할머님으로 온양 꽃바위
에서 그의 집안으로 들어오신 '꽃바위 할머니'요, 또 한 분은 진외가 할
머님으로 대실大室이라는 데에서 살기 때문에 '대실할머니'라 불리는
분이었다. 대실할머니는 음식 솜씨가 놀라운 분으로 집안 관혼상제나
보통 잔치에서 약과며 약식이며 유병이며 전유화까라도 만드셨는데
이 음식들은 모두 맛이 각별하였다. 그리고 꽃바위 할머니는 진서와
언문 등 글을 잘 하셨으니, 글씨가 주옥같고 찰한札翰을 잘 쓰시었다.
집안의 인서와 조장弔狀 같은 내간의 의례서儀禮書는 물론이려니와 젊
은이에게 가간서家簡書를 가르침은 물론 석초에게 『옥루몽玉樓夢』이며

---

7) 김후란, 「현대의 고전주의자」(신석초선생 탄생 100주년 기념학술대회기념 『신석초의 삶과 문
학 세계』서천문화원, 2010.) p. 13. "부친은 아무 엄격하고 지적이고 현명한 분이었다 한다. 여
섯 살 때 한학과 신학문을 가르치기 위해 두 사람의 가정교사를 두었다. 13세에 사서삼경을 떼
게 하고 한산보통학교 3학년에 편입을 시켰고, 2년 후에는 검정고시를 거쳐 지금의 경기고인
경성제일고보에 입학하게 되었다. -<중략>- 부친은 일제하에서나마 남에게 굽히지 않는 인
물이 되라고 법률공부를 강요했고 벼슬을 하기로 권장했다. 그러나 이런데 취미가 없어 반발
하고 고민하게 되면서 거기서 탈출하고 싶은 욕망이 시를 쓰게 했다고 한다"

『구운몽九雲夢』등 고대소설을 조용히 이야기해주었다. 그 청초하고 고결한 모습과 범절 있던 말씨는 그에게 무한한 매력을 느끼게 하였다. 다음 시작품에서도 석초의 이러한 할머니에 대한 애틋한 정을 느낄 수 있다.

> 복숭아꽃 핀 뜰이 보이는
> 창가에서
> 『구운몽』을 읽고 계시던 할머님
> 회양목 연상硯床을 당겨 놓으시고
> 세필細筆을 이빨로 잘근잘근 깨물어
> 풀으시어
> 새사돈댁 문안편지 초를
> 잡으시던 할머님
> 하얀 은발머리로 깨끗하게
> 늙어가시던 할머님
> 언제나 단정한 옷깃을 여미시고
> 인자하시고 곱게 웃으시던 할머님
>
> — 시 「할머님」 전문

이 시작품은 할머님의 청초하고 고결한 모습과 더불어 할머님의 여성으로서의 섬세하고 기품 있는 움직임까지도 엿볼 수 있게 한다. 즉, 『구운몽』을 읽고 계시던' 모습으로부터 할머님의 청초하고 고결함을 엿볼 수 있다면, '회양목 연상硯床을 당겨 놓으시고/세필細筆을 이빨로 잘근잘근 깨물어/풀으시어/새사돈댁 문안편지 초를/잡으시던' 할머님의 모습으로부터는 여성으로서의 섬세함과 함께 고상하게 보이는 품위나 품격, 타고난 기질과 품성을 엿볼 수 있게 한다. 특히 '하얀 은 발머리로 깨끗하게/늙어가시던 할머님'이 '언제나 단정한 옷깃을 여미시고/인자하시고 곱게 웃으시던 할머님'이야말로 석초로 하여금 우아하고 위엄 있는 모습으로 가슴 깊이 자리하게 하였던 것이다.

시작품「고풍古風」에서도 바로 이러한 할머니의 모습을 간직한 결과로 쓰여진 작품임을 알 수 있게 해준다.

> 분홍색 회장저고리.
> 남 끝동 자주 고름,
> 긴 치맛자락을
> 살며시 치켜들고
> 치마 밑으로 하얀
> 외씨버선이 고와라.
> 멋드러진 어여머리,
> 화관花冠 몽두리
> 화관 족두리에,
> 황금 용잠黃金龍簪 고와라.
> 은은한 장지 그리메
> 새 치장하고 다소곳이
> 아침 난간欄干에 섰다.
>
> ― 시「고풍古風」전문(『시문학』, 창간호. 1971. 6)[8]

---

8) 석초시집『바라춤』(서울; 미래사, 1992)에는 이 시작품와는 달리 다음과 같이 수록되어 있다. '분홍색 회장저고리/남 끝동 작주 고름/긴 치맛자락/살며시 치켜들고//멋들어진 화관 몽두리/황금 용잠 고와라//은은한 장지 그리메/새 치장 하고 다소곳이/아침 난간에 서다'로 수록되어 있다. 필자는 보다 더 구체적으로 고풍(古風)의 모습이 묘사된 처음 발표작에 따른다.

다분히 고전적이요, 회화적이요, 묘사적인 이 시작품은 시선의 이동에 따라 옛 정취가 색채 대비를 통하여 그려져 있다. 이에 따라 우리 고유 의상의 아름다움뿐만 아니라 그 인품에서 느끼게 되는 우아함과 함께 조화를 이루고 있는 한 여인의 품위에 취하다 보면 한 폭의 동양화 속의 미인을 절로 떠올리게 한다. '분홍색 회장저고리/남 끝동 자주 고름/긴 치맛자락'으로 잘 여미고 매만진 전체적인 옷매무시로부터 시선이 세세한 부분에 이르러 치마 밑으로 드러난 '하얀 외씨버선'을 비롯하여 '어여머리'와 함께 '화관몽두리' 하며 '화관 족두리'와 '황금 용잠'에 이르면, 눈에 보이는 듯 한국적인 아름다움이 그대로 엿보인다. 그러나 무엇보다도 이러한 고풍의 한복을 입고 은은한 장지 그림자를 배경으로 아침 난간에 선 여인의 그윽하고 고아한 분위기는 한국 여인의 단아하고 신비로운 자태를 더욱 빛나게 나타내준다. 석초가 시「할머님」에서 말한 '언제나 단정한 옷깃을 여미시고/인자하시고 곱게 웃으시던 할머님'이 바로 이러한 모습이 아니었을까? 이「고풍古風」속의 여인 또한 시작품「할머님」과 마찬가지로 분명 석초가 스스로 '그 청초하고도 고결한 모습과 범절 있는 말씨는 나에게 무한한 매력을 느끼게 하여 지금껏 잊혀지지 않는다'(「잊을 수 없는 사람들」중에서)고 말한 할머님의 모습이었을 것이다.

• 높아지는 눈 높이

1921년 13세에 이르러 한산보통학교 3학년에 입학하였을 때는 세상이 급변하고 있었다. 1910년 국권피탈 이후 일제는 경제적으로 한국인의 이권을 빼앗고 한민족 고유의 문화를 말살하려 하였다. 조선총독

부는 토지조사사업을 실시하여 전국토의 40%를 점유하고 동양척식 주식회사를 비롯한 일본이민日本移民에게 헐값으로 토지를 불하하여 그 결과 한국의 영세농민은 토지를 잃고 비참한 생활을 하였다. 또한 일제는 독립운동이나 애국운동을 탄압하고 식민지교육을 강요하는 등 사회적·문화적 활동을 봉쇄하는 무단정치를 강행하였다.

이러한 가운데에서도 석초는 '유년시절을 경서와 당시唐詩와 선인의 보학설화譜學說話 속에서 지냈다'면서 다음과 같이 말한다.

> 나는 서고에 가득 찬 묵은 곰팡내 나고 좀이 먹은 커다란 판박이
> 책과 수사본手寫本의 서적더미 속에서 자랐다. 우리네 가정교육이란
> 거의 천편일률적이다. 학문에 있어서는 주자朱子를, 시에 있어서는
> 두보를, 문文에 있어서는 한퇴지韓退之를 배우는 일이다. 일상생활 범
> 절은 엄격한 규범에 의하여 통제되어 있었다. 나는 이 낡은 인습에
> 의 중압에 고민하였고, 또 나 자신을 반역아反逆兒라고 생각하는 것
> 이다. 나는 정통적인 학문보다는 도리어 노장老莊에 경도했으며 시
> 에 뜻을 두게 되었다.
>
> — 신석초의 「나와 나의 文學」 중에서

석초가 3학년에 입학한 한산韓山[9]의 한산보통학교는 서천지역에서

---

9) 예부터 한산의 세모시로 유명하였던 곳으로 지금도 모시의 고장으로 그 명맥을 이어오고 있
을 뿐만이 아니라 행정제도가 처음 등장한 것은 삼한시대 마한의 부락사회국가인 아림국이 탄
생하면서부터인데, 마한시대에는 54개국 중 소국으로 서천지역은 아림국兒林國으로 한산지
역은 치리지국致利之國으로, 비인지역은 비미국卑彌國으로 나뉘어져 있었다. 이러한 소국小
國은 마한의 연맹체의 일원으로 결속관계를 성립하면서 3세기 이후까지 개별적으로 성장해
오다가 백제에 부속되었다.
백제시대에 이르면 백제가 마한을 정복한 후 서천지역은 설림군舌林郡으로, 한산지역은 마산
현馬山縣으로, 비인지역은 비중현比衆縣으로 나뉘는 등 1군2현으로 나뉘어 졌는데 특히, 백

가장 먼저 문을 열어 2013년 2월 19일 제 100회 졸업식을 맞게 된 유서 깊은 학교이다. 1911년 7월 5일 설립인가를 받아 그 해 9월에 공립한산보통학교라는 이름으로 정식 개교하였다. 1911년 11월에는 한산공립보통학교로 개칭한 이 학교는 일제시대 한산뿐만이 아니라 인근의 화양, 기산, 마산 등 인근지역 유일한 보통학교였기 때문에 학생들의 자부심 또한 남달랐다. 남학생의 경우 모자에 하얀 선을 두르고 여학생은 검은 색 치마에 흰 띠를 넣어 교복처럼 착용하고 다녔다고한다. 또한 이 학교는 조선교육령 시행 당시에 4년제 보통학교로 학교 사정에 따라 3년제로 운영할 수 있었으며, 1938년 제3차 조선교육령 공포에 따라, 소학교로 이름을 바뀌게 되었으니, 이는 일본인과 한국인

제시대에 크게 발전한 곳은 한산으로 이곳의 건지산성乾芝山城은 백제의 서쪽을 지키는 군사적요충지였으며, 백제멸망 뒤에도 그 유민들이 이 지역을 중심으로 3년간 부흥운동을 일으키기도 하였던 곳이다.

고려시대에는 고려의 건국과 후삼국의 통일이후 왕권이 안정되고 제도문물이 정비되었으나 지방통치는 여전히 지방호족이 장악하고 있었다. 통일신라 시대 신라는 경덕왕 15년(756년) 행정 구역 개편으로 마산현馬山縣에 속하던 한산지역은 서천을 중심으로 한 가림군西林郡과 비인현庇仁縣과 더불어 한산현韓山縣으로 가림군에 속하였는데 명종明宗 5년(1165년) 감무를 두고 홍산현鴻山縣을 겸임하였으며 그후 지한주사知韓州事로 승격하고 한주韓州라 불렀다. 관할구역은 현재의 한산면, 화양면, 기산면, 마산면에 해당된다. 이어 조선시대에는 태종 13년(1413년) 행정구역을 개편하고 서림군西林郡이 서천군舒川郡으로, 한산현韓山縣이 한산군韓山郡으로 개칭하고 고종 32년(1895년 5월 28일)으로 개칭하고 홍주부洪州府의 관할에 두었으니 한산이야말로 서천군에서 일찍부터 발달한 곳이었다.

특히 한산지방을 중심으로 발달한 베짜기는 민속놀이인 저산팔읍 길쌈놀이가 성행할 정도로 유명한 부녀자들의 가내수공업으로. 신라 유리왕(재위 24~57)이 두 왕녀로 하여금 부내의 여자들을 나누어 길쌈을 하게하고, 추석날에 결과를 심사하여 진 편에서 이긴 편에게 술과 음식을 대접하였다는『삼국사기』기록으로 미루어 일찍부터 모시길쌈이 있었다. 그리고 백제 때의 궁중술로서 백제 유민들이 나라를 잃고 그 슬픔을 잊기 위해 빚어 마셨다는 한산소곡주는 조선시대에 들어 가장 많이 알려진 술로『동국세시기東國歲時記』·『경도잡지京都雜志』·『시의전서是議全書』·『규합총서閨閤叢書』등 그 제조법이 기록되어 있을 정도였다. 찹쌀을 빚어 100일 동안 익힌 이 소곡주는 그 맛이 독특하고 뛰어나 그 맛에 취하여 마시다 저도 모르게 취하여 일어서지도 못하고 앉은뱅이처럼 엉금엉금 기어다닌다고 하여 '앉은뱅이술'이라고도 한다.

▲ 오늘날의 한산초등학교 전경

학교의 차별을 없앤다는 명분을 내세워 보통학교의 이름을 모두 소학
교로 바꾸도록 한 일제의 황민화 교육 강화를 위한 선전에 지나지 않
았다. 이에 따라 한산아성공립심상소학교로 명칭이 바뀐 이 학교는 개
교할 당시에 59명에 지나지 않았으나 1923년부터 학생수가 급증하여
400~600명의 재학생을 거느릴 정도로 커졌으며, 해방 무렵에는 무려
1,373명이나 재학할 정도로 비대해졌다.[10]

 이러한 한산 보통학교를 1921년(13세)에 입학한 석초는 항상 우수한
성적이었다. 수신修身·산술·조선어·일본어·지리·도화·창가·체조 등등
의 과목에서 상위권이었으며, 제2학년 52명 중 3등, 제3학년 43명 중
2등, 제4학년 50명 중 2등, 제5학년 45명 중 1등의 성적을 보여주었

---

10) 『한산면지』(서천문화원, 2012), p.p. 109-113

다.[11] 석초는 5학년까지 다니다가 1925년 4월 1일 상급학교에 진학하기 위하여 자퇴하기까지 10여리가 되는 한산을 오가면서 점점 세상을 보는 눈을 넓혀간다. 어성산 산자락을 넘어, 천마산·건지산·월명산 밑으로 숱한 사람들이 분주하게 한산장을 오가는 발걸음에서 조금씩 트이는 세상에 대한 어린 눈높이도 점점 높아간다.

> 天馬山, 乾芝山, 月明山
> 저 푸른 산맥들이 달려와
> 함께 머무는 곳에
> 溶溶한 큰 강물이 흐른다
>
> 아득한 날 숱한 세월도
> 흘렀는데
>
> 百濟와 新羅의 백성들이
> 잔조로히 모여 사는 곳에
> 지금 千古의 그윽한
> 가락이 이어 오나니
>
> 구름 뜰에 들려오는
> 열 장구 소리
> 살구꽃 필 무렵
> 뱅어 중선에서 들려오는
> 북 소리 소리

---

11) 앞의 책, 조용훈, p.206

흰 모시 치마와

삼베 잠방이

조수에 그을은 거센 손들을 들어

갈대 흔들리는 샛바람에

선다

落落한 물가에

긴 소나무에

野鶴은 일제히 날아

西海 푸른 물결 위에

드높이 소리치며……

* 머리에 고유명사들은 내 고장 산 이름들이다.

- 시「野鶴의 賦」전문

　이 시작품에는 석초의 고향의 모습이 그대로 담겨 있다. '天馬山, 乾
芝山, 月明山'은 물론이려니와 '溶溶한 큰 강물'인 금강, 그리고 '百濟와
新羅의 백성들이/잔조로히 모여 사는 곳'인 한산, '구름 뜰에 들려오
는/열 장구 소리/살구꽃 필 무렵/뱅어 중선에서 들려오는/북 소리 소
리'가 마치 지금이라도 귀를 열어놓은 듯하다. 특히 이 '뱅어'는 금강에
서 잡히는 민물고기로 몸길이는 약 10센티미터이고, 모양은 가늘고 길
며 옆으로 납작하다. 반투명한 흰빛을 띠는데 기수(汽水: 해수와 담수가 혼
합되어 있는 곳의 염분이 적은 물)나 담수淡水에서 살다가 봄에 하천으로 올
라와 알을 낳아, 서천지방에서 해마다 봄철이면 망태기에 담아 지게에
얹은 채 마을 곳곳을 다니면서 '뱅어 사시오'라고 외치며 다니는 사람

들이 많았다. '千古의 그윽한/가락'이란 장터에서 북적거리는 한산 장터나 동네에서 들려오는 '열 장구 소리'요, '살구꽃 필 무렵/뱅어 중선에서 들려오는/북 소리 소리'가 되는 고향의 가락이다. '흰 모시 치마와/삼베 잠방이'라든가 서해바다로부터 밀려오는 '조수에 그을은 거센 손들을 들어' 금강가의 '갈대 흔들리는 샛바람'이 몰려오고 있는 듯하며, '落落한 물가에/긴 소나무에/野鶴은 일제히 날아/西海 푸른 물결 위에/드높이 소리치며……' 노래하는 모습은 바로 석초의 가슴 깊이 간직된 고향의 가락으로 그대로 되살아나 있다. 그리고 석초는 때때로 건지산 봉서사鳳棲寺[12]에 들려 처마끝에서 바람 맞아 흔들리며 맑은 소리를 걸러내는 풍경소리에 사색에 잠기기도 하였으며, 여염집의 베 짜는 소리에도 귀를 기울이면서 산천의 모습을 가슴깊이 새겨 넣으며 웅지를 키워나갔을 것이다.

석초의 가정은 개화한 중세中世 풍이었으면서도 가장 개화된 집안이었다. 나귀를 탄 손님, 가마를 탄 손님으로부터 자전거를 타고 오는 손님까지, 말하자면 도포를 입고 갓을 쓴 손님과 양복을 입은 손님들이 함께 드나들었다. 하루 온종일 고풍한 시를 읊는 소리가 당堂을 울리고 숲을 움직이는가 하면, 하루는 엄위한 관청 손님들이 찾아오고, 모자를 쓰고 구두를 신은 손들이 드나들며 사교와 비즈니스가 시작되었다. 마치 한 폭의 우리나라 근세 과도기 역사의 모습을 펼쳐지는 깃 같

---

12) 봉서사鳳棲寺는 조계종 마곡사 말사末寺로 그 규모는 정면5간, 측면2간의 규모로 비가리개가 있는 맞배집인 극락전과 승방겸 요사채가 있다. 극락전에는 아미타불阿彌陀佛을 주존불로 봉안하고 좌측은 관세음보살 우측은 대세지보살인데, 불상은 모두 土佛에 금도금을 했다. 특히 이곳은 石北 申光洙, 月南 李商在, 石艸 申應植 등이 머물며 웅지를 키웠던 사찰로 알려져 있다.

▲ 봉서사 극락전

왔다.

이런 가정에서 아버지는 남에게 굽히지 않는 인물이 되어야 한다고 법률을 배우라고 하였지만, 석초는 그게 싫었다. 한산 보통학교 3학년에 편입한 2년 후 석초는 검정고시를 통하여 경성제일 고보(현 경기고)에 들어갔다. 16세 때에는 1924년(16세) 두 살 위인 강영식姜永植과 결혼을 하게 되었다. 이런 일들을 고민하게 되고 한 마디로 거기서 탈출하고 싶은 욕망이 후에 시로 나오게 된 것인지 모른다고 스스로 술회했다.

향리에서 전통교육과 신식교육을 동시에 받아오던 석초는 마침내 1925년 17세의 나이로 현 경기고등학교의 전신인 경성제일고보에 입학한다. 시골마을인 활동리에서, 한산으로, 다시 서울로 생활공간이 그만큼 넓어짐에 따라 석초의 마음에도 변화가 일어나기 시작한다. 석초의 도시에의 적응도 빠른 셈이었다. 그것은 제일고보 입학한 고보 1학년 때의 성적인 191명 중 11등의 성적으로 나타나기도 하였다. 각 과목 상위권을 유지했으며 특히 한문과 영어, 그리고 수학에 능통했다. 그러나 체조처럼 체력을 요하는 과목은 신통치 않았다.[13] 체력이 뛰어나지 않았기 때문일까. 그러나 안타깝게도 19세 되던 해에 신병으로 제일고보를 휴학한다. 신병의 원인은 심한 독서로 인한 심신의 쇠약함 때문이었다. 1928년 20세에 이른 나이에 그는 휴양차 금강산 석왕사釋王寺를 찾는다. 이듬해 건강을 회복하면서 일본의 동경에 유학하고는 23세인 1931년 일본 호세이대학[法政大學] 철학과에서 수강하기에 이른다. 일상생활 범절이 엄격한 규범에 의해 통제되어 낡은 인습의 중압에 고민하기 시작하면서 전통적인 학문보다는 노장老莊에 경사하였고, 시에 뜻을 두게 되었다. 그러나 집안의 무게와 스스로 생각하려는 길에서 해결점이 없을 때 석초는 사상과 행동에 대한 고민에 빠질 수밖에 없었다. 이러한 석초에게 20대 초반의 나이는 비로소 새로운 세계와 만나게 되는 시기였던 것이다.

1929년(21세)에 건강회복과 더불어 일번 동경에 유학하기에 이른다. 그리고 1931년(23세)에 석초는 1931년 급진적인 시회주의 사상을 접하기도 한다. 그리하여 1920년 이후 점차 나타나기 시작한 프로문학은 1927년 목적의식론과 재조직을 통해 과거의 초기 프로문학에서 벗어나 본격적인 프로문학으로 발전하였는데, 바로 이때에 박영희朴英熙와 안막安漠과 교유하면서 사회주의 사상에 물들어 이른바 프로문학의 KAPE(조선프롤레타리아문학동맹)에 가입하게 된다. 뿐만 아니라 카프에

---

13) 앞의 책, 조용훈, p. 210.

▲ 일본 유학시절 3남매. 계씨 하식씨와 누이 동생 효식씨

가담하여 중앙위원이 되었고, 송영宋影, 박세영朴世永 등과 함께 서기국 책임자가 되기도 하였다. 그리고 이와는 별도로 설치된 기술부에서는 김기진金基鎭, 안막安漠과 함께 연극부를 맡기도 하였다. [14]

프로문학이 민족문학의 주도적인 흐름으로 자리 잡게 되기 이전에는 문학의 계급성에 대한 초보적인 인식을 가지고 새롭게 등장하였지만 민족문학의 주된 흐름을 형성할 만큼 활발하지는 않았다. 그러던 것이 사회적 현상의 변화와 더불어 1927년의 목적의식론이 대두되면서 한층 강고한 조직으로 발전하고 강력한 문학적 흐름을 유지하게 되었다. 그리하여 이 시기 이후 1935년까지 프로문학은 민족문학의 중심적인 지위를 차지하였다. 부자와 가난한 자의 대립을 통한 현실의 계급적 성격에 대한 막연한 이해에 그치고, 이러한 소박한 이해로부터 나오는 즉자적이고 자연발생적인 반항이 주조를 이룬대 반하여 현실에 대한 계급적 이해라는 막연한 접근에서 벗어나 노동자 계급의 입장에서 세계를 바라보고 그것을 반영해내게 되었으며, 민족적 모순과 계급적 모순을 통일적으로 이해함으로써 민족문학에 대한 올바른 시각을 가질 수 있는 가능성을 얻게 되었던 것이다. [15]

---

14) 김용직.『한국현대시사. 2』(한국문연, 1996) p.334
15) 김재용, 이상경, 오성호, 하정일 공저.『한국근대민족문학사』(한길사, 1995.4쇄) p.p.450-451

그러나 신석초는 카프에 참여한 뒤 얼마 후에 1차 검거 선풍에 휘말리게 되었다. 그때 석초는 카프의 활동이 이데올로기 일변도로 치달리는 일에 회의를 품게 되면서 '申唯仁'이라는 이름으로 1931년 12월 1일자 조선중앙일보를 통하여 「文學創作의 固定化에 抗하여」라는 제목 아래 '프로 文學이 완전히 槪念化하고 노예화하고 固定化하고 그리고 發展의 桎梏이 되고 현실의 甚大한 離反에 의해 표면의 공허한 泡沫로 되어 떠 있다'면서 사실상 프로문학에 대한 판단을 최악이라는 생각을 담고 있었다. 이어서 그는 「藝術方法의 정당한 理解를 위하여」에서 유물변증법적 세계관을 도식적으로 적용하는 데서 빚어진 부작용을 프로문학이 극복해야 할 과제라고 지적하고, 계급문학이 계급성과 함께 예술성을 확보할 필요가 있으며, 그 길은 경직된 이데올로기 일변도로 이루어지는 것이 아니라 다양하고 복잡한 사회상을 포괄하려는 노력 속에서 가능한 것[16]이라 주장하였다.

우리들의 文學은 무슨 어떠한 다만 하나의 制定된 題材, 혹은 가장 격렬한 태도로 표면화되어 있는 그리고 모든 것을 代表하는 것 같은 그러한 小數의 事象에만 局限되는 것은 아니다. 아니 우리들의 文學은 無限히 展開되어 있는 宇宙의 森羅萬象 모든 계급의 인간의 日常生活을 圍繞하여 일어나며 있는 모든 社會現象을 자유로 광범하게 形象하여 가지 않으면 안 된다. 푸로레타리아 文學은 다만 憤怒하고 투쟁할 뿐은 아니다. 푸로레타리아 文學은 웃고 울고 슬퍼하고 고뇌하고 그리고 연애할 수가 있으며 또 蒼空에 빛나는 月色과 요요히 흐르는 河川의 물결을 노래할 수가 있는 봄날의 밭에 우는 종

---

16) 김용직, 앞의 책, p.p. 334-338

달새의 소래에 귀를 기우릴 수가 있는 것이다. [17]

이와 같은 글을 통하여 카프가 의도하는 일체의 활동에 대하여 비판을 하였음에도 불구하고 카프는 전혀 기능적인 대처를 하지 못하였다. 결국 박영희는 장문으로 '얻은 것은 이데올로기요, 잃은 것은 藝術 그 자체였다.'로 대변되는 장문의 「最近 文藝理論의 신전개와 그 경향」을 발표하기에 이르렀다. 그리고 전북 금산에서 세브란스의전 학생인 조용림趙容林이 카프의 연극조직인 신건설의 삐라를 소지한 것이 발각되어 검거당한 것을 기화로 제2차 검거사건이 일어난 뒤, 석초는 박영희와 함께 1933년 카프에서 탈퇴, 이후 순수 문학과 예술주의로 방향을 전환했다. 석초는 '申唯人'이란 이름으로 순수시보다는 카프문학에 참여하여 순수시가 아닌 비평으로 문단에 이름을 올려놓고 문학활동을 전개하였던 것이다.

일찍이 동양의 고전, 특히 한시의 풍류와 멋에 길들여져 있던 신석초는 프로문학의 포기와 순수문학에의 방향 전환으로부터 현대 서구문학의 영향을 강하게 받아들인다. 그는 지금까지 '申唯人'이라는 이름으로 활발하게 비평활동을 전개하던 것을 접고, 인간의 본질적인 문제, 즉 주저하고 방황하고 회의하는 모습을 그리는 순수문학으로 회귀하면서 필명을 아예 '申石艸'로 바꾸어버렸다. 그리고 가장 먼저 P.발레리에 빠져들고 말았다.

앙브루아즈 폴 투생쥘 발레리(Ambroise-Paul-Toussaint-Jules Valéry,

---

17) 위의 책, p.338에서 재인용

1871. 10. 30.~1945. 07. 20)는 남부 프랑스의 세트 출생, 몽펠리에 대학에서 법률을 공부하였으나, 건축·미술·문학에 뜻을 두었던 프랑스의 시인 이며 사상가이며 평론가이다. 이런 P. 발레리를 발견하고는 그에 심취 함으로써 석초는 상당 기간 작품을 통하여 역력하게 나타나게 된다. 발레리를 좋아하게 된 이유를 시인 김후란과의 대화를 통하여 석초는 다음과 같이 말한다.[18]

　　로맹 롤랑을 읽고 괴테, 보들레르, 입센의 개화사상을 읽어보았지 만 나에겐 빠져나갈 길이 없더군. 그 무렵, 발레리의 『테스트 씨와의 하룻밤』을 읽고는 마치 동양학을 읽는 것 같았어요. 세상 사람들이 가진 욕망이란 결국은 자기 뜻대로 되는 게 아니고 주변 사람들의 추 측하는 대로 되기 쉽지만 자기 생활을 해나가고 싶다는 사람이 곧 테 스트씨였거든. 어쩌나, 소심하게 자기 생각대로 살려는 동양인의 생 활철학에 접근…. 말하자면 그의 시를 읽기 전에 발레리의 행동철학 에 공감했고 그 이후 그의 시와 글이 좋아졌어요. …… 내가 발레리 에 심취하여 그의 영향을 받았다는 점은 사실이에요. 무엇보다도 그 의 동양적인 사고방식으로 살려는 그 점이 나를 끌어당겼나봐. 발레 리 자신도 젊어서 사상과 행동에 대해 고민을 많이 했을 거예요. 전 통과 진보에 대한 그의 태도라든가 역사와 현실에 대한 그의 자세에 서는 동양적인 영행의 일면이 다분히 있고, 이것이 이조 백년 유가 의 전통과 인습에 반발하던 나에게 섬광처럼 부딪쳐온 것이지, 그가 노자老子 말을 그대로 인용해 쓴 대목도 있어요. 하나 그는 역시 서구 인이었고 그의 자아는 서구적인 자아이지 동양적인 자아는 아니었

어. 그는 결코 자기 상실에 빠지는 일은 없다고 공언할 정도였으니
까. 그가 20년 동안 시는 안 쓰고 끝까지 파고들고자 수학연구를 했
다는 것이 바로 실증이지, 발레리라는 동양인에 대해 이런 말을 했어
요. 재주도 있고 많은 새로운 것을 발견했으면서 무엇이나 끝까지
하지 않았다는 그것은 동양인의 한 스캔들이라고. 옳은 얘기예요.
그러면서 과학과 지성, 말하자면 그처럼 인공적인 자양으로 일관한
서양의 합리주의가 반드시 최상의 것인가 하는 의문점을 나는 가지
고 있지. 그런 면에서 나는 발레리와 반대쪽에 선 사람이기도 하지.

일본 법정대학에서 철학 강의를 들으면서도 문학에 대한 열정은 식
지 않아 발레리의 글을 한창 탐독하고 있으면서 발레리에 대한 그의
욕구[19]는 급기야 불어 개인교습을 받기에 이르게 하였다. 그 당시 그
에게 불어를 가르쳐주신 분은 잔느 시게노 부인이었다. 석초는 '그이
는 프랑스 여자로, 일본 화족의 한 사람인 시게노자야 자작과 결혼하
여 살다가 맹장염으로 남편을 여의고 홀로 두 아들을 데리고 사는 미
망인이었다. 40고개를 넘어선 부인은 현철하고 정숙하게 생긴 여인이
었다. 젊었을 때에는 매우 아름다웠으리라고 보이는 얼굴 모습과 특히
맑고 상냥한 눈이 미소를 띨 때에는 불현듯 그 지난날에 은밀히 나타
내었으리라고 생각되는 비범한 매력의 그림자가 엿보였다.'(「잊지 않을
수 없는 사람들」 중에서)고 회고한다. 석초는 일주일에 두 번씩 부인을 찾
아 프랑스어를 배우기도 하였는데, 프랑스의 이야기, 문학이야기, 그
리고 신앙 이야기 같은 것도 시간 가는 줄도 모르고 이야기를 나누었

---

19) 이에 관하여서는 뒤에서 석초의 첫시집 『石艸詩集』의 작품 「돌팔매」를통하여 자세히 살펴보
기로 한다.

▲ 1933년 일본 법정대학 유학 시절

다. 이 부인은 나중에 병원에 취직하는 한편 프랑스어 개인교수로서 두 아들과 함께 생계를 이어나갔다. 후에 석초가 1934년 3월 맹장염으로 경응대학병원慶應大學病院 내과에 입원하였을 때에 잔느 부인의 도움을 받기도 하였다. 잔느 부인은 맹장을 수술 없이 한 달 만에 완치시켜주기도 하였던 것이다. 그러나 그는 결국 1935년에 호세이대학을 중퇴하고 귀국하고 말았다.

석초의 시작품에서 '다만 不滅의 소리 있을 뿐 - 바레리아'라는 부재가 붙어있는 작품을 살펴보자.

날마다 말마다
孤寂한 거울을 對하여
내 모양 꾸미는
내 심사를 그대는 알어요?

내가 내 꾸밈으로 써
구태 그대의 欲求를
끄을려함은 아니언만

그래도 난 내모양 꾸미는

그 일에만 팔려서 날마다

거울을 對하지 않을수 없는것을……

- 시「化粧」전문

이 시작품에서 '거울 = 발레리'라 는 등식의 성립이 가능하다면 발레리에 심취한 석초의 심사를 충분히 엿볼 수 있다. 무엇보다도 동양적인 사고방식으로 살려는 발레리에 끌리고 있었음은 물론 발레리 자신이 젊어서 사상과 행동에 대해 고민을 많이 했을 것이라는 생각에 발레리의 전통과 진보에 대한 태도라든가 역사와 현실에 대한 자세에서는 동양적인 언행의 일면이 다분히 있다는 데에 이른다. 조선의 백년 유가의 전통과 인습에 길들여진 석초에게 섬광처럼 부딪쳐왔던 것이다. '내가 내 꾸밈으로써/구태 그대의 欲求를/끄을려함은 아니언만//그래도 난 내모양 꾸미는/그 일에만 팔려서 날마다/거울을 對하지 않을수 없는것'이라고 자기 자신의 인식을 나타내주고 있다.

1930년대 중반기부터 방향 전환을 하여 순수문학의 입장을 취하던 석초는 시작에 손을 대었는데, 몇몇 작품에서 그는 대학에서 전공한 발레리의 영향을 짐작하게 하는 작품을 썼다. 그리고는 풍류, 멋의 이론을 펼친 다음 전통에 관심을 표명한 쪽으로 작품의 방향을 선회하였다. 우리 민속 문화의 한 가닥인 무속이나 민속복식, 민족음악을 제재로 택함은 물론 한국전통무용의 하나인 '바라춤' 뿐만이 아니라 홍타령이나 잡가, 사설시조의 말씨를 이용하여 이를 시로 쓰려는 시도를 하였다. 그 당시 한국문학에서는 전통적인 것에 대하여 일부 시인만이 양반시조나 한시가 빚어내는 상층문화의 감각을 수용하고자 했을 뿐이었으니 당시 석초가 수용한 서민적인 것에 대한 관심의 표명은 제

나름대로의 의의를 지녔다고 할 수 있다. [20]

• '사람'을 만나다

일본에서 귀국한 1934년(26세) 여름, 실생활에는 악착하지 않았던 석초는 다시 금강산 석왕사로 여행한 끝에 장티푸스에 걸려 고생하기도 하였다. 또한 1935년에 이르러 애써 직職을 구할 생각도 하지 않고 흥뚱흥뚱 세월을 보내던 중 우연히 월간 잡지『신조선新朝鮮』편집을 맡게 되었다. 그때 신조선사社에서는 정다산 선생의 문집『여유당전서與猶堂 全書』를 발간하고 있었는데, 그 발간의 뒤에서 전력하고 있던 사람은 다름 아닌 위당 정인보였다. 이리하여 신석초는 거의 격일하여 정인보와 만나게 되었다. 정인보와의 만남을 신석초는 다음과 같이 적고 있다.

위당 선생에 대하여 이것저것 이야기하는 것은 물론 군말이 된다. 그 분의 문장과 업적은 너무나 뚜렷하기 때문에 내가 혀에 올릴 까닭이 없다. 평소에 친근히 보는 그분의 특이한 인상이 젊은 나에게는 감명깊은 것이었다. 항상 검소한 한복으로 걸어 다니시며 경제적으로 곤란한 이 사업(장 다산 선생의 문집『여유당전서與猶堂 全書』발간 사업)의 뒷받침을 하는 것이었다. -<중략>- 이러한 사업이 그분에게 개인적으로는 하등 이익을 가져오는 것은 아니었건만, 거의 발분망식하다시피 히여 그것을 추진시킨 것은 오직 선생이 우리 민족 문화에 미음

---

20) 김용직, 앞의 책, p.p.668-669

쓴 지조와 정열의 표현임이 틀림이 없었다. 내가 가장 정인보 선생에게서 받은 인산은 아무래도 이조 5백년 내 양반 기질을 그대로 계승한 분이라는 점이다. 선생 자신이 그것을 부정한다 하더라도 그 기질은 몸에 젖어 있었다. 무엇보다도 그분의 체취가 그러하였으며, 그분의 성격이 사교적이고 기지기지에 풍부한 것만으로도 그러한 느낌을 가지게 되하였다

-「잊을 수 없는 사람들 - 위당爲堂 정인보鄭寅普 선생」중에서

석초는 또한 내수동에 있는 위당爲堂 정인보鄭寅普의 집을 가끔 찾아가면서 어떠한 법열을 느끼기까지 한다. 정인보의 '서재는 온통 옛날 묵은 한적漢籍으로 꽉 들어차서 앉으면 책과 파묻히게 되었다. 그 속에서 갸름하고 가무스름하고 강직하게 생긴 얼굴에 우선 독특한 미소를 띠고 〈문장은 고금에 맹자를 덮어 먹을 게 없단 말이야〉하며『맹자』를 책상 위에 올려놓고는 문장론으로부터 시작하여 사상론으로 해박하고 명랑하고 잔재미나는 말솜씨가 어느덧 보학譜學으로 번져 나가면 듣는 사람으로 하여금 '안다는 것'의 법열을 느끼게 하였다'(「이육사의 인물」중에서)고 석초는 술회하고 있다. 그렇게 정인보의 집에 드나들면서 그곳에서 평생지기인 육사陸史 이원록李源祿을 만난다. 그는 석초로 하여금 또 한 사람의 '잊을 수 없는 사람'이 된다. 석초는 이육사에 대한 인상을 다음과 같이 말한다.

우리 두 사람의 해후는 참으로 기념할 만한 일이었다. 나는 그를 만나자 곧 친하여져서 마치 죽마고우와 같이 되었다. 어째서 그렇게 되었는지 구구히 설명하기도 어려우나 그를 만나자 나는 아무런 간격을 느끼지 않고 대할 수 있었다. 나처럼 퍽 내성적이고 쌀쌀한 위

인으로도 그와는 처음 인사를 나누는 거북스러움 따위는 느끼지 않아서이다. 아마도 그는 누구에게나 그러한 좋은 첫인상을 주었음에 틀림없다. 그는 그러한 외모와 품격을 지니고 있었다.

그의 얼굴은 둥근 편이었다. 두렷한 달덩이 같은 얼굴이란 표현은 그와 같은 용모를 말함이리라. 얼굴빛이 그리 희지는 않았지만 유리처럼 맑고 깨끗하고 구김새가 없었다. 한점 티끌이 없는 얼굴이다. 그 위에 상냥하고 관대하고 친밀감을 주는 눈과 조용한 말씨, 제일류의 신사적인 품격을 지니고 있었다. 이러한 그의 모습은 그가 생래生來로 타고난 선조로 한 그의 가계나 또는 그가 중국에 오래 유학하여 그곳의 문물에서 체득해온 결과라는 것도 또한 의심할 바 없다. 아무튼 이렇게 해서 우리의 교우는 시작되었던 것이다.

－「이육사의 인물」중에서

▲ 신석초의 평생지기 시인 李陸史

두 사람은 특히 월간 잡지『신조선』발행에 있어서 경영난으로 어엿한 편집인이나 기자記者를 쓰지 않고 사주社主 혼자서 원고 청탁과 편집 등을 꾸려나가고 있었다. 이에 잡지의 편집의 일을 무보수로 돌보아 주면서 우의를 더욱 다졌다. 잡지의 지면을 메우기 위하여 두 사람의 시작품을 서로 고선考選하여 싣게 된 것도 두 사람의 시작활동을 하기 위해 비롯한 최초의 걸음마가 되기도 했다. 특히 육사는 이미 문단과는 꽤 익숙한 위치에 있었음은 물론『자오선』이나『시학』등의 동인이나 편집자들을 잘 알고 있어서 석초로부터 초고들을 마치 빼앗다시피 하여 가져다 그 잡지들에 발표해주곤 하였다. 이때에 석초는 '石初'라는 필명으로 처녀작 '너, 자기를 알으라…'라는 부제가 붙은 「翡翠斷章」을 「密桃를 준다」와 더불어 1935년 6월 『新朝鮮』에 발표한다.

翡翠! 寶石인 너! 노리개인 너!
아마도 네 永遠히 잊지 않을
榮華를 꿈꾸었으련만
내가 어지러운 懊惱를 안고
슬픈 이 寂寞 속을 거니를제
저 깊은 뜰에 비취이는
달빛조차 흐리기도 하여라

푸른 기와ㅅ장 흩어진 내 옛뜰에
無心한 모란꽃만 피여지고
翡翠! 너는 破滅에 굴러서
蒼白히 벗은 몸을 빛내며
熹微한 때의 안개 속으로
사라지는 별ㅅ살을 줏는다

아아 그윽한 잠 잔잔한
燭불 옆에 잠 못 이루는
女人의 희고 느린 목덜미!
단장한 머리는 풀어져서
非情無爲한 꽃잎을 비쳐라

翡翠! 내 轉身의 절 안에

산란한 時間의 발자취
茶毘의 낡은 혼적이 어릴제
너는 魅惑하는 손에 이끌리어
限없는 愛撫 속에도 오이려
不滅하는 純粹한 빛을 던진다.

나는 꿈꾸는 裸身을 안고
數많은 虛無의 欲求를 사루면서
혼자서 헐린 뜰을 나리려 한다.
저곳에 시들은 蘭꽃 한 떨기!
또, 저곳엔 石階우에 꿈결같이
떠오르는 永遠한 處女의 자태!

　　　어쩔까나!?
翡翠! 나의 亂心을……
내가 이 廢園에 거니고 또
떠나는 내 마음의 넌출을
人間의 얼크러진 길로 알고서
孤獨한 靑玉에 몸을 떨며
詩琴의 슬픈 노래를 부를까나!

翡翠! 오오 翡翠! 無垢한
네 本來의 光輝야 부러워라
저어 深山 푸른 시내ㅅ가에
흩어지는 부엿한 구름 떠돌아서

231

蒼天은 흐득이는 黎明의 거울을 거노나

아아, 懊惱를 알은 나!

永劫을 찾는 나!

秘密한 琉璃 속에 떠서 흔들리는

나여! 너를 불러라!

빛과 흠절의 수풀 우에

寶石이여! 나여! 精神이여!

滅하지 않는 네 밝음의 근원을 찾어라……

-「翡翠斷章」 전문[21]

    이 시작품에서 석초는 無心한 모란꽃', '非情無爲한 꽃잎', '시들은 蘭 꽃 한 떨기!'가 되어 실로 참담하고 암울한 시기를 인고할 수밖에 없었 다. 그리고 '懊惱를 알은 나!/永劫을 찾는 나!/秘密한 琉璃 속에 떠서 흔들리는' 존재로서 살아가고 있는 모습을 보인다. 특히 석초는 처음 의 작품에서 비취翡翠는 '그릇된 玉돌'이며 단절된 시간의 '城階'의 존재 로 해서 제시하고, 비취에 대하여 매혹과 회피의 충동을 동시에 느낀 다. 물론 이 애증愛憎의 동시적 체험이 이 작품의 긴장을 형성하지만 시인의 인식은 이 대상에 대해 다분히 비관적 태도로 고정된다. 그러 나 위에 제시된 시작품에 이르면 비취에 대한 시인의 고착된 인사인식

---

21) 『石艸詩集』(2006. 乙酉文化社. 제2판 1쇄). 이「翡翠斷章」은 제1시집(1946), 제2시집(1959)에 수록되면서 그때마다 다른 모습으로 개작되어 나타난다. 먼저 외형상의 고찰만으로도 1935 년에는 연의 구분 없이 총 19행으로 이루어진 것이, 1946년에는 연을 구분하여 총 4연 25행 이 되고, 다시 1959년에는 7연 49행으로 늘어난다. 이 변모의 시간적 상거는 무려 24년에 달 하고 시행의 수도 거의 2배 이상 증가한다. 이 작품은 외형상의 엄청난 상거뿐만 아니라 시적 대상인 비취에 대해서도 상당한 인식의 차이를 보인다. (金恩子,「신석초와 시적 이중성의 인 식」(金容稷 외,『韓國現代詩史硏究』一志社, 1983). p.409.

은 상당히 유연해지고, '끌리고 떠남'의 양극적인 운동이 순간과 영겁의 시간, 그리고 정신과 물질의 사유와 병행하여 한층 깊이 숙고되면서 옛과 물질은 현대와 정신과 결합하여 '밝음의 근원'으로 인식되어 있다. [22)

석초가 이 작품을 처음 발표하였을 당시에는 1931년 만주사변을 계기로 일제의 압박은 더욱 악화되었다. 일제가 제1, 2차 검거선풍을 일으키며 카프를 강제로 해산시킴으로써 문단을 동요시켰을 뿐만 아니라, 급기야는 일본어 사용을 강제하여 민족정신의 말살을 강요했던 참담함이 가중되었다. 실로 참혹한 식민 치하에서의 현실은 석초가 감당할 수 없을 만큼 잔혹하였다. 석초는 이러한 현실을 정면 돌파하기보다 영화로운 과거를 반추하며 민족적 자부심을 고취하는 소극적 저항을 선택하며 비애와 울분을 토로했다. 즉 현실적 아픔과 고뇌를 극복하려는 노력을 외적으로 저항적인 모습을 보이지 않고 오히려 내면화하는 모습으로 보여주었다. 뿐만 아니라 과거의 영화를 되살려 내거나 생의 의미를 집요하게 탐구하는 양상을 나타내었으니. 이러한 모습은 석초의 초기시에서 흔히 엿볼 수 있는 생의 본능과 좌절, 원시적 생명의 추구 등이 혼융渾融되면서 관능적, 감각적인 색채가 시적으로 나타난 결과이기도 하였다.

이 시기에 석초는『문장』편집을 맡아보고 있었던 청사晴史 조풍연趙豊衍을 먼저 알고 있었음에도 불구하고, 석초의 시작 소개만은 육사가 사이에서 다리를 놓아주곤 하였다. 석초가 「翡翠斷章」 뿐만 아니라 「바라춤 序詞」 「뱀 」 「검무랑」 「파초」 등등을 『자오선』 『시학』 『문장』 등에 작품을 발표함으로써 문단에 알려지게 된 것도 모두 육사가 주선한

---

22) 金恩子,「신석초와 시적 이중성의 인식」(金容稷 외,『韓國現代詩史研究』一志社, 1983). p.410

다리역할 때문이었다. 또한 석초는 1937년 서정주·김광균·윤곤강·이
육사 등과 함께 『자오선』 동인으로 참여함으로써 본격적인 문단 활동
을 하기에 이르렀다. 그 후부터 1944년 1월 육사가 북경에서 옥사하던
때까지, 겨우 10년에도 차지 못한 동안이기는 했으나 두 사람은 여행
이나 특별한 사유가 있는 외에는 거의 날마다 같이 지냈다.

　1939년 『시학詩學』 제1호에 수록된 「芭蕉」는 '陸士에게 주노라'라는
부제가 붙어 있다. 석초가 육사와 더불어 얼마나 깊은 우의友誼를 나누
고 있었는가를 단적으로 보여주고 있는 작품이라 하겠다.

　　　黃昏의 쇠잔한 노을이
　　　소리없이 뜰 우에 나리고
　　　芭蕉가 드린 기인 소매의
　　　態, 잠깐 옛날의 근심을 어리노나

　　　속절 없이 저므는 이사이
　　　彷徨하는 바람은 불어와서
　　　黃金빛 나는 네 가지에다
　　　한숨 몰여 비단의 띠를 흘려라

　　　한숨 쉬는 묵은 芭蕉잎이여!
　　　너는 아는가 - 現世와 내
　　　머언 因緣이 짓는 어지러운 심사를!
　　　破滅하고 또 存在하는것 ……
　　　나는 있다 - 이 孤寂한것의 옆에
　　　오오 퍼덕이는 옛날의 명정이여!
　　　　　　　　　　　　　　　-「芭蕉」 전문

육사에게 바친 이 헌시獻詩는 다분히 대립되어 서로 의존되고 있는 존재가 나타난다. '소리없이 뜰 우에 나리고' 있는 '黃昏의 쇠잔한 노을'과 '芭蕉가 드린 기인 소매의/態'에 잠깐 어리는 '옛날'의 '근심', 그리고 '속절 없이 저므는 이사이'의 '彷徨하는 바람'과 '黃金빛 나는 네 가지에다' '한숨 뭉여 흘러라'는 '비단의 띠', '現世'와 '내/머언 因緣이 짓는 어지러운 심사', '고적한 것의 옆'이라는 '현세'와 '퍼덕이는 옛날의 명정' 등과 대립되면서 없음[無]과 있음[有], 멈[遠]과 가까움[近], 어두움[暗]과 밝음[明]의 관계들이 서로 상보적인 관계로 나타나면서 마치 어둠이 있음으로써 밝음이 온다는 존재의 정당함과 더불어 절대적 공간속에서 존재를 형상화하고 있음을 보여준다. 이러한 작품은 발레리의 순수시 이론에 입각하여, 노장적 세계를 시로써 구현한다는 석초의 태도가 일관된 흐름임을 보여주는 것이기도 하며, 감정의 개입을 극도로 절제하고자 하는 지적인 엄밀성과 허무사상을 대전제로 해서 추구된 결과인 것이다.

석초와 육사와의 우의는 더욱 깊어져 갔다. 현실에서 느꼈던 심정이나 현실과 밀착되어 있는 존재의 상실감을 체감하고 있는 석초에게는 모든 국면을 타개해 나가게 하는 육사가 매력 있는 미소를 머금고 늘 경구처럼 말하고 있던 '樂而不淫 哀而不傷 - 즐거워도 음하지 않고 슬퍼도 상하지 않는다'는 『시경詩經』관조장關雎章의 경지를 누구보다도 잘 터득하고 있을 뿐만 아니라, 노신魯迅이나 호적胡適을 이야기할 때 동양의 고유한 미나 아취를 이야기할 때는 의외로 다변적이고 열렬하였던 육사에게 매료되지 않을 수 없었다. 마침내 육사로부터 석초는 한 장의 서신을 받는다.

석초石艸 형! 내가 모든 의례儀禮와 향식을 떠나 먼저 붓을 들어 투병鬪病에의 일단一端을 호소함은 얼마나 나의 생활이 고독한가를 형이 짐작하여 줄 줄 생각한다.

석초형! 나는 지금 이 너르다는 천지에 진실로 나 하나만이 남아있는 외로운 넋인 듯하다는 것도 형은 짐작하리라. 석초형, 내가 지금 있는 곳은 경주읍에서 불국사로 가는 조중의 십리허十里許에 있는 옛날 신라가 번성할 때 신인사神印寺의 고지古趾에 있는 조그마한 암자庵子이다. 마침 접동새가 울고 가면 생활도 한층 화려해질 수도 있다. 그래서 군이 먼저 편지라도 한 장 하여 주리라고 하면서도 형의 게으름(?)에 가망이 없어 내 먼저 주제넘게 호소치 않는가?

석초형, 혹 여름에 피서라도 가서 복약服藥이라도 하려면 이곳을 오려무나. 생활비가 저렴하고 사람들이 순박한 것이 천 년 전이나 같은 듯하다.

그리고 답하여라. 나는 3개월이나 이곳에 있겠고 또 웬만하면 영영 이 산 밖을 나지 않고 승僧이 될지도 모른다. 그것이 곧 부럽고 편한 듯하다. 서울은 언제 갔던가? 아무튼 경주 구경을 한 번 더 하여보려무나. 몇 번이나 시詩를 써 보려고 애를 썼으나 아직 머리 정리되지 않아 못 하였다. 시편詩篇 있거든 보내주기 바라면서 일체의 문후問候는 궐厥하며 이만 끝. (7월 10일) 李陸史

- 이육사의 「玉龍菴에서」 전문[23]

---

23) 李陸史, 『李陸史 全集. 曠野에서 부르리라』(서울: 문학세계사, 1981) p.2. 이 글의 편집자에 의하면 〈육사의 이 「玉龍菴에서」라는 글은 陸史가 평소 교분이 두터운 申石艸에게 보낸 私信으로서, 이번 문학세계사의 陸史全集 간행을 계기로 金后蘭 詩人에 의하여 申石艸 댁에서 새로이 발굴된 자료입니다〉라고 밝히고 있다.

• 신라와 백제의 품에 들다

1938년(30세) 석초는 육사의 초청으로 대구로 내려갔다. 그리고 육사와 더불어 경주를 여행하게 되었다. 석초는 경주에서 신라를 만났다. 이미 사라져 버린 찬란한 신라의 문화는 석초로 하여금 오히려 시대고의 아픔을 절절하게 하였다. 1937년 7월 북경까지 야욕의 손을 드러낸 일본이 그 여세를 몰아 중국 대륙을 유린하면서 천진은 물론 상해까지 전세를 확대하면서, 12월에는 남경을 점령하고 수십만의 무고한 시민들을 무참하게 학살하는 참극을 불러일으켰다. 그에 따라 한반도는 더욱 비참하게 짓밟혔다. 군수물자 제공의 기지로 전락해버린 한반도는 민족정신의 말살을 도모하는 일제의 탄압 속에서 신음에 휩싸이게 되었다. 친일단체가 우후죽순격으로 탄생하였고, 그에 따라 일제의 황민화 정책을 찬양하고 동조하는 어용문인들이 탄생하였다. 그들은 아예 황군위문작가단을 구성하여 전쟁문학을 통해 일본정신을 고무하고 성전이라는 이름으로 징집 독려를 통하여 전쟁의 포화 속에 몰아넣었다.

당시에는 문단의 세 부류가 있었으니 일제식민정책에 적극적으로 동조한 무리와 아예 집필을 그만 둔 문인, 그리고 이육사처럼 일제에 항거하는 문인들로 나뉘었다. 이런 상황에서 석초는 친일문학에 동조하기를 거부하였으며, 민족정신의 구현에 진력하였다. 석초는 일제의 식민정책에 협력하거나 이용당하지 않고, 오히려 민족 전통의 세계로 눈을 돌리면서 우리 고전에 잠착潛着하였다. 시조는 물론이려니와 추사의 글, 현재 심사정의 그림과 다산의 문학세계를 탐닉하였던 까닭도 바로 '종鐘'을 바라보는 심사에서 시작되었는지도 모른다.

나라이 망하면
종도 우지 않던가

네가 한갓
지나는 손의 시름을
이끄는
기인한 보물이 되었을 뿐
꿍하고 네가 울면
신라 산천 사백 주가
한데 엎드려
대응도 하였으리

나라이 망하면
종도 우지 않던가.
오오-, 묵묵한 종이여

가을날 단청이 떨어지는
옛 후 소슬 추녀에
구름이 돈다.

-「종鐘」전문

  신라의 유물인 "종鐘"도 슬픔에서 깨어나지 못한다. "나라이 망하면/종도 우지 않던가"라는 사실을 깨닫는다. 나라가 망했음에도 불구하고 종은 바라보는 길손의 시선에 보이는 대로 '신라의 유물'일 뿐이다. 즉 '네가 한갓/지나는 손의 시름/이끄는/기인한 보물이 되었을 뿐'

그 이상도 그 이하도 아니다. 종으로서 그 어떠한 것도 보이지 않는다. 울음 그 자체만을 되새김할 뿐이다. 그러나 분명한 것은 종이 '꿍하고 네가 울면/신라 산천 사백 주가/한데 엎드려/대응도 하였으리' 라는 것을 알고 있다. '묵묵한 종' - 일제의 잔혹한 압제 속에서도 무력하기만 한 민족의 모습을 보이고 있음이다. 그런 마음에 '가을날 단청이 떨어지는/옛 亭 소슬 추녀에/구름이' 도는 슬픔과 허무함에서 헤어나지 못한다. 그러하기 때문에 석초는 '가을 환혼에/쓸쓸한 폐허를 걸어서/혼자 헤매이'기도 하며, '태양 아래(나는 천사의 술을 마시고)/꽃잎 같이 흩어져 구르는/푸른 파편들을 밟고 가'(시「落瓦의 賦」에서)면서, '아스라한 날과 달이/흘러가고 또 와도/네/인간의 어지러운 풍파를/그치지는 못할넨가//어느 초월한 악공이 있어/나널 부러 弘亮한 소리를 내어/창해에 담뿍 어린 구름을/. 깨끗이 쓸지는 못하는가'(시「적笛」에서) 탄식하기도 한다. 그야말로 일제의 압박으로 말미암아 모든 것이 위축되고 현실에서 숨조차 돌릴 수 없는 묘지墓地와 같은 세상이 되어버린 듯하였다.

무덤이여 무덤이여
묵은 대리석의 밑에
네 자는가 누었는가
너의 美 너의 자랑 너의 特異한
魂은 어데 있는가

네가 산 꿈결같은 세월
너는 바랐으리라
밝은 누리와 滅하지 않는

永遠의 가지와를……
그러나 네 너를 찾아서
지금 네 가슴에 안은것은
한덩이의 차디찬 돌일뿐
오오 무덤이여

- 시「墓」전문

석초가 바라본 세상은 무덤과 마찬가지였다. 무덤은 아름다움[美]도 자랑도 특이한 혼까지도 송두리째 잃어버린 채 '묵은 대리석 밑에' 자는 듯 누웠는 듯 침묵의 폐허가 되어버린 '무덤'을 바라보면서 지난 세월에 대한 애틋한 연민을 느끼게 한다. 그러나 비록 무덤에 누워있다 하더라도 이미 지나버린 '꿈결 같은 세월'을 바랐을 것이며, '밝은 누리와 滅하지 않는/永遠의 가지'를 회억하고 있으리라. 그러한 마음에 '묘'를 찾아보지만 묘지에 안긴 것은 '한덩이 차디찬 돌일 뿐'인 것이다. 지금까지 살아온 꿈결 같은 세월들이 사라진 현실은 '한덩이 차디찬 돌'로 존재하는 무덤이 되어 있지 아니한가.

1.
멀리 달려온
구름 벌판
밭틀에 구르는
낡은 기왓장
십팔만 호
옛 서울은
가뭇없는 꿈일레라.

소슬한 가을 바람

호젓한 길가에

묻힌

신라 왕궁의 화초와

三韓 의관들.

저녁 안개 서린

아리나리강 찬 마을에

먼 개 짖는 소리

들리고

무덱무덱

섬처럼 떠오는

고대 왕릉에

소리개 날아

떠돌아 우니노라……

2.

- 〈전략〉-

아아, 人事는 변하여

그지 없어라

벽해 상전이 되어

옛것이 가고 오지 않느니…

- 시 「新羅古都賦」의 일부

사라져버린 나라의 고도古都는 고적孤寂하기 이를 데 없다. '밭틀에

구르는/낡은 기왓장'이라든가 '십팔만 호/옛 서울은/가뭇없는 꿈'처럼
허무하기만 하다. '호젓한 길가에/묻힌/신라 왕궁의 화초와/三韓 의관
들'은 으스스하고 쓸쓸한 '가을 바람'에 휩싸여 있다. '먼 개짖는 소리'
하며, '떠돌아 우니'는 소리개는 시인의 마음처럼 고대 왕릉 위를 날갯
짓으로 덧없이 날고 있을 뿐이다. 그러하거니와 어찌 '人事는 변하여/
그지 없어라/벽해 상전이 되어/옛것이 가고 오지 않'음을 탄탄하지 않
을 수 있으리오. 그러나 아무리 고도의 꿈이 사라져 버렸다 하더라도
시인은 민족의 미래에 대한 확고한 신념을 내공으로 쌓아간다. 그것은
곧 민족의 미래에 대한 확신이기도 하다.

> 불국사 깊은 뜰에
> 사람은 없고
> 탑만 홀로 서 있노라.
>
> 구슬같이
> 꽃같이
> 씻은 거울과도 같이
>
> 불국사 너븐 뜰에
> 사람은 가고
> 탑만 절로 빛나노라
>
> 눈부신 고운 형태
> 한 점 속된 티끌도
> 쓸었에라

돌을 깎아서
보물을 만드는 사람의 조화를
神도 아지 못하리라

저 임아 천고 원한을
말치 말아,
사람은 가도 탑은 남아
영구히 빛나노라.

- 시 「佛國寺塔 1」 전문

　'불국사의 깊은 뜰'이나 '불국사의 너븐 뜰'에는 '사람이 없고', 또한
'사람이 가고' 없다. 오직 '탑만 홀로 서 있고' '절로 빛나'고 있다. 적막
만이 감돌고 있는 불국사에 홀로 서 있는 탑은 '구슬같이/꽃같이/씻은
거울과도 같이' 보물처럼 서서 불국사를 지키고 있다. 비록 사람이 가
고 없는 불국사라 하더라도 그 본연을 잃지 않고 제 자리를 지키고 있
는 탑은 예나 지금이나 변하지 않는 '눈부신 고운 형태'를 고이 간직하
고 있다. 아니 오히려 '한 점 속된 티끌도/씰'어버리고 의연하게 서 있
다. 얼마나 위대하고 고고하고 공고한 모습이런가. 이 탑이야 본래 돌
이요, 그 '돌을 깎아서' '탑'이라는 '보물'로 만들었지만, 이토록 '돌을 깎
아서/보물을 만드는 사람의 조화를' 어느 누구도 감히 헤아리지 못할
것이다. '神도 아지 못하리라'. 그러하거니와 '천고 원한을/말치 말아'
비록 '사람은 가도 탑은 남아/영구히 빛나'고 있다는 확신을 가진다. 혼
돈의 시대, 질곡의 시대에서도 결코 꺾이지 않고 여엿한 '보물'이란 존
재로 남아 삶의 지표를 향하여 발걸음을 하게 되는 것이다.

1940년(32세) 육사의 초청으로 대구로 가서 경주의 유적 답사까지 하였던 석초는 가을을 맞아 육사를 백제의 땅인 그의 고향으로 초청하였다. 그리고 육사가 경주로 안내해준 것처럼 석초는 백제의 고도 부여로 향했다. 이에 석초는 '1938년 가을에 그의 춘당椿堂 수신晬辰에 초대를 받아 나는 그와 대구로 해서 경주를 방문했다. 1940년 가을에는 선친 수신으로 그를 초대하여 부여를 찾았다. 이 두 번 여행은 참으로 잊을 수가 없으며, 우리의 시작詩作 생활에 많은 도움을 주었던 것이다.' (「잊을 수 없는 사람들」에서)라고 회고한다.

비록 선친의 수신이어서 초청하였지만, 며칠 동안의 먹거지를 치룬 뒤라 몸이 피곤하고 감기 기운이 있는 것을 무리하여 부여에 가서 즐거운 시간을 보냈다. '미쓰야[松屋]'라는 일본인의 여관에 들어 잉어요리를 주문했다. 저녁상에 커다란 중국식 접시에 아마도 길이 2척이나 되리라고 생각되는 잉어 기름튀김이 올라왔다. 먹다 보니 참으로 입맛이 당겼다. 한 마리씩 깨끗이 처리하여 가시만 남겨놓고 한바탕 마주 보며 웃었다. 반주에 흔흔히 취하여 하룻밤을 푹 자고 났더니 몸이 거뜬하였다. 먹은 양이 뜻밖에 많았던 것도 희한하게 생각되었다.(「식도락1」에서) 육사와 더불어 부여를 여행하는 동안 석초는 다음과 같은 시 작품을 남긴다.

붉은 바위ㅅ가 훗날리는
丹楓은 잎ㅅ잎이 매친
옛날 宮女들의 넋이런가

江 위해 떠 배띠워

가노라 자최도 흔적도
없는 이 물하

감도는 늪 속에 사라진
스란폭들 그 千 모습이
어쩌타 지금 잎만 지는다

피어도 흰 구름ㅅ장
바라도 머언 모래펄
아아 구비 江물은 그질 길이 없어라

- 시「泗沘水」전문

  '훗날리는' '가노라' '사라진' '지는다' 등등 모두 상실의 이미지로 나타난 이 시작품은 당시의 지성인으로서 가지는 민족적 슬픔을 엿보이게 한다. '丹楓은 잎ㅅ잎이 매친/옛날 宮女들의 넋'이요, 그 넋이 '자최도 흔적도/없'이 사라져 버리는 강물과 그 강물이 '감도는 늪 속에 사라진/스란폭들'처럼 단풍잎들이 '그 千 모습'으로 지는 것을 바라보는 두 사람에게는 절망과 그 절망에 따른 피맺힌 망국의 한을 품게 하였다. 그리하여 그들은 백마강가에서 여장을 풀고 '피어도 흰 구름ㅅ장/바라도 머언 모래펄/아아 구비 江물은 그질 길이 없'는 심정을 탄하며 비장한 마음을 나누었다.

  그들은 분명 백제라는 패망국이 남긴 유적을 둘러보면서 작금의 망국에 대한 아픔을 새김질하고 있었다. 1940년에는 조선총독부의 기관지인 일본어판 경성일보와 한글판 매일신보만을 남겨두고 1920년 3월 5일에 창간한 조선일보가 폐간호를 찍었고, 같은 날 동아일보 또한 일제에 의하여 강제로 폐간되었을 뿐만 아니라, 4월에 이르러『문장文章』과『인문평론人文評論』이 폐간되었으니 이는 곧 조선민족정신의 말살을 획책하는 것이기도 했다. 또한 태평양 전쟁을 앞두고 조선민족의 입과 귀를 막기 위한 일제 최후의 광기어린 발악이기도 하였다. 이와 같이 일제의 탄압이 점점 극심하여져 갔고, 전쟁의 공포가 휘몰아치는 상황에서 대대로 이어온 우수한 문한가文翰家 집안에서 태어나고 자란 두 지성인이 토로하는 망국의 한은 실로 극에 달했다.

글을 쓰는 문인들은 이제 모국어 대신에 일본어로 글을 쓰도록 강요받아야 했다. 전쟁은 이미 제2차 세계대전으로 번져 극악으로 치닫고 있었으며, 모든 문인들이나 여염인들에게서도 자유를 앗아갔다. 그러하거니와 항간에는 지식인들의 염마장(閻魔帳 : 염라대왕이 죽은 사람이 살아 있는 동안에 지은 죄상을 적어 놓은 공책)이 작성되고 있다는 설까지 파다하게 떠돌고 있었다. 대부분의 문인들은 붓을 꺾고 침묵을 지키거나 뿔뿔히 흩어졌다.

석초는 1941년 4월 일제의 강요에 따라 폐간된 제3권 제4호(통권26호)『문장文章』폐간호에 대표작인 「바라춤」을 「바라춤 序章」이라는 제하에 발표한다. 이 작품은 체제상 서사와 본사로 구성되어 있는데, 이 두 부분이 동시에 씌어지지 않고 14년이란 시간적 거리를 가지고 있어서 각각 추고 시기가 다르다. 또 시집『바라춤』에 전모가 드러난 이 작품에 대해 석초가 다시 자필로 개작한 최종 추고본이 현존하고 있다.[24] '바라춤'이란 '불가佛家에서 모든 악귀를 물리치고 도량道場을 청

---

24) 金恩子, 앞의 책. p. 411.「바라춤」의 개작과정을 다음과 같이 상세하게 밝히고 있다. '우선 序詞는 1941년《文章》誌 3권 4호에 처음으로 추고되고 1959년 다시 시선집인『바라춤』재록되면서 2차적 추고를 거친다. 또다시 자필의 최종 추고본에서 세 번째로 추고된 흔적을 보인다. 本詞는 1955년《現代文學》誌에 서두의 30여행이 발표되고, 2년 뒤 同誌에 완결된 작품을 내

정淸淨하게 하며 마음을 정화하려는 뜻에서 추는 불교의식 무용의 하나'인데, 이 시작품에서의 불교나 노장사상 등 동양정신이 본질적 주제는 아니라 할지라도 이 작품의 출발점 또는 모태를 형성한다는 점을 간과해서는 안 된다.[25]

석초는 제1시집『石草詩集』의 허두에서 '爲無爲 事無事 味無味'(노자 도덕경 제63장)를 인용하며 '무위를 생활태도로 하고, 일없는 것을 일로 하며, 맛없는 것을 맛으로 한다', 즉, 무위자연의 도를 행하는 것을 말하고 있으며, 제2시집『바라춤』서두에서는 '至虛極也 守中篤也 萬物旁作 居以需復也'(노자 도덕경 제16장)의 인용을 통하여 '인간이 자기의 마음을 텅 비게 하고, 그 비움을 지킴이 독실하면, 만물이 두루 떨치고 일어나게 되지만 결국은 제 있어야 할 자리(道)로 되돌아간다'는 것을 시작품에 앞서 말하고 있다. 또한 제1시집『石草詩集』의「바라춤」의 앞에 '歡樂은 모다 아침이슬과도같이 덧없어라 - 悉達多'를 앞세운다.

> 묻히리랏다. 靑山에 묻히리랏다
> 靑山이야 變하리 없어라.
> 내몸 언제나 꺽이지 않을
> 無垢한 꽃이언만,
> 깊은 절 속에 덧없이 시들어지느니
> 생각하면, 갈갈이 찢어지는
> 내 마음 슬허 어찌 하리라.

놓으면서 앞의 30여행을 손질하고 있다. 다시 시집『바라춤』에 수록하면서 2차 추고를 행한다. 또한 최종 추고본에서도 어김없이 추고과정을 보여주고 있다'
25) 金恩子,「갈등과 충돌의 미학적 조화-신석초의 '바라춤'」(신석초시비건립기념문집『바라춤』분지, 2000)에서

묻히리랏다. 靑山에 묻히리랏다
靑山이야 變하리 없어라.
나는 혼자이로라 - 찔레 얽어진
숲 사이로 豹범이 부러 에우고,
재올리 바라ㅅ소리 뷘 山을 울려
쨍쨍 우는 山울림과 밤이면 달 피해 우는
杜鵑이 없으면 나는 혼자이로라

숨으리 장긴 안헤 숨으리랏다
숨으어 菩薩이 아니 시이련만
空山 蘿月은 알았으리라
필데도 필데도 없이
나는 우노라 혼자서 우노라
밤들어 푸른 장막 뒤의
偶像은 아으 멋 없는 장승일러라

- 시「바라춤 - 序詞」앞부분

언제나 내 더럽히지 않을
티 없는 꽃잎으로 살어 여러 했건만,
내 가슴의 그윽한 구슬픈 샘물을
어이 할가나

靑山 깊은 절에 울어 끊긴
종소리는 하마 이슷 하여이다.
경경히 밝은 달은
빈 절을 덧없이 비초이고,

뒤안 이슥한 꽃가지에

잠 못 이루는 杜鵑조차

저리 슬피 우는다.

아아, 어이하리. 내 홀로

다만 내 홀로 지닐 즐거운

무상한 涅槃을

나는 꿈꾸었노라.

그러나 나도 모르는 어지러운 티끌이

내 맘의 맑은 거울을 흐레노라.

- 시 「바라춤」 앞부분

위 두 작품을 대하면 먼저 떠오르는 것은 고려가요 「靑山別曲」이다. '살어리 살어리랏다 靑山애 살어리랏다 멀위랑 드래랑 먹고 靑山애 살어리랏다 - 얄리 얄리 얄랑셩 얄라리 얄라 - 우러라 우러라 새여 자고 니러 우러라 새여 널라와 시름 한 나도 자고 니러 우리노라' 등 앞 2연만 살펴보아도 「바라춤」과 쉽게 견주어 볼 수 있다. 시적 공간이 청산이요, 동병상련의 '杜鵑' 등등 세속으로부터 벗어나고자 하여 절대 고독과 외로움 속에서 꿈꾸는 무위자연은 인간이나 자연이나 할 것 없이 거역할 수 없는 하나의 삶일 뿐이다. 인간 삶의 적멸과 관념과 윤회의 무한한 감성으로 젖어들면서 스스로를 맡겨버릴 수밖에 없는 것이 자연의 영원불변하는 법칙이다. 불교적인 고뇌와 번뇌, 그리고 인간적인 번민에서 초월하려는 무위자연의 정신적인 절박함과 온순함의 이중적인 탈속의 고민이 「바라춤」 속에 잠재되어 있는 것이다. 또한 이 작품의 면면에서 공空과 무아無我의 세계를 보여주고 있으며, 무소유無所得와 무집착無執着의 사상으로 끌어 들이면서 시인 자신이 완전히 허공 위에 안착하는 득도의 세계에 몰입되어 큰 삶의 틀 속으로 안주하면서 해탈의 경지에 도달하고 있다.[26] 또 다른 한 편으로는 식민지라는 엄청난 정신적 고통으로부터 압박되어오는 현실적인 괴로움을 달랠 수 있는 이상향에의 동경, 상실감에서 오는 견고한 고독과 괴로움으로부터 벗어나고자 하는 소망이 「바라춤」을 통하여 나타나고 있는 것이기도 하다.

이 무렵 석초는 선친의 병환으로 시탕侍湯을 하느라고 고향에 오래 있었으나 병환이 만성이기 때문에 자주 서울에 올라가서 친구들과 함께 모여 시회를 열곤 하였다. 그런 가운데 안타깝게도 석초는 육사와 마지막으로 만나게 되었다. 1943년 눈이 많이 내린 정초의 일이었다.

1943년 신정은 큰 눈이 내려 온통 서울이 새하얀 눈속에 파묻혀 있었다. 아침 일찍이 육사가 찾아왔었다. 그리고 문에 들어서자마자 나를 재촉하여 답설踏雪을 하러 가자고 하였었다. 중국 사람들은 신정에 의례 답설을 한다는 것이다. 조금 뒤에 우리는 청량리에서 홍릉쪽으로 은세계와 같은 눈길을 걸어갔다. -<중략>- "가까운 날에 나는 북경에 가려네." 하고 육사는 문득 말하였다. 나는 적이 가슴이 설레임을 느꼈다. 한창 정세가 험난하고 위급해지고 있는 판국에 그가 북경행을 한다는 것은 무언가 중대한 일이 있다는 것을 직감케 하고 있었다. 그때 북경 길은 독도만큼이나 어려운 길이었다. 나는 가만히 그의 눈을 들여다보았다. 언제나 다름없이 상냥하고 사무사思無邪한 표정이었다. 봄에 그는 표연히 북경을 향해 떠나간 것이다. 그

---

26) 조병무,「장시 '바라춤'에 대한 몇 가지 이해」(신석초선생 탄신 100주년 기념 학술대회『신석초의 삶과 문학 세계』서천문화원, 2010.)에서

해 늦가을에 서울에 올라와 보니 뜻밖에도 육사가 귀국해 있었다.
그 때의 반가움은 이루 말할 수가 없었다. 곧 친구들을 모아 시회를
열기로 했다. 그래 우리집에 모두 모였는데 육사 형제가 나타나질
않았다. 우리는 불안한 예감으로 마음을 졸이며 기다렸다. 과연 밤
늦게야 그의 아우가 와서 육사는 헌병대가 와서 체포하여 북경으로
압송해 갔다는 말을 전했다. 우리는 절망하였다. 그리고 분통과 충
격으로 한동안 묵연하여 술잔을 들지 못하였다. 이래서 그는 이듬해
1월 16일 북경 옥사에서 불귀不歸의 객이 되고 말았다. 그는 40세의
짧은 생애를 조국에 바쳐 열렬히 산 풍운아였다.

- 「이육사의 인물」중에서

석초는 '옛말부터 천재적 시인은 죽기 전에 절명사絶命詞를 남겨 놓
는다'고 하면서 육사의 시 「광야」는 그에게 있어 그 절명사 같은 느낌
이 있다고 술회한다. 이 시는 벌써 인간의 소리가 아니요, 그러나 죽음
의 커다란 공허 속에도 오히려 한 줄기 바람을 주는 것은 그의 무구한
지성 때문이라면서, '다시 천고의 뒤에/백마 타고 오는 초인이 있어/이
광야에서 목놓아 부르게 하리라'는 결구結句로 맺어졌음을 말한다.

• 역사의 격랑 속에서

드디어 일제 식민지 지배로부터 벗어나 해방을 맞게 된다. 1945년 8
월 15일은 광복이라는 벅찬 감동을 만나게 된다. 석초 또한 광복의 기
쁨을 노래한다. 그것은 마치 '사슬을 푼 프로메테우스'의 마음과 같은
환희였다.

밤은 지새노라. 긴 한 밤
차운 어둠으로 밤은
가노라.
장미인 양 치어지는 나의
옷자락이
잠든 회미한 네 영혼을 안고
내 손을 아리따운 백합으로 어리어
오만한 네 이마를 어루만진다
오오, 광명의 아들 프로메테우스여.
잠을 깰 때가 왔노라
일어나렴아
어지러운 슬픈 모이와
無聊와 한많은 구속의
자리에서
프로메테우스 네 몸을
일으켜
저어 드높은 산맥을
내리라.
너는 네 육체로 돌아왔노라.
너는 자유를 얻었노라.
비약하지 않으면 안 되리.
빠른 동작과 불타는
의식으로
네 無上한 영역을 잡아라.

- 〈중략〉 -

프로메테우스-
나는 일어나노라. 명망으로부터
오랜 오뇌로부터
나는 되살아났노라 나는 부신
눈으로 세계를 보노라
아아, 무슨 숙명의 장난에
나는 이끌렸던가?
나는 내 몸에 얽힌 사슬을
풀고
내 사지를 길게 뻗어보노라
난 이제야 나로 돌아왔노라

난 본디 불이로라
오오, 荒鷲어 나는 모든 것을
태우려 하노라.
모든 것을 불사르려 하노라.
눈물과 영탄을 버리리
하잘것없는 이 관념형태를
두들겨 부숴라
나는 자유로운 몸으로 지새는.
나의 영토를 내리려 한다

- 시「黎明」부분

광복은 새로운 세계를 안겨주었다. 비로소 자유를 획득한 프로메테우스와도 같았다. 새로운 시대가 시작되는 순간이다. 갓밝기의 하늘이 열렸다. 석초는 이미 1941년에 발표된 시「여명」에서 말하는 '사슬

푼 프로메테우스의 斷片'은 마치 해방을 예고라도 하는 듯하였다. 프로메테우스(Prometheus)가 누구인가? 그는 그리스 신화에 나오는 티탄족의 영웅으로 불을 훔쳐 인간에게 내준 까닭에 제우스(Zeus)의 노여움을 사서 캅카스 산(Kavkaz山)의 바위에 묶여 날마다 독수리[鷲]에게 간을 쪼여 먹히는 형벌을 받지 않았는가? 이제 나라 잃은 백성으로서 받아야 했던 형벌은 끝났다. 생지옥 같았던 식민지 시대가 온몸을 묶어버린 밧줄을 끊어버린 것이다. 이제 '잠을 깰 때가 왔'으니 분연히 일어나 '어지러운 슬픈 모이와/無聊와 한 많은 구속의/자리에서' 몸을 일으켜 '無上한 영역을 잡아'야 한다. 프로메테우스가 끊임없이 재생되는 간을 쪼아대는 독수리에게 오히려 불태워버림으로써 바랐던 것처럼 진정한 의미의 영토를 쟁취해야 한다. '나는 모든 것을/태우려' 한다면서, '물과 영탄을 버리'고 '하잘것없는 이 관념형태를/두들겨 부숴' 버리고 '자유로운 몸으로 지새는/나의 영토를 내리려 한다'. 석초는 아마도 모든 것을 다 태워버리고, 태워버리는 것을 훼방하는 '물'과 질곡의 현실적인 아픔에서 비롯된 '영탄'을 버리고, 더더욱 모든 그릇된 '관념형태'를 두들겨 부숴버린 다음 비로소 되찾은 자유로운 몸으로 살아나갈 수 있는 땅, 바로 해방의 조국을 꿈꾸었는지도 모른다.

> 8월이여.
> 너는 평화와 자유
> 불꽃처럼 퍼지는
> 꽃다발을
> 금색 수레에 싣고
> 여기 왔다.

8월이여.

너는 왔다. 태양과 함께

기쁨과 함께

내 바다는 열리고

내 꽃동산은 가득 차

출렁인다

- 시 「8월」 전문[27]

이런 해방의 기쁨도 잠시, 대부분의 문학인들은 식민지 시대의 문학적 체험에 대한 반성과 함께 민족문학으로서의 한국문학의 새로운 진로를 모색하는 데에 관심을 집중하게 된다. 누구보다도 먼저 식민지 시대 문학의 청산을 강조하면서 일본의 강압적인 통치 아래 이루어진 민족정신의 위축에서 벗어나 민족문화의 방향을 바로잡고자 노력하였다. 일본 제국주의 문화의 모든 잔재를 청산하기 위해서는 철저한 자기반성과 비판에 근거하여 민족 주체를 확립하지 않으면 안 된다는 주장이 등장하기도 하였다. 이 같은 움직임은 일본 식민지 정책에 의해 강요된 민족문화의 왜곡을 바로잡지 않고는 새로운 민족문화의 건설을 생각할 수 없다는 인식이 당시 문단에 널리 일반화 되고 있음을 말해주는 것

▲ 첫 시집 『石艸詩集』 표지

---

27) 조용훈, 앞의 책 p.245. 재인용

이다. 28)

그러나 이 즈음 문단의 이념적 갈등이 첨예하게 대립되고 각종 문단체들이 우후죽순격으로 결성되어 좌우익의 정치적 대립하기까지에 이르렀다. 그런 가운데 좌익처럼 자신들의 이념을 투쟁적으로 그리기보다는 인간의 보편적인 가치를 다루고자 했던 우익쪽을 중심으로 시집을 펴내게 되었다. 이에 청록파 시인인 朴木月·朴斗鎭·趙芝薰 등의 三人詩集『靑鹿集』, 柳致環의『生命의 書』, 신석정의『슬픈 牧歌』, 김광균의『寄港地』, 韓何雲의『韓何雲 詩抄』서정주의『歸蜀途』가 발간되었으며, 석초는 1946년 6월 처녀시집『石艸詩集』乙酉文化社에서 펴내게 되었다. 국판 94쪽에 이른 이 시집의 서두에서 석초는 '이 詩集은 내가 西紀 一千九百三十三年으로부터 三十八年까지에 쓴 것이다. 爾來 나는 시를 쓰지 않았다'고 말한다. 김현정은 이 시집에 대하여 '신석초는 우리의 현대시를 동양과 서양, 고전과 현대라는 화두를 가지고 시를 쓴 시인이다. 이 시집에 프랑스의 발레리와 두보와 이백, 그리고 노장사상의 영향이 잘 드러난다. 그러나 그가 진정으로 추구하고자 한 것은 민족문학이었다고 할 수 있다. 그가 신라나 백제 등 우리의 민족혼이 담긴 소재나 주제를 끊임없이 작품화하는데 심혈을 기울였기 때문이다. 가장 민족적인 것이 가장 세계적인 것이라고 한 괴테의 말을 그가 자주 인용한 것도 이와 무관하지 않다고 하겠다.'29)고 말한다. 이 시집에서 석초는「翡翠斷章」을 비롯하여 23편의 시작품을 싣고 있다. 이 시작품 중에서 앞에서 다루고자 했던「돌팔매」라는 작품을 보다 구체적으로 살펴보기로 한다.

---

28) 권영민,「한국현대문학개관」(『한국현대문학대사전』(2004. 서울대출판부). p.1125,
29) 김현정,「바라춤의 시인 신석초」(『문학의 향기를 찾아서』(심지, 2013). p.124.

1.
바다에 끝 없는
물ㅅ결 우으로
내 돌팔매질을 하다
虛無에 쏘는 화살셈 치고서

돌알은 잠깐
물 연긔를 일고
金빛으로 빛나다
그만 자최도 없이 사라지다

오오, 바다여!
내 화살을
어데다 감추어 버렸나?

바다에
끝 없는 물ㅅ결은
그냥 까마득할뿐
　　　　　　　- 시「돌팔매」(시집『석초시집』1946. 을유문화사)

2.
바다에 끝없는
물결 위으로
내, 돌팔매질을 하다ʼ
허무에 쏘는 화살 셈치고서

돌알은 잠깐

257

물연기를 일고
금빛으로 빛나다
그만 자취도 없이 사라지다.

오오, 바다여!
내 화살을
어디다 감추어버렸나.

바다에
끝없는 물결은,
그냥, 까마득할 뿐……

　　　　　　- 시 「바다에」(시선집『바라춤』1959. 通文館)

3.
언젠가, 나 대양에서
(어느 하늘 아랜지는 이제 모르나)
허무에 바치는 공물인양 조금의
값진 포도주를 쏟은 적 있다……

누가 너의 虛實을 바랐으랴, 오, 리쾨에르여?
어쩌면 내가 점장이 말에 따랐던 건가?
아니면 못내 울적한 마음에 겨워,
피를 생각하며, 포도주를 따랐던 건가?

장밋빛 물거품이 한 가닥 일고나서
티없이 깨끗한 바다는 또다시
여느때의 투명을 도로 찾고………

> 버려진 그 술, 취한 물결들!
> 나는 보았다. 쓰디쓴 대기 속에서
> 가장 깊은 명상들이 뛰어 오름을
>   - 발레리의 「버려진 포도주」

석초는 첫 시작품에서 발레리의 시상과 일치한다는 것을 시집『石艸詩集』에서의 「돌팔매」를 글자 한 자 고치지 않고 그대로 시선집『바라춤』에 옮겨 싣고 있다. 다르다는 것은 오직 제목인 '돌팔매'에서 '바다에'로 바뀐 것뿐이다. 이 시작품에서 발레리의 시적 발상이 두드러지게 닮아 있는 것으로 보아 발레이의 '바다'에서 일치함을 보여준다. 그렇다면 다른 것은 무엇인가? '대양'이라는 '끝없는 바다'에 한 사람은 '돌'을 던지고, 또 한 사람은 '값진 포도주를 쏟은' 것이다. 돌을 던지는 행위나 '포도주'를 쏟아 부은 것이나 그 행위는 비록 차이가 있을 지라도 그 발상은 같다. '바다'에 '돌'을 던져보아도 '잠깐/물 연긔를 일고/金빛으로 빛나'다가 '그만 자취도 없이 사라'져 버리고, '포도주를 쏟'아 부어도 '장밋빛 물거품이 한 가닥 일고나서/티없이 깨끗한 바다는 또 다시/여느 때의 투명을 도로 찾고' 만다. 화자가 아무리 어떠한 행위를 보여주어도 '바다'는 오르지 바다일 뿐이다. '허무에 쏘는 화살 셈치고서' 혹은 '허무에 바치는 공물인양' 버려지는 '돌'이요 '포도주'일 뿐 '끝없는 물결은/그냥, 까마득할 뿐'이요, '쓰디쓴 대기 속에서/가장 깊은 명상들이 뛰어 오름'을 보여줄 뿐이다. '돌'은 던지고 '포도주'는 쏟아 붓은 사실만이 존재할 뿐 시적 배경을 '바다'로 설정하여 이루어놓은 행위 자체에는 둘 다 아무런 다른 의미가 없다. 모두 희무힌 일이다. 그 시적 발상은 두 사람 사이에 조금도 다른 것이 없으나 허무를 초래하는 행위만이 다르다. 따라서 굳이 석초가 시의 제목을 처음 '돌팔매'에서 '바다에서'로 바꾼 것으로 보아 발레리가「버려진 포도주」에서 추구한 발상이 완전히 같다. 굳이 다르다는 것을 말한다면 '돌'을 던짐으로써는 '물연기를 일고/금빛으로 빛나다'가 '그만 자취도 없이 사라'진다는 것이요, '바다'에 '허무에 바치는 공물인양 조금의/값진 포도주를 쏟은' 것은 바다와 같은 액체로서의 포도주라서 그 반응의 차이를 보인다는 것이다.

이와 같은 발상의 유사성은 석초의「蜜桃를 준다」와 발레리의「꿀벌蜜蜂」과「석류들」에서도 발견할 수 있으며,「滅하지 않는 것」「胡蝶」「蓮」「閨女」등 여성적인 분위기와 함께 관능적인 이미지면에서도 발레리의 작품과 비견될 수 있다.

문단의 이념논쟁이 대립되는 동안 1948년 8월 남한만이 대한민국 정부가 수립되면서부터 문단도 어쩔 수 없이 남북으로 완전히 단절되면서 독자적인 길을 걷지 않을 수 없게 되었다. 광복 이후 결성되었던 민족진영의 전국문필가협회·중앙문화협회·청년문학가협회와 좌익계열의 조선문학가동맹이 있었다. 그러나 1948년 대한민국정부 수립과 함께 조선문학가동맹은 해체되고, 위의 민족진영의 3개 단체가 좌익에서 전향한 정지용, 엄홍섭 등의 문인들까지 포함하여 전국적인 문학 통합단체로서「한국문학가협회」를 1949년 12월 9일에 발족시켰다. 이로써 종래까지 혼란 속에 있었던 문단은 하나로 통합되었다.[30] 석초는

30)『동아세계대백과사전』제29권(동아출판사. 1994). 한국문학가협회의 임원은 회장에 박종화, 부회장에 김진섭, 각 분과회장에 김동리(소설), 서정주(시), 류치진(희곡), 백철(평론), 윤석중(아동문학), 김광섭(외국문학)dd양주동(고전문학) 사무국장에 박목월이 선출되었다. 창립 이후 한국의 대표적인 문학단체로서 꾸준히 활동하여 왔으나, 6.25동란 이후 54년 예술원

바로 이 한국문학가 협회의 중앙위원으로 피선되었다.

그러나 이러한 문단의 좌우의 갈등은 여기에서 그치지 않는다. 북한은 남한을 공산화하기 위해 1950년 6월 25일 새벽 4시경 소련제 전차를 앞세우고 38도선 전역에 걸쳐 기습 남침을 자행함으로써 시작된 전쟁은 모든 것을 앗아갔다. 바로 남북 이념전쟁이라는 극한 상황이 벌어졌기 때문이다. 국군은 파죽지세로 밀려오는 북한군의 군화 아래 짓밟히면서 남한의 전 지역이 점령당하고 말았다. 석초는 서울에서의 문필 활동을 접고 서울에서 고향까지 도보로 내려오고야 말았다.

청산아, 네 묻노라 내 말 대답하여라
네 말 없는 공곡空谷일망정

천 만년 이 한곳에 서서
우로상성雨露霜雪에 씻기고 씻긴 몸이
변함없이 늙었느냐

티끌 세상에 어지러운 인간풍파를
네가 보아 알거든 일일이 내게 말해
주진 못할 테냐

이리 목놓아 내가 불러도 청산아

회원 선거를 계기로 내분이 일어나 55년 4월 한국자유문학자협회가 분리·조직됨으로써 문단은 양분된 채 61년까지 지속되다가 정부가 문화단체의 통합 조치에 따라 해체되고, 1961년 12월 30일 종전의 한국문학가협회·자유문학가협회·시인협회·소설가협회·전후문학가협회가 참여해 발족하였다.

너는 컹컹 산울림뿐 묵묵히 말이 없고
그렸는 듯 섰노라

- 시「청산아 말하라」전문31)

전쟁으로 인하여 피폐될 대로 피폐되어버린 산천의 모습과 황폐될
대로 황폐되어 버린 채 지쳐버린 모습이 눈에 어리는 듯하다. 전쟁으
로 인한 산천은 '말 없는 공곡空谷'이 되어버렸다. 그럼에도 시인은 묻
는다. 대답할 기력조차 잃어버린 산천을 향하여 '말 대답하여라'라는
간절함은 '우로상설雨露霜雪'이라는 온갖 고난과 역경을 송두리째 안고
있는 조국 강산의 처절하게 찢긴 모습을 보여준다. '티끌 세상에 어지
러운 인간풍파'는 곧 전쟁으로 인한 인간상의 상실을 보여주고 있음이
거니와, 어찌 산천인들 그것을 바로 말할 수 있으리오? 아무리 산천을
불러보아도 산천은 공곡空谷을 울리는 허무한 산울림만을 보내줄 뿐
말없이 서 있다. 전쟁이 휩쓸고 간 이 땅 위에서 한 지성인의 처절하고
공허한 마음은 청산을 묵묵히 바라보면서 깊은 상념에 잠기게 하였다.

전쟁의 비극은 3년여 계속되었다. 개전 초기 한국군은 중무장한 북
한군의 남침을 저지하기 위해 열세한 병력과 빈약한 무기로 사력을 다
해 싸웠으나, 중과부적으로 전쟁발발 3일 만에 서울을 빼앗기고 8월
초에는 낙동강 방어선까지 밀리게 되었다. 그러나 유엔군의 참전에 따
른 인천 상륙작전과 낙동강 방어선에서 총 반격 작전결과 1950년 9월
28일 서울을 수복하였고, 10월 26일에는 한중 국경선인 압록강까지
진격하였다. 통일은 목전에 이르렀다. 그러나 중공군의 개입으로 자
유진영과 공산진영 간의 양상으로 확산, 전투는 38도선 부근에서 치열

---

31) 조용훈, 앞의 책 p. 254에서 재인용

하게 일진일퇴의 공방전이 계속되었다. 1951년 7월 10일 휴전 협상이
시작되면서 고지쟁탈전이 치열해지는 가운데 1953년 7월 27일 판문
점에서 휴전 협정이 조인되어 몸서리쳐지는 전쟁은 일단락되었다. 이
전쟁으로 남한측은 민관군과 유엔군 등 사상자와 실종자 215만명, 북
한측은 중공군 포함 200만 명에 달하는 병력 손실을 입었다. 한반도의
80%가 전화에 휘말렸고, 약 1000만 명의 전재민이 발생하였다. 그리
고 분단의 장벽은 오늘날까지 계속되고 있다.

　이러한 전쟁의 와중에 고향으로 돌아온 석초에게는 주민들의 청원
이 들어온다. 우리나라는 1949년 7월 4일 법률 제 32호로 지방자치법
이 처음 공포되어 지방자치제를 시작, 1952년 4월 25일 지방의원 총선
거를 실시하여 지방의회가 처음 구성되었다. 이에 석초는 본인의 의
지와는 다르게 할 수없이 화양면장의 직위에 오르게 된다. 그러나 평
소 건강하지 못하였던 석초는 마침내 해천咳喘를 앓게 되었다. 심한 기
침으로 면장의 직 수행은 물
론, 몸을 감당하지 못하여
면장의 직을 수행하지 못하
고 그만 두었다. 집에서 요
양하면서 이따금 수렵을 하
면서 건강회복에 주력하였
다. 그런 가운데 전쟁으로
인하여 피폐해진 주민들을
결코 외면할 수가 없었다.
주민들과 함께 하는 마음으
로 하루하루 생활에 충실하

▲ 관민들의 완강한 종용으로 화양면장을 맡았을 때 맨
앞줄 가운데 석초 시인

였다. 이런 생활 중에 석초에게 뜻하지 않은 일이 일어났다. [32]

굶기를 밥 먹듯이 하는 어느 해, 보릿고개의 어느 날이었다. 석초
는 밖에서 들려오는 떠들썩하는 소리에 눈을 떴다. 아직 동이 트려
면 먼 시간이었다. 석초는 잠자리에서 일어나 옷을 갈아입고 방문을
열었다. 아직 밖은 어둠이 희미하게 남아 있어 조금 떨어져 있는 사
람은 자세히 살핀다면 누구인가 겨우 알아볼 수 있을 정도였다. 석
초는 어둠이 가시지 않은 마루 끝에 서서 희미한 어둠속을 향하여 소
리쳤다.

"왜 이리 소란스러우냐? 무슨 일이 있느냐?"

머슴 한 사람이 석초 앞으로 다가왔다.

"곳간에 도둑이 들었었습니다. 도둑은 아직도 집안에 있습니다.
미처 달아나지 못하였습니다."

"오, 그래? 도둑은 잡았느냐?"

석초의 물음에 머슴은 대답대신 대문 옆을 가리켰다.

대문 양 옆으로는 탱자나무가 울타리를 이루고 있었다. 얼마나 울
타리가 튼튼한지 병아리 한 마리 빠져 나가지 못할 정도로 탱자나무
울타리는 잘 가꾸어져 있었다. 그런데 그 탱자나무 울타리 앞에 누
군가 한 사람이 쭈그려 앉아 있지 않은가.

"도둑놈이 바로 저기에 쭈그려 앉아 있습니다."

"그래, 확실한가?"

"네, 선생님!"

석초는 희미한 어둠 사이로 탱자나무 울타리 앞에 쭈그려 앉아 있
는 사람을 자세히 살펴보았다. 목만 탱자나무 사이에 겨우 숨기고

---

32) 이 일화는 지금까지도 석초의 고향에서 회자되고 있는 이야기이다. 그러나 이런 일이 있었던
시기는 정확히 전하여 오지 않는다. 필자는 이 일화가 화양면장 시절이 아닐까 한다.

있었다. 마치 고양이에 쫓겨 달아나다가 마치 목만 울타리 속에 넣고 있는 모습과 같았다. 그러나 아무리 어둠이 남아 있더라도 그 뒷모습이 너무나 눈에 익었다. 순간 석초의 머리를 스쳐 지나가는 생각이 멈추었다.

'저 모습이 눈에 익었다면 분명 아는 사람이 아니겠는가? 오, 얼마나 굶주렸으면 남의 집 곳간을 노렸을까? 내가 두 눈을 마주친다면 그는 평생 내 앞에서는 고개를 들고 다니지 못하고 살아갈 것이 아닌가? 내 또한 그를 만난다면 그가 우리집 도둑이었다는 것을 생각하게 될 것이 아닌가?'

순간 석초는 머슴에게 속삭이듯 말하였다.

"어서 가서 대문을 활짝 열어놓고 오너라!"

"예?"

머슴은 뜻밖의 말에 짐짓 석초를 바라보았다.

"뭐하고 있느냐? 어서 대문을 열어주지 않고!"

머슴은 엉거주춤 몸을 움직여서 대문을 열어놓고 돌아왔다. 그러자 머슴에 쫓겨 몸을 옹크리고 있던 도둑은 탱자나무 울타리 밑에서 빠져나와 쏜살같이 대문 밖으로 빠져나갔다.

휴전이 성립되고 전쟁의 상처를 치유하면서 건강을 돌보던 석초에게는 또 다른 일이 기다리고 있었다. 그것은 한산중학교 이사의 자리였다. 고향에서의 일인지라 차마 거절할 수 없어 승낙하였다. 그런

▲ 석초가 면장으로 근무하였던 현재의 서천군 화양면사무소

265

가운데 이따금 부여와 청양 등지를 찾아 수렵과 여행을 겸하여 하루하루를 보내기도 하였다.

• 고향에서 다시 서울로

석초에게는 시골생활보다는 역시 서울생활이 몸에 배어 있었다. 더더욱 1949년의 부친의 별세와 더불어 대전에서 생활하고 있던 장남 기순의 사망은 석초에게 아픔의 무게를 더하여 주었다. 마침내 1955년 (47세) 석초는 정리할 것을 모두 정리하여 식솔들을 이끌고 성북동에 자리를 잡았다. 그곳은 성북동의 깊숙한 골짜기 옛 성터를 끼고 돌아 올라와 산 밑에 위치한 '누산재樓山齋'였다. 집보다는 정원이 훨씬 넓고 그윽한 옛날 대가의 산장인 듯한데 낙락한 묵은 소나무와 전나무 벚나무 따위의 교목들이 울창히 늘어서 있었다. 온갖 꽃나무들이 계단을 둘러있어 매우 유수한 별장 그대로의 모습이었다. 뒤에는 백운대에서 떨어져 내려온 기굴창창한 산맥이 유동하고, 문 앞에는 백옥 같은 수석水石이 깔려 맑은 시냇물이 굽이쳐 흘러내렸다.

고장을 떠난다는 것이 더욱이 나와 같이 십여대를 전하여 온 옛집을 버리는 것이 생각하면 생애나 시대의 무상함 같은 것을 느끼게도 한다. 허나 나로 말하면 여러 해 동안 이사를 계획해 오던 터이므로 이제야 겨우 뜻을 이루었다 싶어서 적이 안심을 한다. 세조世潮가 이미 변천한 것이다. 어쨌든 흩어져 있던 식구들이 한데 모이게 되어 단란한 가정의 즐거움도 느껴본다. <중략> 옛날에는 이곳에 무너져

가나마 자연스럽게 성터가 남아 있었고 낙락장송이 들어서서 달과 구름을 재우며 장안을 굽어보고 있었던 것이다. 나는 이곳에서 「성지城址의 부賦」 시고詩稿를 초草했다. 그 때에는 높은 이상을 가지고 있었던 것이다. 이제 고개를 넘으면- 아니, 다리를 건너면 창창한 뒷산에서 흘러내리는 물소리가 쇄연히 들려오고, 꾸불꾸불 계곡을 따라 올라오느라면 아득히 뻐꾹새가 울며 이상한 알지 못할 새소리가 들여온다. 나는 유연히 내 문을 연다.

-「누산재우기樓山齋寓記」 중에서

석초는 이 누산재에서 비록 물결쳐 흐르는 여정을 흔들리며 따라가는 일개 속인에 지나지 않지만 임어당의 말처럼 뜻있는 친구들과 더불어 기꺼이 차를 마시고, 담화를 하고, 웃고, 숲속을 찾아 그윽한 새소리를 들으며, 잠자고 싶은 마음을 가지게 되었다. 또한 생애의 모든 귀중한 기회를 상실할지도 모르지만 성북동 누산재는 몸에 넘치는 야망으로 항상 초조하기보다는 오히려 마음의 여유를 갖고 싶은 마음의 안존을 제공해 주었다.

> 반쯤 무너진 이 옛 城
> 반쯤 무너진 이 옛 城
> 묵은 이끼 낀 이마는
> 진정 조으는 창공의
> 높음으로 어리고
>
> 반쯤 무너진 이 옛 城
> 오오, 石築의 미라여

네, 입을 굳이 다물어
잠자코 옛일을
말하지 않는다

오랜 날을 걸어 온
우리들 역사의 발자취
얼마나 큰 더미가
이다지도 엄숙한 죽음으로
지금 저문 연기 속에
잠들어 있는가

얼마나 오랜 날과 달
우리들 대리석으로 쌓아논
바돌의 하나하나가
비바람에 씻겨 붉은 노을로
헛되이 무너지는다

〈중략〉

소슬한 바람결에
지는 낙엽의 무리
꽃잎처럼 허공을 날아
구름에 모여 원무춤을 추고
영원무궁한 오케스트라를
아뢰며

석양은 재를 넘고

우수수 일어나는 큰

한 소리

찬 별들이 무수히

하늘의 댓돌을 내리며

서리 속에 드높은

합창을 부른다.

- 시「성지城址의 부賦」[33]의 앞부분과 끝부분

　성이 무너져 있다는 것은 가장 완전하고 영원하다고 믿었던 것들이 상실되어버린 아픔을 자아내게 한다. 말할 수없는 허망함과 동시에 삶에 대한 망망한 의식으로 하여금 회의를 가지게도 한다. 무어라 말할 수 없는 허무함, 항용 미약한 인간의 결과물이 보이는 회의로부터 뭐라 말할 수 없는 감회를 불러준다. 그러므로 '반쯤 무너진 이 옛 城'에 오랜 세월 동안 풍우에 시달려온 흔적으로 남아 있는 성돌의 '묵은 이끼 낀 이마'를 바라보며 '입을 굳이 다물어/잠자코 옛일을/말하지 않는' 비감에 젖어들 수밖에 없다. 성이야말로 '오랜 날을 걸어 온/우리들 역사의 발자취/얼마나 큰 더미'로 남아 있는 것이 아닌가. 그러나 결국에는 '이다지도 엄숙한 죽음으로/지금 저문 연기 속에/잠들어 있'을 뿐이다. 또한 적막한 심연으로 빠져들게 하는 의식은 '얼마나 오랜 날과 달/우리들 대리석으로 쌓아논/바돌의 하나하나가' 결국에는 '비바람

---

33) 1956년《현대문학》3월호에 발표된 이 시작품은 16연 99행에 달히는 작품이다. 품으로『신석초 전집1. 바라춤』에서 "이 작품은 내가 초기(해방전) 발레리에게 심취해 있던 때의 습작의 하나로 여지껏 詩集에서는 빼왔었다'는 기록이 보인다. 이로써 이 작품의 창작과정을 엿보게 한다.

에 씻겨 붉은 노을로/헛되이 무너지는' 것으로부터 인간 정신의 회의 와 허무와 오뇌를 함께 할 수밖에 없는 인간정신의 나약함을 깨닫게 해주기도 한다.

그러나 대자연은 맑다. 비록 한 쪽에서는 반쯤 무너져버린 성이지만 하늘이 높고 물 맑은 아름다운 산천은 인간을 구원한다. '소슬한 바람 결에/지는 낙엽의 무리'일지라도 '꽃잎처럼 허공을 날아/구름에 모여 원무춤을 추고/영원무궁한 오케스트라를' 이루어 놓는다. 무너져 내 린 성, - 그것이 바로 욕망과 고뇌에 따른 인간의 보편적인 결과물이라 면, 혹은 그렇게 이루어놓은 인간의 모습이라면 지는 낙엽무리들이 꽃 잎처럼 허공에 날아 구름에 모여 원무춤을 추고 영원무궁한 오케스트 라를 이루어 놓는 것이야말로 대자연이 주는 인간에의 대오大悟이다. 이 시작품에 다하여『신석초 전집1. 바라춤』에서 '이 작품은 내가 초기 (해방전) 발레리에게 심취해 있던 때의 습작의 하나로 여지껏 詩集에서 는 빼왔었다'는 기록으로 미루어 이 작품의 창작과정을 추측해 볼 수 있거니와, 발레리의 순수시 이론에의 심취와 노장적 세계를 시로써 구 현한다는 석초의 태도를 말해주고 있는 시작품의 예로 볼 수 있을 것 이다.

성북동 누산재에서 생활은 가정과 더불어 오붓한 생활로 인하여 지 금까지와는 달리 정신적으로 안정되어 있었다. 또한 문필활동에도 활 발하여 장시「바라춤」의 서두 부분 30여행을《현대문학》지에 발표하 고, 1956년에 이르러서는 한국문학가협회 사무국장직을 맡기도 하는 등 의욕적으로 작품창작과 함께 문단활동을 계속하였다. 특히 석초는 한국일보 사장 백상 장기영씨를 아우 신하식을 통하여 소개받음으로 써 1957년(49세)에는《한국일보》논설위원 겸 문화부장에 취임하게 되

▲ 좌로부터 곽종원, 김동리, 신석초, 박목월, 이가원 등과 함께

었다. 이로써 장기영 사장은 그의 평생지기로서의 은인이 되었다.

　1954년 《한국일보》를 창간한 장기영 사장은 멋지고 단정한 석초의 외모와 임풍에 끌렸다. 특히 서화고동에 해박했던 그에게 굉장한 호감을 가진 것 같다. 백상 장기영 사장이 그를 신뢰한 단적인 예는, 석초에게 동양화가 한 사람을 추천해달라고 부탁할 때 잘 드러난다. 석초는 주저하지 않고 제당 배렴 화백을 추천했다. 장기영 사장 역시 흔쾌히 그의 의견을 받아들였다. 그 무렵 석초는 제당의 매화에 정신을 빼앗기고 있었다. 황홀한 체험을 거듭했다. 이후 배렴과 석초는 죽마고우처럼 가깝게 지냈다. 석초에 대한 장기영 사장의 신뢰는 후에 자신의 무덤 옆에 석초의 시비를 세우라고 유언을 남길 만큼 각별했다. 장사장은 「바라춤」을 암송할 정도였다. 장기영 사장이 《한국일보》 문화부장 겸 논설위원으로 그를 임명한 것에서 얼마나 그를 신뢰했는지 거듭 헤아릴 수 있다. 이때가 1957년, 석초의 나이

49세였다. [34]

처음으로 안정된 직장을 가진 석초는 장시 「바라춤」을 《現代文學》 5월호부터 8월호에 걸쳐 연재하기도 하였다. 또 한 편으로는 《現代文學》의 추천심사위원에 피촉됨으로써 1958년 성춘복, 김후란 등의 시인을 추천하기도 하였다. 이 무렵 박목월 선생과 더불어 석초 시인의 추천자들로 '화요회'라는 모임을 만들어 한 달에 한 번씩 회식을 하면서 문단의 화제나 문사로서의 도리를 익히며 친목을 도모하는 데까지 이르게 된다. 이 모임은 두 분 시인을 모시고 필자(성춘복 시인)를 중심으로 김후란, 김여정, 임성숙, 박제천, 조남익 들과 목월 선생의 추천 시인으로 영자 시인을 비롯한 여러 분이 참석하였다. [35]

또한 석초는 1959년(51세) 다시 추고를 거쳐 통문관에서 348행의 장시 『바라춤』이 미발표작 50편과 함께 마침내 한 권의 시집으로 출간되기에 이르렀다. 특히 이 시집 속의 「바라춤」은 1941년 「바라춤 서장」이라는 제목으로 처음 모습을 드러낸 이후 추고와 추고를 거듭한 끝에 421행에 달하는 장시로 완성하였으니, 무려 한 작품에 16년이라는 기간 동안 정성을 기울여 온 셈이다. 이는 결코 우리의 시단에서 쉽게 볼 수 없는 사실이거니와 시집을 펴낼 때에도 김환기와 천경자 등 두 화가가 장정을 맡아주는 등 특별히 남다른 정성과 노력을 기울였던 것으로 알려져 있다.

---

34) 조용훈, 앞의 책, p.p. 259-260
35) 성춘복, 「선비정신과 신사도」(신석초선생 탄신 100주년 기념 학술대회 『신석초의 삶과 문학 세계』 서천문화원, 2010) p.p. 34-35

묻히리란다. 청산에 묻히리란다.
청산이야 변할리 없어라.
내 몸 언제나 꺾이지 않을 무구한
꽃이언만
깊은 절 속에 덧없이 시들어지느니
생각하면 갈갈이 찢어지는 내 맘
서러 어찌하리라.

-「序詞」첫연

언제나 내 더럽히지 않을
티 없는 꽃잎으로 살어 여러 했건만
내 가슴의 그윽한 수풀 속에
솟아오르는 구슬픈 샘물을
어이할가나.

靑山 싶은 절에 울어 끊인
종소리는 하마 이슷하여이다.
경경히 밝은 달은
빈 절을 덧없이 비초이고
뒤안 이슷한 꽃가지에
잠 못 이루는 杜鵑조차
저리 슬피 우는다.
아아, 어이하리. 내 홀로,
다만 내 홀로 지닐 즐거운
무상한 열반涅槃을

나는 꿈꾸었노라.

그러나 나도 모르는 어지러운 티끌이

내 맘의 맑은 거울을 흐레노라.

－「바라춤」 첫연과 둘째연

'바라춤'에서의 '바라鉢羅'는 인도에서 유래한 악기이다. 냄비 뚜껑처럼 생긴 두 개의 얇고 둥근 놋쇠판으로 만들어 중앙의 볼록하게 솟은 부분에 구멍을 뚫고 끈을 꿰어 그것은 양손에 하나씩 잡고 서로 부딪쳐서 소리를 낸다. 또한 바라춤은 악귀를 물리쳐서 도량을 청정히 하고 마음을 정화한다는 의미를 지닌 불교의식 춤 중에서 가장 화려하기도 하다. 특수한 의상을 필요로 하지 않고 일상적인 스님의 가사와 장삼을 착용하고 춤을 춘다.

석초는 이 승려들의 춤을 바라보면서 느낀 감정과 그 율동의 모습을 바탕으로 하여 해탈에 이르지 못하여 번뇌하고 몸부림하는 한 인간의 내면을 그리고 있다. 그러나 열반에 이르기 위하여 더 이상 정진하지 못하고 괴로워하는 모습이면서도 춤의 동작에 대한 묘사는 보이지 않고 오직 내면적인 갈등, 즉 정신과 육체, 감각과 관념, 상승과 하강 간의 격렬한 갈등과 충돌의 양상을 강렬하게 나타내고 있다. 따라서 이 시작품의 기본적인 정서의 실체는 일상적인 삶으로부터 오는 고독과 번민, 그리고 정한情恨의 세계에서 구축되었음을 보여준다.

이러한 정서는 불교적인 시적 소재, 즉 바라춤을 통한 불교적 구도의 자세를 기본으로 하는 것과 깊은 관련을 가진다. 일상생활에서 오는 세속적인 모든 인간적 번뇌나 고통, 그리고 고독에 몸부림칠 수밖에 없는 현실적 세계 속에서의 자아와 이러한 현실적 자아로부터 초월

함으로써 얻게 된 이상적 경지에 대
한 염원과 그에 따른 이상적 세계 속
에서의 자아 사이에서 일어나는 갈
등을 관조적인 자세에서 바라봄으
로써 보다 더 깊고 높은 시적 승화를
도모하고 있다. 특히 불교적 용어를
거침없이 사용함으로써 전체적인
시상을 종교적 의미에서 살펴볼 수
있거니와 「바라춤」의 제목 아래 '歡
樂은 모두 아침 이승과도 같이 덧없

▲ '바라춤'을 추고 있는 승려

어라 - 悉達多'를 붙임으로써 그 의미를 더욱 고조화한다.

　한편 이 시작품에서는 시상의 흐름이 춤의 율동과 자연스럽게 연결
되는 운율감을 읽어낼 수 있다. 그것은 단순히 3·4조의 자수율이나 4
음보 형식이 가지는 정형율을 그대로 따르고 있다는 것보다는 우리 전
통 시자 양식으로서의 시조가 지닌 음악적인 요소라든가. 그에 따른
감정의 자연발생적인 흐름으로 읊조리는 내면적인 정서와 융합된 결
과라고 볼 수가 있는 것이다.

　한편 金恩子[36]는 「바라춤」은 한 이승의 내적 갈등을 다룬 작품으로
운율, 은유, 공간과 시간 등의 내적 요소에서 이중적 구조를 구축하고
있는 작품이다. 4백여 행의 시행이 육체와 정신, 상승과 하강의 격렬
한 갈등에 바쳐져 있다. 즉 「바라춤」은 이질적이고 상극되는 요소들,
즉 정신과 육체, 빛과 어둠, 감각과 관념, 지성과 감성 등의 요소들이
극도로 긴장된 순간적 결합의 형식화이며, 갈등과 진동 그 자체에 미

---

36) 김은자, 앞의 책「갈등과 충돌의 미학적 조화」, p.p. 208-209

▲ 제2시집 『바라춤』 표지

적 형식을 부여한 작품이라 할 수 있다'고 말하였으며, 金容稷[37] 은 '동양적 상징인 청산에 파묻히고자 하는 시인의 의도가 내포되어 있'으며 '우리 주변의 자연시들이 대개가 田園閑居, 관조의 경지를 노래한 것인데 거기서 인간은 다만 자연의 일부일 뿐이다'라고 하면서 이 작품에서 '매우 강한 영혼과 육체의 번민을 수반시킨 것은 당시 우리 주변에서 발표된 일반적인 의미의 자연시와는 그 성격을 달리한, 申石艸 詩만이 지닌 몫 같은 것이 나타난다'고 덧붙였다.

1960년(52세)에 이르러 석초는 예술원 회원으로 피선되고, 이어 1961년에는 서라벌 예술대학에 출강하기 시작한다. 다음은 이 무렵에 발표한 수필 「사매화기思梅花記」의 일부이다.

우리나라의 매화시 가운데에서 내가 즐겨 외는 것도 많은 시인들의 한시보다도 '매화梅花'라는 기생의 작품이라고 전해오는 다음의 시조이다.

매화 옛 등걸에 봄빛이 돌아오니
옛 피던 가지에 피엄직도 하다마는

---

37) 김용직, 앞의 책. p. p. 353-354

춘설이 난분분亂紛紛하니 필동말동하여라

이 시조는 매화의 실경實景을 그린 것이라기보다 매화에 붙여 인생
을 노래한 것이다. 거기에는 인간 이상이라 할까, 어느 아름다운 회
구에 대한 초조라할까 우리 성정性情의 영원성 같은 것이 담겨져 있
다. 그 의상意想이라든지 그 언어라든지 그 음색이 아주 멋이 있고 세
파에 시달리는 인생 감각이 우리에게 공감을 준다. -〈중략〉- 지난 봄
에 한 아름다운 여인이 나에게 매화 산문 한 편을 가져다 주었는데
그 글이 재기才氣에 넘치고 주옥과 같이 아름다워 고상하고도 매력적
인 품品이 작자 자신의 모습을 방불케 했다. 이 일도 나에게 매화와
함께 생각나는 일이다. 나는 제당霽堂 화백의 홍매절지紅梅折枝를 얻
어 그에게 사례했다. 어느 날 연민淵民 형이 매화 좋아하는 뜻을 표하
며 '옥조산관玉照山館'이라 당호堂號를 지어주었다. 옥조산관이 싫거
든 '병매관病梅館'으로 하라고 하였다. 병매관은 좀 퇴폐적인 느낌이
다. 옥조는 어감이 어쩐지 파리한 맛이 나지만 연민은 굳이 홍매루
보다는 탈속脫俗한 것이라고 주장했다. 생각하니 매의梅意와 더불어
주옥의 빛깔이 나를 늘 비춰 준다면 또한 아름답지 않으랴

                                        -「사매화기思梅花記」 중에서

일제 식민지 시대를 거쳐 해방의 혼란기와 전쟁의 격동 세월을 거쳐
온 한 지성인의 삶의 일면을 엿보게 하는 작품이다. 석초에 의해 시단
에 등단한 김후란 시인은 '첫인상은 깡마른 용모에 엄숙하기만 한 표
정이 무척이나 까다로운 분으로 보였다. 얼마쯤 지나자 마음 놓고 파
안대소하면서 실눈이 될 때 혹은 너그러운 배려와 여유를 느끼게 하는
언동에서 맑은 성품과 덕망을 느낄 수 있었다. 주변 사람들을 편히 일
하게 해주는 분이었다. 석초 선생을 학 같은 분이라고들 말한다. 여위

▲ 제2시집 『바라춤』에 실린 초상화

고 훤칠한 키, 언제부턴지 활처럼 굽은 등으로 허청허청 걷는 걸음새, 이런 외양상의 인상이 그런 비유를 낳기도 했겠지만 그것만은 아니었다. 문단에서도 신문사에서도 겸허한 가운데 학처럼 고고하고 품위를 지켜온 데서 생긴 매우 합당한 비유라고 할 수 있다.'(김후란의「현대의 고전주의자」중에서)고 말한다. 또한 성춘복은 '석초의 선비다움이나 시인다움은 철저하게 세속적 이해를 벗어난 점에서 빼어난 보기라 나는 생각했다. 세속과는 거리가 먼 듯한 깊숙한 눈에 특유의 회갈색 눈빛, 그리고 더없이 날카롭게 꺾어진 콧등은 사물이나 사리를 대할 때 한 치의 어긋남도 용납하지 않는 매부리코로 어쩌면 고고하고 초연하기 이를 데 없는 품이었다.'(성춘복의「선비정신과 신사도」중에서)고 말한다. 이는 석초의 인품을 단적으로 말해주는 한 일면이라고 하겠다.

이러한 석초의 삶의 모습은 그의 시집『바라춤』의 후기인「침류장기枕流莊記」에서도 살펴볼 수 있다. 그는 그의 거실을 '침류장枕流莊'이라 이름하고 다음과 같이 말하고 있다.

아무도 부단히 전이하여 가는 세조의 흐름에서 벗어날 수는 없는 일이며, 또 그것을 막을 수도 없는 일이다. 또 그 방대한 유역의 어느 안전한 언덕에 자기만의 특유한 위치를 정착시킬 수도 없는 일이다. 인간의 사상이 역사를 통하여 흘러내려가는 것은 이렇다. 인간의 정신이란 본래 이러한 것이다. 우리들의 정신은 언제나 있지 않은 것을 희구한다. 보다 새로운 것을, 보다 나은 것을 희구한다. 인류사조人類思潮의 수많은 세대의 여울에 광망光芒 있는 기허幾許의 이름이 부침浮沈한다 하더라도 그것은 강하가 흐르며 보여주는 반짝이는 파문이다. 그것은 하등 독자적인 것이 아니다. 그것은 각자 시세대가 남겨놓고 간 정신의 주옥이다. 나는 과대한 것은 무엇 하나 말하려 하지 않는다. 나는 망상을 싫어한다. 나는 세상에서 가치 있는 이름난 정신이 말한 궁극을 모른다. 나는 그들이 말에서 조금씩 나의 비위에 맞는 영양소를 빌릴 뿐이다. 나는 그들의 우로雨露에 젖는 한 그루의 나무이며 한 송이의 꽃이다. 나는 하늘 아래 숨쉬고 그 삼라森羅한 섬에서 캐낸 진주의 빛깔로 나의 몸과 모습을 꾸민다. 나는 또 구속을 싫어한다. 정착을 두려워한다. 나는 강제하는 모든 거북상스러운 관념의 옷을 벗는다. 나는 도연명의 흉내를 내지 못한다. 오히려 나는 내일을 바라는 것이다. 격동하고 또 분류奔流하는 세조의 흐름 속에서 나는 나의 작은 배[舟]를 젓는다. 구름과 꽃잎을 싣고 나는 나의 배를 젓는다

　　　　　　　　　　　　　　　　　　-「침류장기枕流莊記」 중에서

　1962년(54세) 주거지는 깊숙한 골짜기였다. 옛날의 성터를 끼고 돌아 올라와 산 밑에 '누산재樓山齋'라는 정자를 빌려 잠시 우거寓居하기로 하였던 석초는 그 성북동에서 수유동水踰洞의 회계사 앞으로 옮긴다. 바로 '침류장枕流莊'이다. 이 침류장은 석초에게는 두 번째 서울에서의 거처요, 그의 생애를 다할 때까지 기거한 곳이다. 침류장에서 그는 '청산靑山의 기굴한 바위틈으로 울창한 숲을 뚫고 흐르는 시냇물은 처음에는 유유히 흘러내릴수록 굽이굽이 안개 골짜기로 철철 굽이쳐 흘러

벼랑에 이르면 쏴- 하고 천공天호으로 떨어져 폭포가 되고 깊은 데 다다르면 푸른 못을 이루며 장림長林 속으로 콸콸 흘러 넓은 산기슭을 돌아 완연히 질펀한 대야大野를 건너 용용溶溶한 대강大江에 들어 묘망渺茫한 창해, 지지의 영역으로 하늘과 구름과 물이 맞닿은 곳 우리가 항상 꿈꾸는 피안으로 물결쳐 간'(「침류장기枕流莊記」에서)다는 사유의 세계를 걷게 되었다. 이것은 곧 그가 부단히 전이하여 가는 세조의 흐름에서 벗어날 수는 없는 일이라는 것을 비로소 깨닫고, 각 세대가 남겨놓고 간 정신의 궁극을 빌어 관념의 옷을 벗어 자유를 구가하겠다는 의지의 표현이기도 하다.

이때 그는 한국문인협회 이사로 선임되었으며, 『秘歌集』의 일부를 발표하기에 이르는데, 이 시집은 사후에 간행되어야 한다는 이야기가 있었으나 현재는 발견치 못했다고 한다.[38] 석초 생전에 왜 이 시집이 발간되지 않고 그 일부만이 발표되었는지 그 까닭은 알 수가 없다. 이에 대하여 시인 김후란과의 대화[39] 속에 나오는 그 '생활에 혼자만의 비밀'이 바로 이 시집에 대한 것이라는 것으로 추측된다.

> 문 생활에 혼자만의 비밀을 가지고 계신지요? 실례가 안 된다면.
> 답 있지. 나에겐 비밀 시집이 하나 있어. 지금 공개는 할 수 없어요. 나 죽은 다음에나 발표할지……
> 답 그리고 보니 더 궁금해지는군요. 후세를 믿으십니까?
> 문 안 믿어. 죽음에는 집착 안 해요. 〈생야일편부운기 사야일편

---

38) 성춘복, 앞의 책. p.152. 1975년 석초 死後에 발간된 시선집『바라춤』(미래사, 1992. 2쇄)에서는 수록되지 않았으나『申石艸 詩全集1. 바라춤』에는 31편의 시작품이「秘歌集」편에 31편이 수록되어 있다.
39) 김후란,「감성의 우주를 방황하는 나그네」, 앞의 책. p.p.30-31.

　부운멸(生也一片浮雲起 死也一片浮雲滅)이라는 불교 문자도 있지만
　사실이 그런 거지.

문　여자를 한마디로 표현한다면?

답　여자는 꽃! 발레리는 여자를 뱀에 비겼는데 그만큼 냉정하고
　깨끗하고 다루기 힘들어서 그런 표현이 나왔겠지, 나는 좀 향
　락주의인가?

문　지나온 생애에 몇 권의 책을 읽으셨을 까요?

답　글쎄, 옛사람은 만 권 서를 읽는다 했었는데……

문　지금도 머리맡에 두신 책은?

답　『몽테뉴 수상록』과 『자하시집』

문　여러 가지 말씀 감사합니다. 그런데 그 비밀시집이란 것, 한
　번 보여주실 수 없으실까요?

답　그건 절대로 안 되지. 하하하……

　『申石艸 詩全集 1. 바라춤』에는 31편의 시작품 중에는 이미 발표한
작품의 하단에 발표 지면을 함께 수록해 놓아 발표 여부를 알 수 있다.
그 중에 발표한 작품이 상당수 수록되어 있다. 전체 31편 중에 10편이
다. 그 10편 중 「城址의 賦」는 해방 전 습작한 작품인데 시집에 수록되
지 않은 작품이라고 스스로 밝히고 있다. 그렇다면 전체 31편 중 9편
이 발표한 작품이요, 미발표작품은 모두 20편이나 된다. 따라서 '절대
로' 보여줄 수 없는 그 '비밀시집'에 함께 한 작품들이 바로 이런 작품
들일까? 석초의 말대로 이 작품들은 '죽은 다음에나 발표'된 것들이다.
여기서는 발표된 작품들 중에서 『秘歌集』수록 순서에 따라 앞에서부
터 몇 편을 골라 살펴보기로 한다.

1.

무지개의 다리 언저리에서
그대는 길고 가녀린 손을
조심스러이 나에게 주고

우리는 꿈을 꾸듯
미지의 꽃밭으로 내려갔다
나비인 양 아주 가벼이
꽃냄의 아쉬움에인 양

말씀은 화사한 꽃수술
나는 머뭇거리는 가지로
그대 구름의 늪을 더듬었다

　　　　　－「미지의 꽃밭」 전문(《現代文學》 1962. 4월호)

2.

우리는 꽃샘이 여는
눈부신 수풀 속에서
저도 모르게 서로
저를 찾고 있었다

그대는 나에게서
나는 그대에게서
각기 서로
저를 발견하는 것이다

사랑이란 발견하고
공감하는 것

꽃샘이 이는
눈부신 수풀 속에서
서로 찾고
서로 沒溺한다

　　　　　　　-「눈부신 수풀」 전문(《現代文學》 1964. 4월호)

3.
이쯤에 나는 머물러야 한다
꿈꾸는 수풀 속에서
그윽한 냄과 뇌살하는 몸짓을
간직하기 위하여

전통과 미래 그것은 한갓
흔들리는 나우리
단 하나 참된 것은
우리가 있다는 일이다.

유파리노스여, 그대에 알맞을
잣대를 가져야 한다.

산에는 천풍이 불고
낙엽이 휘날리는구나.

　　　　　　　-「無題」 전문(《思想界》 1961. 1월호)

4.

꽃이 가도 봄이 가도
가는 세월에도
한 뼘 덤이 있는가

윤사월 모란이 져 간
태평로에도
파르라니 파르라니 피어난
은행잎 하늘

달뜨는 태평로에
돌아가는 사람 물결에
피로운 어깨에 기대어 가는
고운 얼굴이 있다

－「태평로에서」 전문(《서울신문》1963. 6월호)

위 예로 든 시작품의 시적 대상에는 '그대'라 칭하는 존재가 드러난
다. '그대'는 분명한 한 여성이라 할 수 있다. 다른 시작품에서도 '그대'
는 자주 나타나며, 때로는 '우리' '고운 얼굴'로 표현되기도 한다. 물론
석초의 초기시에도 이러한 시적 대상은 곧잘 나타난다. 또한 여성적
이미지로서의 시작품도 많이 있다. 특히 '춤'을 대상으로 한 시작품에
서 여성은 시대적 가치를 초월하고 극복하고자 하는 의미로서의 여성
이 나온다.

석초의 초기 시에서 춤은 세상사 번뇌를 온몸으로 표현하는 관능
적 몸짓이자 영원을 향한 갈망의 몸짓이다. 온몸의 언어를 통해 원

시적인 생명력을 표상한 궁극적으로 자신의 한계를 초월하는 몸짓
이기도 하다. 전통과 현대, 전통미와 현대미가 조화롭게 어우러진
문학에 대한 추구는 문학에 종사하는 많은 이들의 바람일 것이다.
전통과 현대를 대립적인 가치로 파악하던 시대도 있었지만, 이제 그
양자의 통합과 조화가 가능해진 시대이다. 신석초가 초기 시에서 지
속적으로 형상화한 여인의 표상은 관능미와 청순미, 현대미와 조전
미가 한 몸에 어우러져 조화를 이룬 형상이라는 점에서 주목할 만하
다. 특히 신석초의 시는 여인의 춤을 통해 한 몸에 기거하는 대립적
이고 이질적인 가치의 통합과 조화를 시도한다. 여인의 고혹적이고
환상적인 춤은 자기 극복의 몸짓인 동시에 시대적 가치를 초월하고
극복하고자 한 신석초 시가 이룩한 특별한 성취라고 볼 수 있다.[40]

* 밑줄 필자

　석초가 초기 시에서 지속적으로 형상화한 여인의 표상은 이들 시작
품에서는 사랑의 대상으로 나타난다. 1)의 「미지의 꽃밭」에서는 '꿈을
꾸듯' 사랑하는 사람과 더불어 스스로도 알 수 없는 '미지의 꽃밭으로
내려'가 꿈꾸는 듯한 사랑을 가진다. '눈부신 수풀'이나 '미지의 꽃밭'이
란 사랑을 기쁨을 나눌 수 있는 가상의 시적 공간이다. 이러한 사랑의
공간은 환상적으로 '무지개의 다리' '미지의 꽃밭' '구름의 늪'으로 확산
되면서 자연스럽게 이동한다. 이 환상적인 공간인 '무지개의 다리 언
저리'에서 사랑하는 사람은 '길고 가녀린 손을/조심스러이 나에게 주
고' '나비인 양 아주 가벼이/꽃냄의 아쉬움에인 양' 꿈을 꾸는 듯 사랑
을 나누면서 '미지의 꽃밭'에 든다. 따라서 그들이 나누는 '말씀은 화사

---

40) 李京洙,「신석초 시에 나타난 여성 형상」《문학사상》2009년 10월호). p.46

한 꽃수술'처럼 향기롭고 감미롭다. '머뭇거리는 가지로/구름의 늪을 더듬'는 사랑이야말로 현실에서 이루어지지 못하고 다만 꿈속에서 그릴 수 있는 사랑의 극치라 할 수 있다. 아마도 질곡하고 고난한 역사의 소용돌이를 벗어나 비로소 안정을 찾은 석초는 이런 사랑을 꿈꾸고 있었는지도 모른다.

1)의「미지의 꽃밭」에 나타난 사랑의 공간은 2)의「눈부신 수풀」에서 '눈부신 수풀'로 변이되면서 보다 구체적인 사랑을 정의적으로 표현한다. 사랑의 '꽃샘이 여는/눈부신 수풀 속에서' 사랑이 무엇인가를 알게 된다. '저도 모르게 서로/저를 찾고 있었다'는 행위이며, 이 행위야말로 '그대는 나에게서/나는 그대에게서/각기 서로/저를 발견하는 것이다//사랑이란 발견하고/공감하는 것'이라고 사랑을 개념을 깨닫게 하고 있는 것이다. 이는 상징적이요 비유적인 시의 표현 수법과는 전혀 다른 교시적敎示的인 표현이다. 이러한 사랑을 '발견하고/공감하는 것'을 '눈부신 수풀 속'이라는 공간에서 '서로 찾고/서로 沒溺' 하기에 이르는 것이다.

1)의「미지의 꽃밭」과 2)의「눈부신 수풀」에 이어 3)의「無題」라는 작품에서는 '꿈꾸는 수풀'이 나온다. 그러나 1)과 2)에서 나오는, 사랑을 나누는 공간이 아니다. 오히려 이별의 공간이요, 지나간 사랑을 고이 간직하고자 하는 공간이다. 먼저 '이쪽에 나는 머물러야 한다'고 말한다. 그 이유는 '꿈꾸는 수풀 속에서/그윽한 냄과 뇌살하는 몸짓을/간직하기 위'한 것이란다. '전통과 미래 그것은 한갓/흔들리는 나우리'에 지나지 않는 것처럼 사랑 또한 '흔들리는 나우리' 즉 '노을'일 뿐이다. 오직 '단 하나 참된 것은/우리가 있다는 일'일 뿐이다. 서로가 서로로 존재하는 것이 사랑인 것이다. 그러나 내면의 갈등은 도외시할 수 없다.

그리하여 '유파리노스'[41]를 찾아 부른다. 그리고 그로부터 위안을 삼는 다 '그대에 알맞을/잣대를 가져야 한다'고. 아무리 지나간 사랑을 견주 어 '전통과 미래 그것은 한갓/혼들리는 나우리'에 지나지 않는 것이라 생각하더라도 '어지러운 피 일렁이는/정글 속에서/우리는 이성을 잃 지 않았다'(시 「꽃과 보살」 중에서)는 다짐을 하였지만, 사랑의 아픔은 '산에 는 천풍이 불고/낙엽이 휘날리는' 것처럼 내면적 고뇌를 초래하고 있 는 것이다.

그러나 아무리 사랑이 가고 그 고뇌의 아픔으로 남아있더라도 세월 은 여전히 흘러가고 산천은 변해간다. 그러고 보면 지나간 사랑이란 한갓 '덤'이라는 생각이 든다. '꽃이 가도 봄이 가도/가는 세월에도/한 뼘 덤이 있는' 것이 아닌가? '윤사월 모란이 져 간/태평로에도/파르라 니 파르라니 피어난/은행잎 하늘'이 열린다. 모란이 진 자리에서 은행 잎이 돋아난다. 그것이 바로 인간의 삶의 또 다른 조류潮流다. 그러나 영영 살아있는 옛 기억은 여전하다. '달뜨는 태평로에/돌아가는 사람 물결에/피로운 어깨에 기대어 가는/고운 얼굴이 있다'는 것이 확인된 다. '전통과 미래'처럼 병존하여 영원히 기억되어 지금껏 남아있는 사 랑의 '고운 얼굴'인 것이다.

수유동에서의 석초는 활발한 문필활동을 계속한다. 시작품을 부지 런히 발표하는가 하면 작품활동과 더불어 작가론 「뽈 발레리 연구」

---

41) 유파리노스는 그리스의 유명 건축가. 발레리의 [유파리노스] 대화편에 나오는 인물이다. 그 리스 Samos섬의 해발 266m의 엠펠로스산에는 지금으로부터 2500년 전 고대인들이 석회암 암반을 뚫어놓은 비밀스러운 '유파리노스 터널'이 있는데, 길이가 무려 1,036m로 인류가 뚫 어 만든 최초의 직선 터널이다. 사모스 섬은 해변에 위치해 있고, 인구가 증가하다 보니 물에 대한 수요가 늘어 산 너머 북쪽의 Agiades의 물을 흘려보내 남쪽의 성안에 식수를 공급하기 위해 이 터널을 뚫고 그 아래 수로를 만들었다.

를[42] 집필한다. 뿐만 아니라 1964년(56세)에는 평생지기인 「李陸史의 生涯와 詩」를 발표하기도 한다. 한편으로는 문단활동도 왕성하여 한국시인협회 회장[43]에 피선되고, 이어 1966년에는 예술원 문학분과 회장에 피선되기도 한다.

1965년 석초가 회장으로 한국시인협회가 재창될 때에 우선 이전의 대표 간사에서 회장제로 바꾸었다. 사무 기획출판사무간사를 없애고 총무간사만 남겨두는 등 기구와 부서를 간소화시켰다. 회원도 원하는 희망자를 다 받아들이는 식의 문호개방주의를 피하고 심의위원회에서의 의결에 따라 초대된 시인 혹은 심의위원회의 심사에 통과된 입회 신청자만을 영입하기로 하였다. 회원수 역시 해산된 당시 150여명에 이르던 회원 수의 절반 가량인 80명 정도의 선으로 일단 보류한다는 방침을 세우기도 하였다.[44]

---

42) 조용훈, 앞의 책, p.270. 신석초에게 가장 큰 영향을 끼친 사람은 발레리다. 조용훈은 ' 발레리는 그에게 정신적인 아비였다. 이런 점에서 그가 발레리에 관한 작가론을 시작했다는 것은 과거 자신의 삶을 일단락 짓고 비로소 인생의 새로운 전환기를 마련하기 위해서이다. 한편으로 재2의 인생을 시작할 수 있다는 자신감을 표명한 것이라 해석할 수 있다. 폭풍우 앞에 흔들리며 난파할 뻔한 조각배였던 자신을 해안으로 인도하여 삶의 뿌리를 내리게 했던 정신적 스승을 객관적으로 조명할 수 있는 위치에 비로소 섰음을 의미한다. 그가 자신의 시정신과 방법에 대한 단상을 자주 피력한 것도 시인으로서의 정체성을 재점검하려는 의욕적인 행위라 하겠다'고 하였다.

43) 동아세계대백과사전』제29권(동아출판사. 1994) P. 435. 한국시인협회는 1957년 2월에 유치환을 제1대 대표 간사로 창립하여 제2대 간사에 유치환, 제3대에는 유치환 회장 체제로, 그리고 제4대에는 조지훈 대표간사로, 제5대에는 서정주 승계 조지훈 대표간사의 체제로 이어오다가 516 쿠데타가 일어난 지 한 달이 지난 6월 17일 정부의 포고령 제6호로고 '문화예술 정책의 일환으로 문화예술단체를 하나로 통합한다'면서 기존의 모든 사회·문화·정치·경제·예술단체과 함께 강제로 해산당하였다. 그 후 1965년 4월 11일 종묘에서 모임을 갖고 종래의 대표 간사제에서 회장제로 바꾸어 제 6대 회장으로 신석초를 회장으로 선임하였다. 그러나 한일기본조약 비준 반대 성명서 주동 발표된 성명서가 '한국문학사상 획기적인 일'(박두진)임에도 불구하고 중앙정보부에 연행된 문인들의 고초와 강제 실직, 신동문의 절필 등 사태가 일어나면서 제 7.8대에 장만영 회장으로, 다시 1968년 제9대에 신석초가 회장으로 선출되었다.

44) 한국시인협회,『한국시인협회,50년사』(국학자료원, 2007). P.70

1967년(59세)에 이르러서는 石北 申光洙의 『關山戎壽』를 역주하고, 시론 「自由詩의 斷面」「韓國的인 詩」「詩에 있어서의 技巧」 등의 시론을 발표하던 1967년 안동 도산면 원천리에서는 이육사의 「청포도」 시비 제막식이 있었다. 석초의 감회는 남달랐다. 1943년 큰 눈이 내려 서울이 온통 새하얀 눈 속에 파묻혀 있을 때 청량리에서 홍릉 쪽으로 눈길을 걷다가 임업시험장 깊숙이 말끔한 원림 속으로 옮겨가면서 길 양쪽에 잘 매만져진 화초위로 햇빛이 화사하게 반짝이면서 파릇파릇한 새싹이 금방 돋아날 것 같았는데, '아까운 날에 나는 북경에 가려네.'라는 마지막 목소리가 들리는 듯하였다. 바로 그 이듬해 육사는 불귀不歸의 객이 되고 말았는데 이제는 석초의 눈앞에 말없는 시비詩碑로 의연하게 다시 돌아온 것이다.

> 우리는 서울 장안에서 만나
> 꽃 사이에 술 마시며 놀았니라
> 지금 너만 어디메에 가
> 과야의 시를 읊느뇨.
>
> 내려다 보는 동해 바다는
> 한 잔 물이어라
> 달 아래 피리 불어 여는 너
> 나라 위해 격한 말씀이 없네
>
> ※ 六八년 五월 安東에 陸史 詩碑를 세우다. 碑面에는 그의 遺詩 「曠
>   野의 詩」를 새겼음
>
>   - 시 「陸史를 생각한다」 전문

▲ 이육사 시비 제막식에 참가한 석초 시인(우측 끝) 바로 옆의 전 이효상 국회의
장과 담소를 나누고 있다.

육사의 고향 안동을 두루 여행하면서 육사는 몇 일을 보냈다. 도산
서원에 들려 학문에 대한 경외심과 함께 60여개의 벼슬을 제수 받으며
중종부터 인종 명종 선조까지 4임금을 섬기면서도 79차례에 걸쳐 벼
슬을 사양하고는 끝내 학문의 길을 걷고자 했던 조선 최고의 성리학자
퇴계 이황이 벼슬 대신 진정으로 추구했던 것은 과연 무엇이었을까?
낙동정맥이 내달리는 청량산은 예나 지금이나 당당한 기품과 푸르름
까지 고스란히 안동 선비의 풍모를 그대로 닮아있는데, 퇴계는 가고,
육사 또한 이 세상에 없다. 쓸쓸한 감회에 젖어 석초는 말없이 쓸쓸한
가슴을 읊는다.

> 洛東江 상류 물 푸르고 모래 희고
> 연기나무 어린 別區 속에
> 꽃처럼 환한 洞府가 열렸나니
> 退溪선생이 이곳에 조그만

초막집을 지으시고
만권 도서 쌓아 놓으시고
陶山十二曲을 읊으며
나라에 큰 학문을 열어 고셨나니

늦은 봄 落花지는 석양 무렵에
후생이 와서 尙德祠에 절하고
天雲臺 흰 구름 떠 거듯이
그냥 총총히 떠나 가누나.

- 시 「陶山」 전문

석초는 같은 해 대한민국예술원상을 수상한다. 대한민국의 예술인으로서, 대한민국의 한 시인으로서 어쩌면 최고의 명예로운 상이었으나 석초에게는 이 또한 큰 기쁨이 되지 못한다. 새벽에 일어나 묵묵히 자신의 마음을 바라보기만 할 뿐이다. 아, 이다지도 생은 부질없는 것이로구나.

▲ 제13회 예술원상을 수상할 무렵 서재에서 문학평론가 김주연, 시인 김후란과 함께

어제 火曜日에
金后蘭과
成春福을 만나고

연거푸 마신
진한 커피의 자극으로
잠을 이루지 못하다.

밤 들어 성 밖 집은
山같이 고요하구나.
밖에선 꽃샘처럼 설레던
진눈깨비가 여전히 내릴까

초 봄에
야릇잖은 추위가
넓은 옷품으로
기어 들어와

한 평생
詩를 하는 마음은
한갓 부질없고 사치스러운
병이런듯

연상 머리에 흩으러진
종이와 글발
한 다발 허무한 꽃묶음

꿈은 멀어라

아아 나는 온갖 책을 읽었어라.

여울져 밝아오는 내일은

젊은이들에게 맡겨 둘까나

어느새 오전 네시 반

은은히 들여오는

華溪寺

종 소리.

- 시「새벽에 앉아」전문

　새벽 4시에 이르도록 잠을 이루지 못한 것은 '어제 火曜日에/金后蘭과/成春福을 만나고//연거푸 마신/진한 커피의 자극' 때문만은 아니다. '밤 들어 성 밖 집은/山같이 고요하'고 '밖에선 꽃샘처럼 설레던/진눈깨비가 여전히 내릴' 지도 모르는 '초 봄에/야릇잖은 추위가/넓은 옷품으로/기어 들어와' 석초로 하여금 정신을 가다듬으면서 자신을 돌아보게 하기 때문이다. 그러고 보니 '한 평생/詩를 하는 마음은/한갓 부질없고 사치스러운/병이런듯//연상 머리에 흩으러진/종이와 글발/한 다발 허무한 꽃묶음' 같이 보일 뿐이다. 지나간 세월 동안 수많은 책에서 바라본 삶의 길도 이제는 한갓 꿈처럼 보일 뿐이다. 이제 모든 것은 '젊은이들에게 맡겨' 버리고 싶은 충동이 일어나는가 했더니 삶의 허무함이 밀려온다. 이런 깨달음을 일깨워주는 듯 '華溪寺/종 소리'가 은은하게 들려온다.

▲ 예술원상을 수상하고 가족과 함께(맨 앞줄 우로부터 사촌누님, 제수씨(신하식 씨 부인), 부인 강영식 여사, 신석초 시인, 계씨 신하식씨, 사촌 매형 등

• 슬픔은 날개를 잃고

1969년(61세) 6월 석초는 아내를 잃었다. 석초의 나이 16세에 18세의 나이로 시집을 와서 슬하에 2남 1녀를 두었으나, 1950년 43세 되던 전쟁의 와중에 대전에서 장남인 기순起淳을 잃는 비극을 맞아 생의 가장 큰 아픔으로 가슴에 묻어놓는다. 항상 심신의 쇠약함으로 장티푸스에, 때로는 해천咳喘을 앓아오는 등 일정한 정착지도 마련하지 못한 채, 한동안 세류에 따라 지성과 감성 사이를 오가던 시인의 아내로서 이제서야 비로소 생활의 안정을 찾았는데, 이리도 허무하게 생을 마감하다니! 석초의 마음은 한없이 공허하여 소리 없는 오열로 가슴을 두드렸다.

그대가 내 옛 마을에 오고
내가 큼직한 용마름이 보이는
내 옛 집으로
그대를 맞아들였네

집안은 온통 잔칫날처럼
사람은 백결 치듯하고
넓은 뜰에는 꽃이 환히 피어 있었네

이른 아침나절에
그대가 잠든 堂앞 호숫가에서
내가 작은 마상이를 씻고 있었네

그대를 깨워 일으키려는
내 막내놈을 제지하고
그대로 하여금 늦잠을 자게 하였네

그대가 잠든 堂앞 호숫가에서
밑바닥이 환히 들여다보이는
맑은 호수 물에서

내 손이 뒤척이는 작은 거룻배에
깨끗한 모래알이 담겼다가
살레살레 씻겨나갔네

− 시 「어느 날의 꿈」 전문

석초는 지나간 세월을 꿈처럼 만난다. 분명히 현실의 세계가 아니다. 꿈의 세계이다. 꿈 속에서 '그대가 내 옛 마을에 오고/내가 큼직한 용마름이 보이는/내 옛 집으로/그대를 맞아들'임으로써 아내를 만난다. 바로 고향인 '옛 마을'이요, 용마름이 큰 집이다. 초가의 용마루위에 덮는, 짚으로 길게 틀어 엮은 이엉이 '큼직한 용마름이 보이는/내 옛 집으로' 아내를 맞는다. 아내를 맞은 '집안은 온통 잔칫날처럼' 사람들이 몰려와 있다. 소복素服을 입은 듯 흰옷을 입은, 수없이 많은 사람들이 모여들어 웅성거리는, 그야말로 '백결 치듯' 몰려와 있다. '넓은 뜰에는 꽃이 환히 피어 있'다. 그때 '이른 아침나절에/그대가 잠든 堂앞 호숫가에서/내가 작은 마상이를 씻고 있었'다. 왜 노를 저어서 가게 만든 작은 배, 즉 '마상이'를 씻고 있는 것일까? 어디로 가려는 것일까? 분명하지 않지만 아내와 어디론가 함께 가려는데 문득 막내가 잠든 아내를 깨우려 한다. 길고 먼 길에 아내를 깨우고 싶지 않다. '깨워 일으키려는/내 막내놈을 제지하고/그대로 하여금 늦잠을 자게'함으로써 아내에 대한 애틋한 사랑을 말해준다. 그런데 '그대가 잠든 堂앞 호숫가에서/밑바닥이 환히 들여다보이는/맑은 호수 물에서//내 손이 뒤척이는 작은 거룻배에/깨끗한 모래알이 담겼다가/살레살레 씻겨나'가 버린다. 아내와 함께 가려던 것이 그만 허무하게 사라져 버린다. 내 손이 뒤척이는 작은 거룻배에/깨끗한 모래알이 담겼다가/살레살레 씻겨나'가 버림으로써 아내와 함께 거룻배에 오르지도 못하고 마는 것이다. 먼저 아내를 떠나보낸 쓸쓸하고 허무한 마음이 그대로 꿈으로 화하여 아내를 잃은 슬픔의 깊이를 더해준다.

- 〈전략〉-

사람의 수명에 큰 한계가 있느니
金石처럼 단단한 것이 아니어라
살고 죽음이 한 조각 구름인 걸……

열여덟 살에 內浦로 시집 와서
詩人 石艸의 아내가 되었네
淸風 五百間이
중간에 쑥밭이 되었네

마흔 네 살에는 어버이를 여의고
마흔 다섯살에는 큰 아이를 잃었네
마흔 다섯 살에는 戰爭이 뜰을 짓밟고
마흔 여덟살에는 아주 서울로
이사를 하였네

살아서 北岳山上길을 가자더니
죽어서 京水高速道路를 달리다니
쏜살같이 뻗은 길은
넓기가 바다만이나 하여라

죽은 사람에게 무슨 서러움이 있을 건가
산 사람에게 무슨 낙이 있을건가
세상은 수논 꽃밭 속인데
다락같은 집에 봉황같이
사는 사람도 많아라

하루아침 꽃상여에 실려가서
싸리밭 황토 속에 묻히면
만사가 꿈이어라.

六十살 파란 많던 생애
누가 짧다 하리요
어제의 同衾友가
오늘 떨어져 혼자 地下로 가네

누가 알이 내 가슴 속에
차바퀴처럼 구르는
속의 속 마음을

살아서는 楊州에서 살고
죽어서는 龍仁으로 간다더니만
새로 지은 幽宅이 아담하이

夕陽 반웃길에
음산한 비가 뿌리데
온 都市가 떠오르는 하늘로
白雲臺는 서리고
漢江 물은 희끗 잔 물결을 치데.

- 시「輓詞」중에서

아내를 묻고 돌아오면서 석초는 자신과 더불어 살아온 아내의 일생을 떠올려본다. 아내의 가슴에는 '마흔 네 살에는 어버이를 여의고/마

혼 다섯살에는 큰 아이를 잃었네/마
흔 다섯 살에는 戰爭이 뜰을 짓밟고/
마흔 여덟살에는 아주 서울로/이사
를 하였'을 뿐이다. 어느 한 때 어느
곳에 아내의 삶은 없다. 묵묵히 남편
을 따라 살아오면서 오직 가슴에는
슬픔만을 새겨 넣었을 뿐이다. '夕陽
반웃길에/음산한 비가 뿌리'면서 석
초의 가슴을 더욱 고즈넉하게 하고,
'온 都市가 떠오르는 하늘로/白雲

▲ 7대 조부 石北 申光洙의 묘소 앞에서

臺는 서리고/漢江 물은 희끗 잔 물결을 치'고 있을 뿐이다.

　이러한 석초의 마음을 굳건하게 지켜주는 것은 역시 시였다. 문화공
보의 창작 기금을 받아 32년 만에 장시『處容을 말한다』를 탈고하였
다. 그러나 아내를 잃은 8월에 부산지방의 문학 강연을 마치고 여행을
하던 도중 갑작스럽게 얻은 병으로 부산 해운대에서 요양하다가 다시
1개월여 병원에서 요양을 하지 않으면 안 되었다. 1970년에는 제 3시
집『暴風의 노래』[45]를 발간하는 등 왕성한 필력을 과시함은 물론 1971
년에는 경주 등지로 여행을 떠나기도 하였으며, 다시 1972년에는 속
리산 등지를 여행하기에 이르렀다. 한편으로는 그의 조상인 석북 신광

---

45) 1970년 〈韓國詩人協會 現代詩人選集〉으로 발간된 석초의 제3시집『暴風의 노래』에는 '民族
　中興의 瑞光이 뻗치는 七十年代를 맞이하여 本協會는 詩人들의 創造作業에 鼓舞와 飛躍과
　刷新의 새로운 契機를 마련해주려는 성의에서 詩集刊行의 事業을 推進하게 되었읍니다. 여
　러분의 協助와 鞭撻을 입음으로써 有終의 美를 거두에 되리라 믿습니다. 이 事業을 위하여 物
　心으로 염려해주시고 도와주신 〈어느 고마운 분〉에 깊이 감사를 드립니다. 一千九百七十年
　七月 韓國詩人協會'라는 〈刊行辭〉가 보인다.

수의 『石北集』과 『紫霞詩集』의 역주[46]에 심혈을 기울이기도 하였다. 그러한 가운데 석초는 건강이 차츰 나빠지면서 평생의 직장으로 오래 근무하였던 《한국일보》논설위원직에서 물러나와 『詩傳』의 번역과 시 창작에 매진하면서 제4시집 『水踰洞韻』과 長詩集 『處容은 말한다』[47]를 연달아 발간한다. 一中 金忠顯의 제자題字와 金光林 시인의 構成, 金榮泰 시인의 裝幀으로 발간된 시집 『處容은 말한다』에는 '처용'을 소재로한 「處容巫歌」와 「美女에게」란 시작품이 함께 수록되어 있는데, 여기에서는 장시 「處容은 말한다」를 살펴보기로 한다.

　이 시작품은 전체 3부로 나누어져 있는데 1부는 6연 43행, 2부는 9연 75행, 3부는 8연 84행으로 총 3부 202행으로 이루어진 장시이다.

　　하나의 법이나 도덕률만 가지고 인간의 이 원죄를 단절하지 못하
　는 데에 인생의 비극이 있는 것은 아닐까? 신라 처용설화는 달관적
　인, 보다 높은 차원으로 이 문제를 승화시키려 하였다. 처용은 역
　신疫神이 사람으로 변신하여 아내를 범하는 것을 보고 관대하게 '빼
　앗으늘 어찌하릿고'하고 노래 부르며 나왔다고 한다. 역신은 그의 관

---

46) 1968년 한국일보 사옥이 화재를 당했을 때 한시 번역 등 번역 원고 2천여매가 완성을 앞두고 불타버려 다시 번역을 시작하였다. (김후란, 「현대의 고전주의자」,p. 17)

47) 조용훈, 앞의 책, p. 83. 조용훈은 이 작품에 대하여 다음과 같이 각주를 통하여 말한다 「처용은 말한다」는 《현대문학》(1958. 6)에 처음 발표되었다. 이후 「미녀에게」가 1960년 《사상계》에 발표되는 데 이 시의 부제가《처용은 말한다》의 일장인 것으로 미루어 「처용은 말한다」와의 연계를 도모한 것이었다. 처용 모티브는 이후 1864년 《현대문학》에 다시 대폭 개작되어 장시 「처용은 말한다」로 완결된다. 그런데 1958년 작품은 〈깨어진 서라벌! 변형한 서리벌!/오오, 멸하여 간 내 옛나라의/서울이여!/깊은 세월의 수풀 속에 잠든/숫한 보석의 무덤이여!/흩어져 우나니〉에서 확인하듯이 처용이란 소재를 통해 신라의 영화와 그것의 패망을 노래했다는 점에서 초기시의 「신라고도부」와 같은 경향임을 알 수 있다. 즉 초기시와 동일한 맥락이라는 것이다. 그런데 「미녀에게」와 1964년 발표된 「처용은 말한다」는 처용이란 인물의 번뇌와 갈등에 초점을 맞춘 작품이어서 초기시와 명백한 차이가 있다. 하지만 「미녀에게」는 부재에서 확인하는 것처럼 완성된 작품이라기보다 일장(一章)에 국한된다'라고 말한다.

용에 경복하여 그만 사죄하고 물러갔다. 이로 인하여 처용가·처용무
와 같은 예술 작품이 생기고 처용가면이 구나驅儺의 구具로도 쓰여 왔
지만 지금은 아무도 그것을 믿을 사람은 없다. 다만 예술이 남아 있
을 뿐이다. *밑줄 : 필자

- 「감음姦淫은 원죄原罪인가」 중에서

애당초 석초는 처용을 단순히 역신을 물리치는 무당쯤으로만 생각하
지 않았다. 처용이 '역신疫神이 사람으로 변신하여 아내를 범하는 것을
보고 관대하게〈빼앗으늘 어찌하릿고〉하고 노래 부르며 나왔'으며,
역신이 '그의 관용에 경복하여 그만 사죄하고 물러갔'고 '이로 인하여
처용가·처용무와 같은 예술 작품이 생기'게 되었다고 말한다. 이러한
까닭에 석초는 '처용'을 새로운 예술 작품으로 꿈꾸어 왔음이 분명하
다. 즉, 그것은 석초가 '처용무'란 소재를 통해 신라의 영화와 패망을 노
래하면서, '처용'이란 인물에 자신의 삶을 비견한 삶의 번뇌와 갈등에
초점을 맞춤으로써 '시'라는 예술작품으로 재탄생하고 싶었던 것이다.

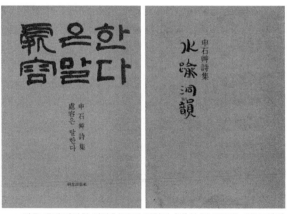

▲ 같은 해에 발간한 시집 『處容은 말한다』(좌)와 『수유동운』 결표지(우)

1.
바람아, 휘젓는 정자 나무에 뭇닢이 다 지것다
성긴 수풀 속에 수런거리는 가랑닢 소리
소슬한 삿가지 흔드는 소리
휘영청 밝은 달은 천지를 뒤덮는데

깊은 설레임이 나를 되살려 놓노라
아아 밤이 나에게 형체를 주고
슬픈 탈 모습에 떠오르는 영혼의
그윽한 부르짖은……

어찌할까나 무슨 운명의 女神이
나로 하여금 이렇게도 육체에까지
이끌리게 하는가
무슨 목숨의 꽃 한 이파리가
나로 하여금 이다지도 기찬 형용으로
되살아나게 하는가

- 〈중략〉 -

아아 무슨 이 假面이 무슨 공허한 탈인가
아름다운 것은 멸하여 가고
잊기 어려운 회한의 찌꺼기만
천추에 남는구나
그르친 龍의 아들이여
처용

道도 禮節절도 어떤 觀念규則도
내 맘을 편안히 하지는 못한다
지금 빈 달 빛을 안고
폐허에 서성이는 나, 오오 우스꽝스런
제웅이여.

2.
모든 것은 흘러가 없어지는가
시간의 여울로
어지러운 잊음의 숲이여
변모한 서러벌이어
빈 절 무너진 성둘레
멸하고 또 멸하지 아노는 대리석의
빛나는 소상 들이어
구름 다락과 비단의 거리는 어디 있는가

사랑하며 노닐던 나의 황금 장소는
바이 없고
지금 황량한 갈대 밭에
바람 달이 설렌다

- 〈중략〉 -

무녀 지혜 많은 사생녀여
숱하고 오랜 어두운 밤
밤의 목마름이 너로 하여금

을씨년스런 神話를 지어내게 했구나
신들린 너의 사지, 사시남기처럼
떨리는 손길로

너는 무슨 광명의 불꽃을 가져왔는가
네 기특한 슬기도 이젠 쓸모가 없어 졌어라
아무도 네 말에 귀를 기울이려 하지 않고
아무도 네 말에 얼굴을 믿지 않는다
나의 태양의 잠든 가지는
재난과 안개에 뒤덮혀
희미한 傳說의 내음으로 떠돈다.

3.
거기엔 내가 불던 玉笛이 굴러 있어라.
허무히 빈 갈대가 되어
써늘한 다락 속에
여인의 버린 패물 조각과
쓸쓸히 지는 나뭇잎과 함께

일찍이는 네 짙푸른 목청이
하늘 가에 서렸더니
사랑하다 밀리는 흐느낌도
저녁노을도 밤 바람소리도
바다 물결도 모두 멎었더니
지금은 잠잠한 가락도 없이
無爲한 옥가지 되어

어둡고 이끼 낀 섬돌 위에 버려졌구나

바다는 뒤설레어 상기 멎지 않고

바람은 부르짖고 물결은 솟아 올라

언덕을 물어 뜯는다

- 〈중략〉 -

아침해가 비늘진 물결 너머로

굼실거리는 용의 허리 너머로

솟아 오른다

황금빛 부챗살을 펴고

바람꽃을 헤치며 아득한 푸름의 맞단 곳으로

붉게 불타는 찬란한 구슬늪이

이글 이글 뒤끓고

진동을 하며

보라색 안개의 가르마 위로

징 같은 태양이 솟아 오른다

오오, 광명의 나랫짓이어…….

- 시 「처용은 말한다」 중에서

　석초에게서의 처용은 역신에게까지 관용을 베푸는 그런 류의 인간
이 아니다. 제1부를 살펴보면, 바람이 '휘젓는 정자 나무에 뭇잎이 다
지'도록 불어대는 밤에 '성긴 수풀 속에 수런거리는 가랑닢 소리'나 들
으며 '소슬한 삿가지 흔드는 소리/휘영청 밝은 달은 천지를 뒤덮는' 고
즈넉하고 쓸쓸한 감성에 젖어버린 나약한 인간일 뿐이다. 결코 '밤들
어 노니다가 들어와 자리에 보니/가랄이 넷'임을 확인하고 춤을 추되

빼앗김에 어떠한 항거조차 하지 못하고 다만 춤을 추며 미칠 듯이 울부짖는다. 그러한 처용의 모습은 '밤이 나에게 형체를 주고/슬픈 탈 모습에 떠오르는 영혼의/그윽한 부르짖은' 그러한 모습으로 '깊은 설레임이 나를 되살려 놓노라'고 말한다. 처용무를 추는 '운명의 여신이' 시인으로 하여금 육체는 물론 '무슨 목숨의 꽃 한 이파리가' '기찬 형용으로' '되살아나게 하'고 있다. 시인에게는 공허한 가면을 쓰고 '아름다운 것은 멸하여 가고/잊기 어려운 회한의 찌꺼지만/천추에 남' 게 하고 있다. 그것은 용의 아들들로서의 처용이 아니다. 오히려 삶을 그르치게 한다. 나약하고 슬퍼하는 인간의 번뇌와 갈등 속에 휘몰아치게 한다. 그것은 세상을 살아가는 모든 규제, 이를테면 '道도 禮節도 어떤 觀念規則도/내 맘을 편안히 하지는 못'하게 하며 텅 비어버린 '달빛을 안고/폐허에 서성이는' 나약하고 '우스꽝스런' 하나의 제웅에 불과하였다. 이는 곧 희화戱畵된 용의 아들로 되어버린 처용의 모습을 발견한 것이기도 하다.

　제2부에 이르면, 옛 서울 경주의 사라져 버린 영화와 패망의 허무함을 나약하고 무기력한 처용의 모습과 비견하여 그려놓는다. 경주는 곧 '모든 것은 흘러가 없어'진 곳이요 '시간의 여울로/어지러운 잊음의 숲'이요 '변모한 서라벌이' 되어 '빈 절 무너진 성둘레'에서 '멸하고 또 멸하지 않는 대리석의/빛나는 소상 들'만 즐비한 곳으로 변해있다. 한 때의 '구름 다락과 비단의 거리'로 천년의 영화를 말해주던 것은 모조리 사라지고 없다. '사랑하며 노닐던 나의 황금 장소는/바이 없고/지금 황량한 갈대 밭에/바람 달이 설'게 하여 옛 서울을 그리게 한다. 이러한 시각으로 처용무를 추는 무녀가 '지혜 많은 사생녀'로 보인다. 그리고 그 무녀가 '숱하고 오랜 어두운 밤/밤의 목마름이 너로 하여금/을씨년

스런 神話를 지어내게 했'다고 인식한다. 그것도 힘 있는 당당함으로 보이는 것이 아니라 신들린 사지로 '사시남기처럼/떨리는 손길로' 춤을 추어대고 있다. 전지전능한 무녀로서도 사라진 옛 영화를 어쩌지 못하며, 폐허가 되어버린 역사적 사실들이 냉철하게 무의미하다는 인식으로 나타난다.

시인은 무녀에게 묻는다, '너는 무슨 광명의 불꽃을 가져왔는가' 하고. 그러나 단지 물음일 뿐 무녀의 '네 기특한 슬기도 이젠 쓸모가 없어 졌'으며, '아무도 네 말에 귀를 기울이려 하지 않고/아무도 네 말에 얼굴을 믿지 않는다'는 단오함을 보인다. 그리하여 '나의 태양의 잠든 가지는/재난과 안개에 뒤덮혀/희미한 傳說의 내음으로 떠돈다'고 단언한다. 여기에서 신동욱은 '각 역사적 지식과 지혜의 기능의 한계에 냉철한 인식을 나타내고 있다. 특히 역사적 시기의 지식과 지혜의 기능의 한계점에 냉철한 인식을 나타내고 있다. 특히 현대적 지식인으로서 역사적 시대를 재평가하는 시적 기능이 잘 움직이고 있다. 굿의 주관자이고 옛 문화의 주관자인 무당이 가져온 행복의 의미나 광명은 그 기능의 상실로 하여 사실상 무의미한 것으로 변모되었다는 점이 명백히 나타나 있다. 이러한 진술에 미루어 보아 시인의 전통 인식은 부정적 비판을 통한 창조적 계승의 태도를 지닌 것이라 볼 수 있다'[48]고 말한다.

제3부에 이르러서도 이러한 무의미한 역사적 잔존물에 대한 인식은 계속된다. 그 인식의 자리엔 '불던 玉笛이 굴러 있'다. 소중한 옥저가 '허무히 빈 갈대가 되어/써늘한 다락 속에/여인의 버린 패물 조각과/

---

48) 신동욱, 「신석초 시에 있어서 삶의 한계와 그 초극의 미」(『삶의 투시로서의 문학』(문학과지성사, 1988). p.107.

쓸쓸히 지는 나뭇잎과 함께' 제멋대로 굴러다니고 있다. '옥저=갈대'로 어둡고 음습하고 을씨년스러운 '다락'에 한때의 영화로운 '패물 조각'과 아무런 가치가 없는 '나뭇잎과 함께' 굴러다닌다. 그러나 옥저가 무엇이었던가. '일찍이는 네 짙푸른 목청이/하늘 가에 서렸'으며, '사랑하다 밀리는 흐느낌도/저녁노을도 밤 바람소리도/바다 물결도 모두 멎어버리게 하였던 당당한 음율을 토해내지 않았던가. 무녀의 춤에 따라 함께 하던 뭇사람들의 공감을 불러일으키고, 신령스러운 음율에 따라 하늘도 밤바람도 바다 물결까지도 무녀의 처용무에 따른 주술적인 파급효과로 한결 고조되게 하던 옥저가 아니던가.

그러나 '지금은 잠잠한 가락도 없이/無爲한 옥가지 되어/어둡고 이끼 낀 섬돌 위에 버려졌'으며, '바다는 뒤설레어 상기 멎지 않고/바람은 부르짖고 물결은 솟아 올라/언덕을 물어 뜯는다'고 말한다. 옥저가 무의미한 '옥가지'로 전락하여 버렸다. 그러하거니와 전에는 그 옥저를 불어 바람도 물결도 모두 멈추었던 것이, 이제는 그 효능이 사라지고 바람이 거세게 일고 바다언덕을 억세게 물어 뜯는 소란과 불평과 무질서의 시대가 되었음을 암시하고 있다. 이어 시상은 '金빛 별빛 소리'와 같은 기발한 시적 감각과 현란한 위조보석의 빛과의 대비가 보이면서 〈荒蕪地〉 인식이 전개된다. 그것은 지도 원리를 상실한 시대의 사회적 동향을 시적 상징으로 심상화한 것임을 쉽사리 인식하게 하고 있다.[49]

그러나 시인은 다시 신라의 옛 서울의 영화와 패망의 허무함으로부터 새로운 세계로의 빛을 향해 나아간다. '아침해가 비늘진 물결 너머로/굼실거리는 용의 허리 너머로/솟아 오른다'을 바라보면서 새로운

---

49) 위의 책, p. 108.

▲ 충남 서천군 화양면 활동리의 고향 '隱골'의 양지녘에 묻힌 식석초 묘소와 묘지 곁에 세워진 시비 「天池」

세계로의 인식 전환을 보여준다. 그 새로운 세계란 '황금빛 부챗살을
펴고/바람꽃을 헤치며 아득한 푸름의 맞단 곳으로/붉게 불타는 찬란
한 구슬늪이/이글 이글 뒤끓고/진동을 하며/보라색 안개의 가르마 위
로/징 같은 태양이 솟아 오'르는 곳이다. 이것은 처용무라는 전통적 가
치 인식이 부정적인 시각에서 긍정적인 인식으로의 변환을 의미한다.
부정과 긍정의 이중성을 보여주면서 역사적 발전 논리에 따라 변전하
는 원리를 시로써 승화하여 실현하려는 모습을 보여주고 있는 것이기
도 하다. 이러한 시인의 인식은 무기력한 인간의 단면을 보여주는 처
용으로부터 미래지향적인 전통의 서광을 확인하고는 '오오, 광명의 나
랫짓이어'라고 외치게 한다.

　1975년 신병으로 한국일보 논설위원직을 사직한 석초는 천식으로
고생하면서 『詩經』 번역을 마쳤으며 지난날에 발표하였던 「발레리 硏
究」「語葦堂雜文」 및 『詩全集』 간행을 위한 원고를 정리하는데 주력하
였다. 그리고 「바라춤」 「處容은 말한다」에 이어 또 다른 장시 「天池」를
통하여 웅대한 민족적 기상을 드높이고자 하였다. 그러나 안타깝게도
1975년 3월 8일 불과 70세의 나이로 천식과 장출혈로 인하여 끝내 영
면하고 말았다. 한국문인협회장으로 송추 신세계 공원묘지에 안장되

었다. 아내 잃은 슬픔은 끝내 날개를 달고 아내 곁으로 날아간 것이다.

　이후 시비건립의문제가 나오면서 장기영 한국일보 사장의 유언에 따라 장기영 사장의 묘소 근처에 신석초 시비의 시 「바라춤」이 세워졌으며, 1985년에는 시인 김후란과 석초의 아들 신달순 씨에 의해 제 1권에는 시전집 『바라춤』, 제2권에는 시론과 에세이를 모은 隨想錄 『시는 늙지 않는다』로 전집 2권이 융성출판사에서 간행되었다. 1984년 지식산업사에서 韓國現代詩文學大系 10권에 시집 『申石艸』, 미래사에서 한국대표시인100인선집 25권에 申石艸詩選 『바라춤』이 간행되었다. 또한 2000년 5월 5일 건지산 자락에 석초의 고향 서천의 문인들을 중심으로 한 서림문학회 주관으로 신석초 시비 「꽃잎 絶句」가 세워졌다. 한편 석초는 2000년 11월 26일 생가인 화양면 활동리 17번지에 이장하여 생가가 훤히 내려다보이는 산허리에 부인과 함께 안장되었고, 2013년 10월 12일에는 석초 시인의 육필시 「靑山」이 필자의 蒜艾齋에 詩碑로 세워지기도 하였다.

에필로그(Epilogue)

　'환락은 모든 아침 이슬과도 같이 덧없어라 - 싯타르타' 「바라춤」의 허두에 쓰인 이 한 마디가 신석초의 삶과 문학을 일별하고 난 뒤에 가장 먼저 떠오르는 말이었다. 그래, 신석초가 태어나고 자란 고향의 자취를 살펴보기로 한다. 다행히 신석초와는 같은 충남 서천舒川을 한 고향으로 태어난 필자로서는 쉽게 그의 생가를 찾아볼 수 있다.

2014.02.27. 봄이 한창 잰걸음으로 오고 있는 날의 오후, 필자는 산애재蒜艾齋를 출발한다. 불과 10여 분 만에 아버지 가정稼亭 이곡李穀 (1298~1351)과 목은牧隱 이색牧隱(1328~1396)의 학문과 덕행을 추모하기 위해 세운 문헌서원文獻書院 앞을 지난다. 그리고 이곳에서 5분여 만에 한산면 호암리 건지산성 안의 위치한 봉서사鳳棲寺를 만난다. 이 절은 조계종曹溪宗의 마곡사麻谷寺 말사末寺라 한다.

쉽게 찾은 봉서사는 조용하다 못해 고적하다. 절 입구에 석축하여 이루어놓은 두 길이 위 아래로 나 있다. 아래로는 요사체로 가는 길이요, 위 길은 대웅전으로 가는 길이다. 먼저 입구의 안내판의 글이 나의 시선을 잡는다. '수신도량修身道場'이라는 입석과 함께 세워진 안내판에는 '특히 이 사찰은 우리 고장의 인물 석북石北 신광수申光洙, 월남月南 이상재李商在, 석초石艸 신응식申應植 선생이 머물며 웅지를 키웠던 사찰이다'는 글귀가 보인다. 한편으로는 이 봉서사에서 석초는 필생의 역작인「바라춤」을 구상하였다고도 한다. 요사체 앞의 너른 마당에는 승용차가 두어 대 주차해 있어 석초에 대한 이야기를 들어볼까 하였으나 아무리 불러도 대답이 없다. 아마도 스님들이 외출 중인가 보다. 낯선 객을 향하여 두 마리의 개가 컹컹 짖어대며 고적을 깨뜨린다. 요사체로부터 가파른 석축계단을 올라 극락전極樂殿 앞에 이른다. 정면 5

▲ 봉서사 극락전의 옛 현판(좌)과 지금의 현판(우)

간, 측면 2간의 규모로, 비가리개가 있는 맞배집이다. 극락전의 문을
연다. 삐끄덕거리는 소리가 잠시 정적을 깨뜨린다. 아미타불阿彌陀
佛을 주존으로 봉안하고 좌측은 관세음보살觀世音菩薩, 우측은 대세지
보살大勢至菩薩인데 모두 토불土佛에 금도금을 한 소조삼존불상塑造三尊
佛像이다. 모두 1994년 충청남도 문화재 자료 제334호로 지정된 것이
다. 석초가 바라보던 산천은 봄의 발자국 소리에 생명이 움트고 있는
데 그가 머물러 마음을 다스렸던 이곳은 어떠한 미동조차 보여주지 않
는다. 문득 극락전의 현판을 바라본다. 옛 현판이 아니다. 흐르는 세
월과 함께 현판도 바뀐 것이다. 옛 현판에는 '右石北申公遺筆也風雨多
年蠹板缺書至語飄零不勝滄感六世孫行雨拾於地而模寫噫(오른쪽은석북
신광수의 유필이다. 다년간의 풍우로 판목이 좀먹고, 글이 훼손되어 영락해져서 그 슬
픔을 이기지 못하겠구나. 이를 안타깝게 여긴 6대손 행우가 땅에서 이를 수습하여 모사
한 것이다)라고 적혀 있었다 하나 그 흔적조차 없다. 극락전과 삼성각까
지 그 내부 모습을 살펴보다가 석초의 모습을 그려보다가 끝내 발길을

▲ 한산초등학교 교정에 있는 보호수 느티나무

돌리고 만다. 시멘트로 포장된 길 위에는 사찰을 지키는 느티나무가 조용히 그림자를 내려놓는다.

봉서사를 빠져나와 곧바로 한산초등학교에 이른다. 마침 학년말이어서 학생들은 전혀 보이지도 아니하고 너른 운동장에 봄햇살만이 가득 펼쳐진다. 1911년에 개교하여 2013년 현재 제100회 졸업식을 거행하여 졸업생 총수 8,772명을 배출하였던 초등학교가 전교 75명의 소규모 학교로 전락해버렸으나 그 규모만은 커서 100년 깊은 역사와 전통의 위용을 자랑하고 있다. 교사가 2,662㎡요 15,027㎡에 우람한 체육관인 건지관이 자리 잡고 있으며, 농사 체험을 위한 초록 농장과 동물 사육을 위한 사육장, 생태 관찰 학습이 가능한 생태 공원까지 조성되어 있다. 그리고 한 쪽으로는 스쿨버스가 정차해 있다. 학교 전체를 둘러보다가 문득 한 그루의 느티나무에 두 눈을 앗긴다. 수령이 무려 870여년이나 된다고 하니 이 학교의 역사는 물론 우리나라 질곡의 역사까지 고스란히 간직하고 있을 것이라는 생각에 그만 고개가 숙여진다.

한산초등학교를 나와 한산모시문화관 곁의 작은 공원에 이르러 신석초 시비를 만난다. 한 마리의 학과도 같이 석초의 고고한 모습이 새겨지고, 시작품 「꽃잎 絶句」가 새겨져 있다. 속칭 '돼지고개'라 불리는 고개를 넘어 장승배기에 이른다. 예부터 이 장승배기는 서천과 한산, 그리고 금강 하구둑으로 이어지는 삼거리다. 이곳을 지나 석초는 건지산성 내의 봉서사를 곧잘 드나들었으리라. 장승배기에서 불과 100여m에 이르니 왼쪽으로 석초의 고향 활동리 안내 표석이 나온다. 활동리 '숨은동'의 모습은 완전히 현대화된 모습이다. 마을공동창고며, 포장된 마을길이며, 말끔하게 가꾸어진 집집들이 그렇게 잘 정리될 수 없다. '隱골' 같지 않게 '숨어있는 마을'이 아니라 당당히 깨끗한 모습을 드러내고 있는 마을이다. 마을 전체가 무척 깨끗하다. 마을에 들어서니 마을회관에 이르고 우람한 튤립나무(=목백합나무) 한 그루가 가지 끝마다에 씨알을 매단 채로 봄을 맞고 있다. 그 아래 연이어 '범죄없는 마을'로 지정된 현판이 석초의 고향 마을다움을 말해준다. 전에 왔던 기억으로 더듬어 생가지를 쉽게 찾는다. 양 옆으로 심겨진 주목이 제멋대로 자라면서 신석초 생가지임을 알려주는 표지석을 감싸고 있다.

생가지는 너른 밭이다. 봄맞이로 이미 곡식을 심기 위해 갈이도 마쳐 있다. 도둑이 빠져 나가지 못할 정도로 튼실했던 탱자나무 울타리도 보이지 않는다. 국담菊潭 선생으로부터 경서經書와 당시唐詩와 선인의 보학설화譜學說話를 듣던 사랑채도, 할머니가 머물던 안방도 없다. 지금은 오직 한 톨의 곡식을 길러낼 기름진 옥토로 변해 있다. 석초의 무덤을 알고자 마을회관에 들려 묻자, 안에서 젊은 아낙이 밖으로 나

▲ 석초의 생가마을 은골. 창고 오른쪽 산기슭에는 석초의 묘소가, 왼쪽의 전봇대 밑으로는 생가터, 그리고 멀리 마을을 굽어보고 있는 어성산

▲ 건지산 기슭(왼쪽)에 세워진 석초의 詩碑 「꽃잎 絶句」와 蒜艾齋(오른쪽)의 시비 「青山」

와 친절하게 알려준다. 석초의 무덤은 생가지 오른쪽 50여m 언덕에 자리 잡고 있다. 잘 쌓여진 석축 위에 부인 강영식姜永植과 고이 잠들어 있는 석초의 무덤 옆에는 시작품 「天池」가 새겨져 있다. 그리고 약력을 말해주는 또 다른 표석 하나가 전부다.

석초의 무덤 앞에서 隱동을 굽어본다. 온 마을이 한 눈에 들어온다. 그리고 석초가 어린 발걸음으로 한산보통학교를 향하여 하루하루 내딛었을 어성산魚成山 고갯길을 바라본다. 그러나 발걸음의 발자취는 물론이요, 길의 모습조차 보이지 않고 우람한 나무들이 울창한 숲을 이루어 놓고 있다. 머물던 사람은 보이지 않아도 그 자리를 지켜나가는 것은 언제나 가까이에서 만날 수 있는 이름 모를 초목들이었던 것이다. ◑

참고문헌

1. 자료집

• 제1시집『石艸詩集』(乙酉文化社, 2006.10.30. 영인본 제2판 3쇄)

• 제3시집『暴風의 노래』(文苑社. 1970.7.30.)

• 제4시집『水踰洞韻』(朝光出版社. 1974.3.1.)

• 제5시집『처용은 말한다』(朝光出版社. 1974.3.1.)

• 신석초 詩全集『바라춤』
  (신석초문학전집 권1. 隆盛出版社. 1985.8.10.)

• 신석초 隨想錄『시는 늙지 않는다』
  (신석초문학전집 권2. 隆盛出版社. 1985.8.15.)

• 나민애 엮음『신석초 시선』(지식을 만드는 지식. 2013.4.30.)

2. 문헌서적

• 권영민,「韓國現代文學槪觀」
  (『韓國現代文學大事典』(서울대출판부. 2004. 2. 25.)

• 金恩子,「갈등과 충돌의 미학적 조화 - 申石艸의 '바라춤'」
  (申石艸詩碑建立紀念詩文集『바라춤』분지. 2000. 5. 5.)

- ----, 「申石艸와 詩的 二重性의 인식」

  (金容稷 외 『韓國現代詩史研究』一志社. 1983. 11. 15.)

- 金容稷, 『韓國現代詩史. 2』(한국문연. 1996. 2. 15.)

- 金允植, 『韓國現代詩論批判』(一志社, 1980. 3.5. 4刷)

- 김재용 외, 『한국근대민족문학사』(한길사. 1995. 3. 20. 제1판 4쇄)

- 김현정, 「바라춤의 시인 신석초」

  (『문학의 향기를 찾아서』(심지, 2013. 11. 7.)

- 김후란, 「현대의 고전주의자」(신석초선생 탄신 100주년 기념 학술

  대회 『신석초의 삶과 문학 세계』서천문화원. 2010. 6. 30. 서천문화원)

- ----, 「감성의 우주를 방황하는 나그네 - 석초 선생과의 어느

  날의 對談」(『心象』1973년 11월호)

- 나민애, 「동서양을 종합하는 지성적 시학 - 신석초의 시 세계」

  (『신석초 시선』지식을 만드는 지식, 2013. 4. 30.)

- 성춘복, 「선비정신과 신사도」(《문학사상》2009년 10월호).

- 신동욱, 「신석초 시에 있어서 삶의 한계와 그 초극의 미」

  (『삶의 투시로서의 문학』문학과지성사, 1988. 5. 30.)

- 李京洙, 「신석초 시에 나타난 여성 형상」(《문학사상》2009년 10

  월호). p. 46

- 李姓敎, 「申石艸論」(신석초시비건립기념시문집 『바라춤』申石艸詩

  碑建立推進委員會 2000. 4. 29.)

- 李陸史, 『李陸史 全集. 曠野에서 부르리라』

  (文學世界社, 1981. 3. 30.)

- 조병무, 「장시 '바라춤'에 대한 몇 가지 이해」(신석초선생 탄신

100주년 기념 학술대회 『신석초의 삶과 문학 세계』 서천문화원. 2010.
6.30.)

- 조용훈, 『신석초 연구』(서울 亦樂, 2001. 8. 10.). p. 201

- 동아출판사, 『동아세계대백과사전』 제29권(동아출판사 백과사
전연구소. 1994. 2. 20. 12쇄)

- 한국시인협회, 『한국시인협회, 50년사』(국학자료원, 2007. 8. 8.)

- 『한산면지』(서천문화원, 2012.)